Nora Hoch

Wir holen uns die Nacht zurück

Nora Hoch

Wir holen uns die Nacht zurück

Roman

Mit Illustrationen der Autorin

dtv

Von Nora Hoch ist bei dtv außerdem lieferbar:
Das Salzwasserjahr

FSC
www.fsc.org
MIX
Papier | Fördert gute Waldnutzung
FSC® C083411

Originalausgabe

Umschlagbild und -gestaltung: Sandra Taufer
Innengestaltung und Klappen: Nora Hoch
Gesetzt aus der Arno Pro
Satz: Fotosatz Amann, Memmingen
Druck und Bindung: CPI books GmbH, Leck
Printed in Germany · ISBN 978-3-423-74082-1

Für Roman

Teil 1

Wenn ich nur ein einziges Bild über mein Leben zeichnen dürfte, eines, das den Mittelpunkt meiner Welt zeigt, dann würde ich sicher ein Fenster zeichnen. Einen weiß lackierten Holzrahmen, der eine einfache Glasscheibe umfasst, und dahinter, nur wenige Meter entfernt, ein zweites Fenster, dem ersten nicht unähnlich. Genau gegenüberliegend. Und dort, hinter dem Glas des zweiten Fensters, da steht sie und winkt mir zu: Kaja.

Meine Kaja.

1

Seegras und Stroboskop

Wir werden immer schneller. Eine Hand lasse ich am silbrig glänzenden Lenker, die andere halte ich seitlich von mir gestreckt. Den linken Arm ganz lang, die Finger aufgespreizt. Wir rasen bergab. Im Bauch dieses Kribbeln.

»Lass los«, ruft Kaja.

»Ich kann nicht«, sage ich. Sehe aus dem Augenwinkel, wie Kaja beide Arme ausgestreckt hat, ausgebreitet wie Flügel. Sie ist ein großer Kaja-Vogel, der durch die Nacht rauscht.

»Nimm meine Hand«, ruft sie. Lächelt mir zu und lässt es so leicht aussehen.

Ich will dieses Lächeln greifen, will die Hand danach ausstrecken, aber das Rad ist nicht stabil bei diesem Tempo. Fahrtwind drückt in meine Ohren. Die Pedale immer auf und nieder. Hämmernder Herzschlag, Lenker, Bremse, Licht.

Die Räder drehen sich so, wie der Abend verfliegt, von ganz allein.

Die Straße zieht sich scheinbar endlos.

»Du kannst das. Ich bleibe dicht neben dir«, ruft Kaja. Und wirklich, sie bleibt so nah neben mir, wie es geht.

Alles in Ordnung also, versuche ich mich zu beruhigen. Kaja lehnt sich zurück, ein Träger von ihrem roten Top ist heruntergerutscht, auf ihren Schultern leuchtet der Sonnenbrand des Tages. Sommerbild mit Rad.

Kaja singt *Dance Monkey*. Melodie und Textbruchstücke vermischen sich mit dem Wind und dem Surren des Dynamos.

Ganz langsam löse ich meine Finger vom Griff. Einen nach dem anderen.

»Dance for me, dance for me, dance for me … oh ohho …«

Ich strecke meinen rechten Arm aus, sodass meine Fingerspitzen Kajas Fingerkuppen berühren. Einen Moment nur, einen kurzen, großartigen Moment.

»Wohooo!«, rauscht Kajas Stimme über den Fahrtwind, dann gleiten ihre Finger vorbei. Kaja ist einen Bruchteil schneller als ich.

Wir können den Wind nicht sehen, aber wir fühlen ihn, hören, wie er um die Häuser pfeift, die Blätter rauschen lässt und Kajas Haare nach hinten und oben treibt.

Ohne Kaja würde ich die besten Momente in meinem Leben verpassen. Sie würden nicht zustande kommen oder einfach an mir vorbeiziehen. Die schlimmsten allerdings genauso.

Es wäre nicht richtig zu sagen, dass ich ängstlich bin. Aber ich bin durch und durch das, was man *zögerlich* nennt. Nicht weil ich das gut finde, sondern einfach weil ich wirklich lange brauche, um einen Entschluss zu fassen. Meistens bin ich so sehr damit beschäftigt, zu beobachten, abzuwägen und nachzudenken, dass bei jeder Gelegenheit schon Stunden verstrichen sind, bevor ich auch nur ansatzweise entschieden habe, was ich tun will.

Kaja ist da ganz anders. Nicht nur da. Kaja weiß immer genau, was sie will und was nicht. Egal, was passiert. Sie kann jederzeit losrennen, zugreifen, Türen zuschlagen, jemanden angreifen oder jemanden küssen. Sie muss nicht lange grübeln, ob das eine gute Idee wäre. Sie muss nicht in sich hineinhorchen, ob sie sich sicher ist. Sie *ist* sich sicher. Ganz heiß oder ganz kalt. Schwarz oder Weiß, ja oder nein.

Ich hänge die meiste Zeit im *Vielleicht* fest. Dann ist es Kaja, die mich mit sich zieht, auf die eine oder andere Seite. Und auch wenn es komisch klingt, ist das gut so, weil nur so etwas Großes passieren kann. Etwas berauschend Schönes, oder auch etwas schmerzhaft Grauenvolles. Aber immerhin etwas Echtes. Eins von diesen Puzzleteilen, die mein Leben bilden.

»Wir sind daaaaaaaa!!!«, ruft Kaja in die Nacht. Schließt die Augen und kreischt wie eine Eule, während der Weg unter ihr dahinsaust. Wir radeln und rasen die Straße entlang, ohne zu verlangsamen. Bremsen erst kurz vorm Club ab. Meine Bremse quietscht, dass es in den Zähnen zieht.

Schweißnasse Shirts kleben auf wartenden Rücken. Es riecht nach Menschen, nach Sommer, nach Bier. In der Schlange vor dem Club schwitzen wir alle gleich. Egal, wie unterschiedlich wir sind. Alle immer anders als all die anderen anders sind. Klar. Aber hier ist das egal. Alter, Geschlecht, Herkunft. Wen interessiert's? Wir alle warten, schwitzen, wanken vor und zurück. Rempeln einander angetrunken und unfreiwillig an, lassen uns hin und her treiben wie Seegras. Wenn ich die Augen schließe und sich alles schon ein wenig dreht, sind da viel mehr Gemeinsamkeiten als Unterschiede.

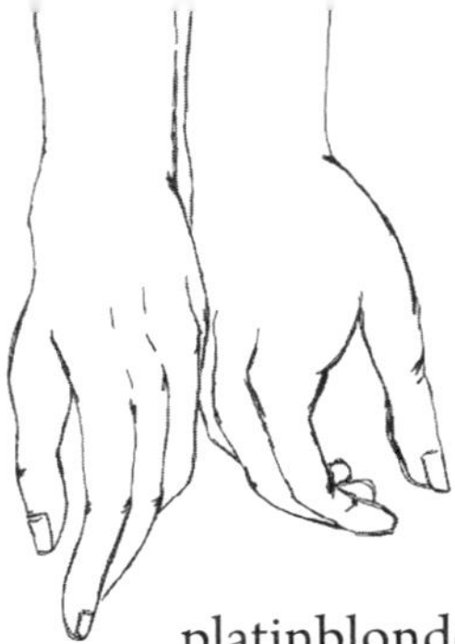

Queen Bee, schreit das Schild über der großen schwarzen Eingangstür. Auf beiden Seiten der Flügeltür die Outlines einer geometrischen goldenen Biene.

Hinter uns steht ein Mädchen mit platinblondem Vokuhila, die ihre Freundinnen wegen ihrer Plateauschuhe um einen Kopf überragt. Von oben herab lacht sie über ein anderes Mädchen, ein Stück hinter ihnen. Sie lacht gerade laut genug, dass die hinten es noch hören kann.

Das Mädchen, das da so abfällig ausgelacht wird, steht allein in der Reihe und versucht vergeblich, sich hinter ihrem langen Pony zu verstecken. Zwischen einzelnen Haarsträhnen fällt ihr Blick ins Leere. Je weiter ihre Schultern sie zum Boden ziehen, umso mehr scheint das Vokuhila-Mädchen zu wachsen. Ihre Freundinnen, die aussehen wie schlechte Mullet-Kopien von ihr, lachen mit. Aber sie drucksen herum und winden sich, als wüssten sie zumindest, dass es daneben ist. Keine sagt etwas. Keine wagt zu widersprechen.

Kaja steht neben mir. Ganz dicht neben mir. Ihren Handrücken hält sie an meinen. So, dass ihr Zeigefinger meinen berührt, ohne dass wir Händchen halten oder so. Die Außenseite von Kajas ewig warmer und zupackender Hand verbunden mit der Außenseite meiner bunten, kalten Hand, an der mal wieder Farbreste kleben. Farbreste an den Nagelhäuten und in den kleinen Hautfalten. Sobald wir in eine Menschenmenge kommen, hält Kajas Handrücken Kontakt zu meinem. Seit wir klein sind, machen wir das so. Es gehört einfach zu uns. Ich mag, was zu uns gehört.

Und besonders mag ich es, zu fühlen, wie diese unendliche Kaja-Kraft durch ihre Hand, durch ihre Haut bis in mich hineinströmt. Ich höre Kaja schnauben, als sie sich zu den Mädchen umdreht.

Die Augen vor Wut verengt, richtet sie sich ein Stück auf. Dennoch klingt ihre Stimme einladend, als sie dem Pony-Mädchen zuruft: »Hey! Komm zu uns. Hier ist 'n Platz frei. Direkt vor mir.«

Das Pony-Mädchen guckt sich um. »Meinst du mich?«

Kaja nickt. »Klar. Mit denen rede ich nicht. Obwohl …«

Langsam geht sie einen Schritt auf das Gefolge zu. Ich bewege mich mit ihr. Unsere Handrücken bleiben verbunden. Kajas Selbstvertrauen, ihre Sicherheit und Entschlossenheit haften an ihr wie Tusche. Dicke dunkle Tusche, die auf mich abfärbt, wenn ich so nah bei ihr bin. All die Einschränkungen in meinem Kopf werden von dieser Tusche übermalt. Zurück bleibt nur Kajas Absolutheit. Ich nenne es den Kaja-Boost.

»Was denn?«, fragt eins der Mädchen und weicht vor Kajas Blick zurück wie ein erschrockenes Reh. »Wir haben gar nichts gemacht. Sie hat bloß …« und deutet auf das Mädchen mit dem Vokuhila.

»Das ist genau das Problem. Die ganze Show läuft überhaupt nur, weil ihr gar nichts macht.«

»Ich glaube, du weißt nicht, mit wem du hier redest«, empört sich die Vokuhila-Puppe.

Da verschwindet das Lachen aus Kajas Gesicht. Durch ihren Körper geht ein Ruck. Plötzlich flutet ihr lautes »Buh!« die Nacht, als sie auf die Zicke zuspringt. Sie landet so dicht vor ihr, dass das Mädchen ins Wanken gerät, die Augen zukneift und vor Schreck zusammenzuckt. Da lacht Kaja. Lacht laut und derbe.

»Du bist ja verrückt«, sagt das Vokuhila-Mädchen mit dünner Stimme.

Kaja strahlt. »Unbedingt«, sagt sie zufrieden. »Unbedingt …«

Dem Pony-Mädchen legt sie den Arm um die Schultern, auf dem Weg zu unserem Platz. Auf ihrem Kaja-Boost schwebt sie so an dem Gefolge vorbei. Die Wangen rotglühend.

In dieser Nacht richtet sich der Sommer mit all seiner Kraft vor uns auf. Ein Sommer, der sich breitmacht wie die Türsteher, die uns abtasten, als wollten wir keinen Club, sondern einen Regierungsflieger entern. Rucksäcke durchsuchen. Hipbags öffnen. Wir warten in der Schlange, wippen auf der Stelle. Wollen nicht länger warten. Keine Sekunde. Kaja kaut auf ihrer Unterlippe. Aus dem Augenwinkel kann ich sehen, wie ihre Nervosität wächst. Sie knibbelt an ihren Nagelhäuten. Ich muss wegsehen, bevor es anfängt zu bluten.

»Rein jetzt! Los!«, sagt sie, aber das zu sagen ändert natürlich nichts an der Warteschlange.

»Ich will auch rein, aber wir müssen eben alle warten«, sage ich.

Warum sage ich so was? Warum versuche ich bloß immer, sie zu beruhigen? Obwohl ich mindestens so genervt bin wie sie. Obwohl ich weiß, dass ich Kaja sowieso nicht beruhigen kann. Nie.

»Scheiß Geduld«, sagt Kaja und schiebt die Meute vor uns an. Lehnt sich einfach mit den Schultern nach vorn, so weit sie kommt.

»Hey. Pass doch auf«, sagt ein Typ vor uns, der ihre Schulter ins Kreuz bekommen hat. Groß wie ein Basketballer. Aber als Kajas Blick ihn trifft, da zuckt er zusammen und dreht sich einfach wieder um. Still und leise.

Angst vor Kaja habe ich keine. Ich sehe die Angst in den Augen der anderen. Ich verstehe auch, woher sie kommt. Aber ich? Wieso sollte ich denn Angst vor Kaja haben? Wir spielen schon so lange Schwestern, dass wir längst selber glauben, welche zu sein.

Hinter mir zerplatzt eine Bierflasche am Boden. Es geht kaum voran. Ich habe keinen Bock mehr zu warten. Kaja stöhnt. Dann greift sie entschlossen nach meiner Hand.

»Kommt«, flüstert sie dem Pony-Mädchen und mir zu. Sie drängelt sich mit uns durch die Masse nach vorn, bis nur noch drei Leute vor uns in der Schlange sind. Keiner sagt was. Nur der Typ, der genau da steht, wo wir landen, der guckt irritiert, aber als er den Mund öffnet und meckern will, da küsst Kaja ihn einfach.

»Danke. Voll nett, dass du uns vorlässt«, sagt sie und dreht sich wieder zu mir um. Der Typ steht da und tastet nach seinen Lippen. Er versteht nicht, was das gerade war. Wird einfach nur rotwangig und stumm.

Kaja vergräbt ihr Gesicht für einen Moment an meiner Schulter. Ihr langes schwarzes Haar fällt vor ihre Augen und auf meine Haut.

»'tschuldigung«, flüstert sie hinter dem glänzenden Vorhang aus Haaren.

»Ach, Kaja«, seufze ich. Mehr nicht. Es ist wirklich heiß. Und ich bin dankbar um jeden Meter, den wir der Tür näher kommen.

Unseren Perso will hier niemand sehen. Unsere Unterarme zeigen noch die Reste der alten Stempelfarbe, nur ein paar Tage alt. Kaja liebt diesen Laden.

Drinnen ist es kühler und noch dunkler als draußen. Trotz all der künstlichen Lichter. Scheinwerfer, Diskokugeln, Neonlichter am Tresen, Irrlichter und Notfallbeleuchtung an den Ausgängen. An den dunkelgrün gestrichenen Wänden lehnen schwarze Ledersessel. Ich fühle den Bass in meinem Bauch, in meiner Kehle.

»Danke«, haucht das Pony-Mädchen, als wir ihr kommentarlos zunicken und ohne sie weiterziehen. Wir scannen den Raum. Zwischen Studenten und Touristen verteilen sich überall Leute, die wir kennen.

Leute, von denen wir zumindest wissen, wer sie sind. Was man sich über sie erzählt. Manche Bekannte, wenige Freunde. In den meisten Clubs der Stadt kann man unerkannt in der Masse aus namenlosen Partygesichtern untertauchen. Aber hier nicht. Wer zum Feiern jemanden aus unserer Schule treffen will, ohne sich zu verabreden, der kommt hierher. Und heute Nacht sind viele gekommen. Einer wippt mit den Beinen, eine kreist die Hüften, einer schnipst mit den Fingern. Alle grüßen Kaja.

Seitdem das Abi in Sichtweite ist, tun sich plötzlich alle zusammen, als wären sie schon lange Freunde. Sind sie aber nicht. Jetzt, kurz vorm Ende, da wird eine Gruppe auch aus denen, die vorher vereinzelt waren, sogar aus welchen, die sich bisher nicht mal auf den Gängen gegrüßt haben.

Und am Kicker in der Ecke, da stehen diejenigen, die letztes Jahr Abi gemacht haben. Kaan und seine Jungs. Kaan ist nicht so groß und schlaksig wie die anderen. Er ist sogar ein ganzes Stück kleiner und drahtiger, nur einen

Kopf größer als ich. Ich mag das. Er steht da, ganz *Man in Black*. Aber die Johnny-Cash-Variante, nicht Big-Willie-Style mit Sonnenbrille und Hemd, sondern eben einfach nur in Schwarz.

Er nickt uns zu. So wie nur Kaan nicken kann. Mit einem Blick, der wehtut, im ganzen Brustkorb. Weil er so klar, so direkt durch den ganzen Raum rast und mich trifft. Wir nicken zurück. Kaja und ich. Im gleichen Takt. Und grinsen ihn an. Kaan zieht uns an seinem Blick hinüber zu sich und den anderen, ob er will oder nicht.

Flüchtige Umarmungen, Handschläge und das übliche »Hey, was geht?«. Alle prosten einander zu, ohne die Antworten abzuwarten. Kaja zieht mich weiter. Sie will ihre Runden durch den Laden drehen. Kaan wendet sich wieder zum Kicker um. Der Ball rollt von der Seite ein. Blaue und rote Männchen machen Überschläge. Ein paar Jungs johlen. Irgendwer gewinnt. Jemand anderes verliert. Der Lange ist auch da. Hat eine Blondine wie eine Barbie klargemacht und zieht sie zu einer Reihe alter Kinosessel.

Die Sache mit den Namen muss ich vielleicht erklären.

Für jeden Menschen, über den wir sprechen wollen, denkt Kaja sich einen eigenen Namen aus. Einen Namen, der diesen Menschen besser beschreibt als der ursprüngliche Name.

Die Namen, die Kaja den Leuten gibt, passen ihnen eng und ehrlich wie Leggins. Der Lange heißt natürlich eigentlich nicht der Lange. Und Kaan heißt laut Pass nicht Kaan, sondern Atanas. Sein Kumpel Andy heißt offiziell Christian oder so ähnlich. Aber für uns sind sie eben der Lange, Kaan und Andy. Bei den anderen läuft das auch so, wenn sie wichtig genug sind, um einen eigenen Namen zu bekommen. Nur mir gibt sie keinen neuen Namen.

Ich bleibe immer nur Ilvy. Ilvy, das bedeutet: die kleine Wölfin.

»Der Name ist perfekt für dich«, meint Kaja. »Du kannst keinen anderen Namen bekommen, nicht mal als Fake, nicht mal zum Spaß. Du *bist* meine Wölfin. Punkt.«

Mir gefällt es so.

Hier im Club leuchtet Kaja. Und die Leute kommen an wie Motten, wollen etwas abhaben von diesem Licht. Wir trinken ein Bier, trinken zwei, drei, lassen alles weicher werden. Kaja erzählt Geschichten, die anderen hören zu, lachen über ihre Witze, stoßen mit uns an.

Aber nach einer Weile wird Kaja unruhig. Mit mir im Schlepptau geht sie hin und her und ext ihr viertes Bier und ich kann ihr ansehen, dass ihr das nicht reicht, dass sie fliegen will, mit Endorphin-Auftrieb, den kein Bier liefern kann. Sie geht den Raum ab. Eine Kaja-Katze, die ihr Revier abläuft.

»Ich will sitzen. Ich muss mal sitzen jetzt. Oder nein, nicht sitzen, ich muss mal raus. Das ist es, raus. Los, komm.« Sie steht vor mir, ihr ganzer Körper eine Aufforderung.

»Aber wir sind doch gerade erst angekommen und du wolltest doch …«, weiter komme ich nicht. Die Musik ist so laut, dass ich sie im Kehlkopf spüre.

»Gut, dann nicht, dann eben noch einen Tequila.«

»Noch einen?« Ich sehe in ihre glasigen Augen.

»Noch drei, noch zehn, wen juckt's? Was guckst du mich jetzt so an wie meine Mutter? Ich dachte, wir feiern heute.«

»Machen wir doch auch.«

Ich will sie halten, aber sie sieht mich schon nicht mehr an.

»Sind schließlich Ferien, oder nicht? Unser letzter Abend, bevor du wieder zu Mutti zurückgehst, oder? Also guck doch nicht so. Ich will jetzt feiern.« Mit diesen Worten geht sie los zur Theke.

Manchmal habe ich Angst, dass nun plötzlich alles anders und irgendwie endgültig kaputt ist. So, dass ich es nicht reparieren könnte. Angst, dass Kaja umfallen und einfach nicht wieder aufstehen könnte, oder dass sie zwar aufsteht, aber ihr Kopf, ihre Gedanken, alles, was ich an ihr so liebe, wäre von dem ganzen Zeug kaputtgegangen. Zu kaputt, um sie zu fixen oder so.

Aber dann passiert so lange nichts Schlimmes, dass die Angst wieder geht. Kommt und geht, wie sie will. So wie Kaja. Und zwischen diesem Kommen und Gehen, da leben wir ja eigentlich ein ziemlich normales Leben. Wir gehen weiter zur Schule, fahren weiter mit dem Rad die Hügel auf und ab, Kaja streitet weiterhin mit ihren Eltern, sie schläft bei mir, wann immer es geht, da, wo sie einen eigenen Stuhl an unserem Tisch hat und meine Mutter Paula für uns kocht. Wir bekommen weiter Noten und Ferien, sind in der Schule wie auf Autopilot. Vor allem nach den Partys melden wir uns ständig, reden, um nicht einzuschlafen, schreiben alles mit, um uns wach zu halten.

Kaja ist noch immer eine gute Schülerin. Vor allem an Tagen nach den Partys. Da ist sie hellwach und hoch konzentriert. Wenn ich nicht mitkomme, schiebt sie ihr Blatt auf dem Tisch bis über die Mitte zu mir. Ich zeichne wie immer einen Block nach dem anderen voll, als könnten meine Finger nicht stillhalten, und Kaja erzählt mir immer neue Geschichten, während ihre Finger meine Haare zu immer neuen Zöpfen flechten. Wir gucken Serien, Drogen gibt es dann nur auf Netflix, aber nicht bei uns zu Hause. Drei, vielleicht vier Tage lang. Und dann fühlt sich alles so normal an, dass die Angst sich nicht halten kann, sondern einfach abrutscht und verschwindet. Was soll sie auch hier?

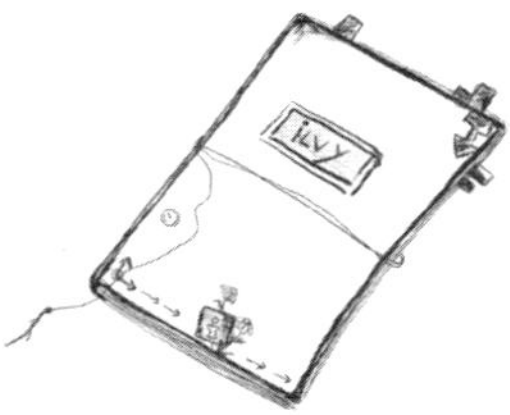

»Tequila!«, ruft Kaja durch den Raum und schiebt sich zwischen den tanzenden, zuckenden, schwitzenden Körpern hindurch bis zum Tresen.

Ich bleibe am Rand der Tanzfläche und lasse meine Hüfte entscheiden, ob ich dort bleibe oder mich auf den silbernen Tanzboden treiben lasse. Das nächste Lied setzt ein. Ein gutes Lied. Ein Beat, der alle Scham, alle Gedanken übertönt.

Ich vergesse meinen Durst und die Leute um mich herum, mache schon nach wenigen Sekunden einen Schritt vor und lasse Arme und Beine den Takt suchen. Mit geschlossenen Augen verschwinde ich in der Musik. Helle und dunkel Flecken tanzen vor meinen geschlossenen Lidern. Als ich beim nächsten Lied die Augen wieder öffne, stehe ich mitten auf der Tanzfläche. Von hier aus kann ich fast den gesamten Raum überblicken.

Ich sehe Edward, der natürlich weder wirklich so heißt noch ein Vampir ist, der aber so sehr nach einem geheimnisvollen Edward aussieht, dass ich seinen richtigen Namen regelmäßig vergesse. Irgendwas mit M vielleicht.

Ich weiß nicht mehr. Er hat seinen neuen Freund mitgebracht und die beiden tanzen so verknallt und so gut miteinander, dass ich ihnen gerne einen eigenen Scheinwerfer-Spot einrichten würde. Ich sehe die D-Jane, sehe den Tresen, sehe den Langen, sehe ein paar Leute aus unserer Schule, sehe wieder Kaan. Mich sieht Kaan nicht. Er sieht nur die drei Typen, die sich da vor ihm aufgebaut haben. Wo kommen die auf einmal her?

Der eine, mit Stiernacken und weißem Pitbull auf dem T-Shirt, spuckt vor Kaan auf den Boden. Daneben einer groß wie eine Giraffe und so eine enorme Brille im Gesicht, der dritte absurd muskulös, klein und gebückt. Meine Füße entscheiden schneller als meine Gedanken und tragen mich mit großen Schritten zu Kaan. Angespannt bis in die kleinen Zehen. Dicht neben ihm komme ich zum Stehen. Mein Puls hämmert lauter in meinem Ohren als der Bass aus den Boxen.

»Was ist denn dein Problem?«, fragt Andy, der auf der anderen Seite neben Kaan steht.

»Der soll sich verpissen!«, würgt der Stiernacken hinter aufeinandergepressten Kiefern hervor. Mir wird heiß vor Wut und Angst. Ich will etwas tun, irgendetwas, aber ich weiß nicht, was.

»Der soll auf seinen verfickten Teppich steigen und zisch – ab nach Hause. Dahin, wo der herkommt«, ergänzt der Giraffen-Riese neben ihm, halb lachend, halb grunzend. Freut sich über seinen dämlichen Spruch. Rückt die Brille zurecht.

Ich kann nicht fassen, dass jemand außerhalb der NPD-Werbezentrale so einen ausgelutschten Scheiß wirklich ausspricht. Hier.

Kaans Lippen werden ganz schmal, kaum noch Platz zwischen seinen Augenbrauen. »Dein Ernst? Nach Hagen? Nein danke. Zu viele Scheiß-Nazis, da, wo ich herkomme«, sagt er. Augen wie dunkle Steine in einem Flussbett.

»Glaubst du, das ist witzig? Findest du dich witzig?«, fragt der Stiernacken. »Bist du hier der Komiker und ich die Witzfigur oder was?« Seine rechte Hand, längst eine Faust. »Is aber kein Witz. Lacht nämlich keiner. Im Gegenteil, du Arsch. Meine Knarre ist längst geladen. Mit Blut und Ehre, verstehst du?!«

Seine stumpfen Minions lachen Beifall, dass ihre Bäuche wackeln. Ich muss an ein Rudel Hyänen denken. Wenigstens kann man ihnen ansehen, wie dämlich sie sind, denke ich, auch wenn das kaum ein Trost ist. Hilft niemandem, schon klar, aber das Einzige, was schlimmer zu ertragen ist als dumme Rassisten, sind die gebildeten, einflussreichen. Diese ganzen rechten Richter, Polizisten, Politiker und so. Das ist der Gipfel des Grauens. Dann lieber solche Idioten, da kann ich es auf das fehlende Hirn schieben und hoffen, sie wären anders, wenn sie schlauer wären.

Der Bass wummert in meinem Magen.

Der Stiernacken verlagert immer wieder sein Gewicht vom einen auf das andere Bein. Füße wie ein Boxer. Schritte, die zeigen, wie gerne er ausholen würde. Draufhauen, immer wieder drauf. Er macht einen Schritt auf Kaan zu, aber Kaan weicht nicht zurück. Keinen Millimeter. Nur das Zucken von seinem rechten Augenlid verrät seine Nervosität.

Noch werde ich gar nicht wütend. Ich will bloß, dass das alles aufhört, nein, dass es einfach nicht wahr ist. Am liebsten würde ich Kaan in den Arm nehmen, aber natürlich geht das nicht. Hier schon gar nicht. Aber das ist es, was ich will. Kaan hinter riesigen Armen verstecken, die Augen schließen, und wenn ich sie öffne, soll alles vorbei sein. Wie ein Albtraum. Aufwachen und erleichtert feststellen, dass es gar nicht real war. Das soll einfach alles sofort aufhören.

Ich ziehe an Kaans Ärmel und wir treten gemeinsam einen Schritt zurück, wo ich flüstere: »Was soll das denn? Was ist denn passiert?«

Kaan sieht mich vorwurfsvoll an. »Was passiert ist? Nazis sagen, was sie denken, weil man das jetzt wieder überall sagen kann. Das ist passiert«, sagt er. »Glaubst du etwa, ich kenne den oder ich hab irgendetwas gemacht und deshalb gibt es jetzt Ärger?«

»Nee, Ilvy, echt nicht. Dazu braucht es keinen Grund«, springt Andy ihm bei. »Ich sag nur: Mehr als 22 300 rechte Straftaten im Jahr. Da ist doch nicht immer irgendwas vorher passiert. Scheiße ist da passiert. Aber im Kopf, Mann.« Kopfschüttelnd ext Andy sein Bier.

Der Stiernacken wird immer unruhiger.

Kaans Blick wandert zu den Nazi-Idioten. Der Stiernacken hat leere, blanke Augen. Ich kann nicht begreifen, wo so viel Hass herkommt. Ein paar Leute gucken zu uns herüber, versuchen einzuschätzen, ob es jetzt Stress gibt. Andere weichen absichtlich aus, sehen weg, machen einen Bogen um uns.

Kaan steht da wie verwundet, durch diese Unmenge stumpfe Verachtung, die ihm da entgegenwogt. Mit Narbengewebe. Unsichtbar und tief. »Die haben ihren Grund, sobald sie mich sehen. Das kenne ich schon.«

Das hat der Stiernacken gehört. »Allerdings. Wir sehen

dich«, spuckt er aus. »Überall seh ich solche wie dich. Nirgends ist man unter sich.«

Rissige, geballte Fäuste.

Da zeichnet sich so etwas wie ein Lächeln auf Kaans Gesicht ab. »Die Welt ist eben bunt, wenn du damit nicht klarkommst, bleib lieber zu Hause im Bett. Geh dich vergraben oder so. Wir sind viele. Und wir werden immer mehr.«

Der Fascho grunzt wütend.

»Was hat dich so provoziert?«, fragt ihn eine feste Stimme. Direkt neben mir. Kaja hat sich ganz dicht vor ihn gestellt. Ihr rotes Top leuchtet im Dunkeln. Kaja als lebendiges Warnsignal, distanzlos und angespannt bis in die Zehen.

»Dass der überhaupt hier ist, ist schon 'ne Provokation«, meint der Stiernacken und deutet auf Kaan.

Kaja überlegt nicht lange. »Verstehe«, sagt sie nur und ich kann sehen wie eine Idee zusammen mit einem abfälligen Grinsen über ihr Gesicht wandert.

»Hast du das Schild am Eingang gesehen?«, fragt sie. »Nicht? Aber lesen kannst du doch wohl, oder, du dumme Klischee-Glatze?«

Mit dem letzten Wort hebt sie erst ihre Augenbrauen, dann beide Arme. Hoch in die Luft. In jeder Hand eine Bierflasche, kreist Kaja die Arme wie Rotorblätter. Rundherum. Sie legt den Kopf in den Nacken, kneift die Augen zusammen und lässt die Flaschen von hoch oben mit viel Schwung auf den Boden krachen. Wirft sich dabei selbst in Richtung des Stehtisches neben ihr, mit dem Ellenbogen zuerst, räumt den Tisch mitsamt allen Gläsern und Flaschen ab, die da stehen. Ein roter Blitz. Ein spitzer Schrei.

Aus voller Kehle. Kaja landet am Boden inmitten der Scherben und hört nicht auf zu schreien, bis die Security-Männer bei ihr angekommen sind.

Der Stiernacken ist vor Schreck zurückgewichen. Noch unfähig zu begreifen, was da gerade geschehen ist. Er starrt Kaja entgeistert an, während die Männer mit den Schutzwesten ihn belagern.

»Hat er dich stark verletzt?«, fragt einer der Securitys. »Brauchst du einen Krankenwagen?« Er schaut besorgt zu Kaja, die mit Tränen in den Augen den Kopf schüttelt und sich den blutenden Ellenbogen hält.

Der Stiernacken hat jetzt richtig Bock auf Stress.

»Die Schlampe. Die hat nur so getan«, sagt er und schubst den einen Security von sich weg. »Die will Stress, die linksversiffte Schlampe.«

Er will zu Kaja und sie umklatschen. Ein Kampfhund mit Sabber vorm Maul. Aber geschubst werden mag der Security gar nicht gern. Das mag er noch weniger als verprügelte Frauen in seinem Laden. Terminator-Style rammt er den Stiernacken in Richtung Wand. Ich strecke Kaja die Hand entgegen, helfe ihr vom Boden auf und ziehe sie zu mir herüber. Der andere Security hat die Finger schon auf den Tasten und ruft die Bullen. Der Stiernacken brüllt irgendetwas Unverständliches, wird aber von seinen zwei Knechten zurückgehalten. Schadensminimierung: Dazu sind die zwei da.

Der eine Security hält den Stiernacken auf Abstand. Eine Armeslänge. Der andere betet runter, was Kaja auf dem Schild gelesen hat. Verhaltenskodex, Hausordnung, solche Sachen: *»Die Veranstalter behalten sich vor, von ihrem Hausrecht Gebrauch zu machen und Personen, die durch sexis-*

tische, rassistische, nationalistische, antisemitische oder sonstige menschenverachtende Äußerungen in Erscheinung getreten sind, den Zutritt zum Club zu verweigern oder sie von Veranstaltungen auszuschließen.«

Der Bass übertönt die Diskussion, die an der Wand losbricht. Die Stimmfrequenz bleibt eindeutig im Alarmbereich, aber man kann den Dreck nicht mehr Wort für Wort verstehen, den der Stiernacken von sich gibt. Ein dritter Security kommt vom Eingang dazu, die Frau von der Kasse, dann noch zwei Barkeeper. Und damit wird es ruhiger an der Wand. Die Ruhe der eindeutigen Überlegenheit.

Wie bei einem Unfall schauen wir wortlos zu, wie die Faschos endlich durch die Tür geschoben werden. Die Leute im Club erobern sich den Raum zurück. Strömen tanzend und trinkend auf die frei gewordene Fläche. Das Knirschen der Scherben unter ihren Füßen geht unter im Wummern der Bässe.

Kaja klopft sich Glasscherben und Staub von der Jeans-Shorts. Kaan sieht sie irritiert an. »Was sollte diese Psycho-Nummer?«, fragt er. Augenbrauen hochgezogen bis zum Haaransatz.

»Hättest du das lieber allein geregelt?«, gibt Kaja die Frage zurück.

»Nee. Am liebsten würde ich so eine rassistische Kackscheiße gar nicht regeln müssen. Weder allein noch mit so einer Kill-Bill-Aktion.«

»Aber …« Kaja streckt die Hand aus nach ihm, aber nur ein wenig. Lässt sie auf der Hälfte des Weges wieder sinken. Vielleicht sieht es niemand außer mir.

Andy schüttelt sich. »Wohoo. Was für ’n Film. Alles klar

bei dir?«, fragt er Kaan in besorgtem Tonfall. Kaan schüttelt den Kopf. Andy redet einfach weiter: »Komm erst mal runter, Digger. Ich hol dir jetzt 'nen Schnaps zum Klarkommen und dann passt das wieder.«

Andy will den Arm um Kaans Schulter legen, aber Kaan weicht ihm aus. »Lass mal«, sagt er und sieht mit einem Mal so müde aus.

Und das ist eigentlich das Schlimmste. Dass die Nazis trotzdem für diesen Abend irgendwie gewonnen haben. Weil Kaan gehen will. Weil er einfach nicht mehr feiern will, wo er so übel angemacht wird.

Ich will nicht, dass er allein geht, höre mich selbst sagen: »Aber nimm 'n Taxi, bitte.«

Wie eine Oma klinge ich und kriege Gänsehaut dabei. Weil das so zum Heulen ist, dass ich solche Angst habe um jemanden, der auf meine Schule geht, der in meiner Straße aufgewachsen ist. Das ich Angst habe, er könnte heute im Nachtbus Menschenhassern begegnen, die ihm von Weitem ansehen, dass er, nein, dass vielleicht sein Opa oder sonst wer aus dem Ausland gekommen ist. Und dass die deswegen und schon allein deswegen Lust hätten, ihn zu verletzen, zu verprügeln, zu vertreiben. Dass ich Angst habe um jemanden, von dem ich finde, um den sollte ich keine Angst haben müssen, außer der würde mit Augenbinde betrunken auf einem fiktiven Motorrad einen Berg runterjagen. Aber doch nicht so. Warum zur Scheißhölle muss ich mir nachts um drei Sorgen machen, dass ein Mensch von anderen Menschen einfach so angegriffen wird? Nicht mal für etwas, was er tut, sondern für etwas, was er ist. Sollte ich nicht müssen. Will ich nicht, verdammt.

Meine Gedanken treten noch immer auf der Stelle, als sich Kaan in der Runde verabschiedet.

»Warte!«, sage ich.

»Worauf?«, fragt Kaan. »Kommst du mit?«

»Ähm …«

Kaan wird so rot, dass man es sogar im Halbdunkeln sehen kann. »Das klang jetzt so … Also, das meinte ich nicht. Ich dachte nur, du willst vielleicht auch gehen«, sucht er nach Worten.

Ich blicke zwischen ihm und Kaja hin und her. »Ich weiß nicht. Kaja will noch bleiben …«

»Bestimmt will sie das. Aber ich muss jetzt jedenfalls hier raus«, sagt Kaan und geht los in Richtung Ausgang.

Kajas Hand greift nach meiner. Ganz vorsichtig, ohne Druck. »Ilvy?«

»Ja, Kaja?«

»Klo. Sofort bitte.«

Ich blicke Kaan nach, als ich Kaja folge.

Meine Beine sind noch immer wackelig, meine Hände zittern noch ein wenig vor Aufregung. Kaja öffnet ihre Hand im Gehen. Nur ihr Zeigefinger führt mich noch. Schritt für Schritt gehe ich hinter ihr her. Fingerspitze an Fingerspitze. So, mit Kaja verbunden, wachse ich ein Stück. Der Boden wird wieder fester. Mit Kaja zusammen bin ich immer größer als allein. Größer als ich selbst. Ich fühle, wie ich mit jedem gemeinsamen Schritt meine weichen Knie mehr und mehr unter Kontrolle bekomme.

Kaja nimmt mich mit in eine kleine Kabine und zieht die Tür hinter uns zu. Ein Dutzend Klosprüche beleben die weißen Kacheln. Aber heute kann mich auch die Edding-Lyrik nicht mehr zum Lachen bringen.

Besorgt sieht Kaja mich an. »Alles okay bei dir?«

»Geht so«, sage ich.

»Du bist so blass.«

»Kann sein.«

Kaja blickt auf ihre verletzte Hand hinunter. In ihrem Gesicht erkenne ich keine Schmerzen, sondern eine Zufriedenheit, die ich nicht richtig verstehe.

»Warum hast du das gemacht?«, will ich wissen.

»Du hast die drei doch gesehen. Mit denen konnte man nicht reden. Das waren Faschos. Die hätten Kaan fertiggemacht. Hier. Heute Nacht. Die waren zu dritt, denen hätte ich nichts tun können. Und was die mit mir gemacht hätten, wäre sicher schlimmer ausgefallen als mein Biertisch-Stunt.«

Sie streicht sich die Haare aus der Stirn und sieht zu mir hoch. »Ilvy, wenn ich nichts dagegen tue, dann frisst mich die Angst auf. Irgendetwas muss man doch tun. Ich muss was tun. Ist mir halt nichts Besseres eingefallen auf die Schnelle. Dir etwa?«

»Nee. Mir nicht. Scheißschockstarre.«

Ich bin immer zu langsam in solchen Momenten. Bin eben nicht Kaja. Kaja, die jetzt trotz allem grinst, als sie mit ihrer blutigen Hand ihre Jeans hochzieht. Hotpants mit Blutfleck an der Vorderseite.

»Hältst du mich jetzt für verrückt?«, fragt Kaja ernst. Kommt nahe an mich heran und sieht mich an, ganz geradeaus. Ganz ruhig. »Ich meine nicht die anderen. Die sind mir egal. Danach frage ich nicht. Ich will nur wissen, was du denkst.«

»Na ja, wenigstens hat es funktioniert«, sage ich. »Auf ’ne Art.«

»Ja, hat es, oder?« Kajas Grinsen wächst über ihr Gesicht. »Ich musste an Don Quijote denken. An den Kampf gegen die Windmühlen und Riesen. Und dann hat sich das einfach so angeboten. Ich finde, ich war ’ne korrekte Riesen-Windmühle oder so. Zumindest hat es geklappt und ich hab mir keinen abgebrochen dabei. Die Schrammen sind in ein paar Tagen verheilt.«

Fäuste hämmern gegen von außen gegen die Toilettentür.

»Besetzt!«, ruft Kaja lauter als nötig.

»Ich fand’s nicht verrückt«, beruhige ich sie. »Kajakrass vielleicht. Aber nicht verrückt.«

Sie verbeugt sich vor mir, soweit das auf dem engen Raum möglich ist, und ich muss lachen. Irgendwie bin ich sogar froh, dass Kaja nicht so ängstlich und scheißebrav ist wie die meisten anderen. Wie ich. Ich bin froh, dass dies wenigstens nicht die Nacht ist, von der ich später immer sagen muss, dass unser Kumpel verprügelt wurde und keiner was gemacht hat.

Wieder klopft es und jemand tritt gegen die Tür.

»Dauert noch!«, brüllt Kaja. Verschwörerisch sieht sie mich an.

Ich schüttle den Kopf. Sie zieht ihren Gürtel ab. Ein Reisegürtel. Mit so einem kleinen Reißverschluss auf der Innenseite. Sie holt eine kleine Tüte heraus. MDMA vielleicht. Ich weiß nicht genau. Irgendetwas, was sie von mir wegkatapultiert, auf jeden Fall. Höher, höher, bunter, bunter.

»Willst du jetzt vielleicht doch was?«, fragt Kaja.

Irritiert sehe ich sie an. »Nein, Mann. Will ich nicht.« Meine Wangen werden ganz heiß auf einmal.

»War bloß ein Scherz, ich würde dir ja auch gar nix geben.«

Ich halte ihre Handgelenke fest. »Kaja, bitte …«, würge ich hervor. Ich will nicht, dass sie jetzt etwas nimmt, will nicht, dass sie mich hier in diesem Moment alleinlässt und sich verpisst in ihre Fake-Euphorie. »Warum willst du das jetzt? Jetzt, nach allem, was gerade …«

»Genau deshalb, Ilvy. Um den Abend nach vorn zu bringen. Ich hab's gern schön, weißt du. Stress find ich stressig. Gute Gefühle sind gut. Ganz einfach.«

»Aber das sind doch keine guten Gefühle. Das ist doch bloß Hormon-Fake.«

Kaja blickt erst auf die durchsichtige Tüte, dann auf mich.

»Alle Gefühle sind Hormon-Fake, oder etwa nicht? Immer.«

Sie macht ihre Hände los, steckt ihren kleinen Finger erst in das Tütchen und dann in ihren Mund. Danach zieht sie den Gürtel wieder durch die Schnalle und öffnet die Tür.

»Wie viel hast du noch?«, will ich wissen.

»Nicht mehr genug«, lächelt Kaja.

Ich lächle nicht zurück. Kein Stück. »Du musst irgendwann 'ne Pause einlegen, das weißt du!«, sage ich.

»Genau. Weiß ich. Weiß ich selbst, musst du mir also nicht sagen.«

Ich hasse es, wenn sie so mit mir redet. Und Kaja erkennt es in meinem Blick. Sie schlingt kurz die Arme um mich. »Tut mir leid. Ich wollte dich nicht anranzen.

Aber … na ja, ich will mich auch nicht anranzen lassen von dir.«

»Schon gut«, sage ich, ohne es zu meinen.

Am liebsten würde ich ihr das Zeug abnehmen und im Klo runterspülen, aber dann würde sie ausrasten. Also sehe ich sie nur schweigend an, halb hoffend, dass sie mir ansieht, was ich denke, halb hoffend, dass sie keine Spur dieses Gedankens auf meinem Gesicht entdecken kann.

Am Waschbecken stehen wir nebeneinander. Im Spiegel zwei Gesichter, die mir beide gleichermaßen vertraut sind.

Kaja und Ilvy. Ilvy und Kaja. Vier dunkelbraune Augen erkennen sich im Spiegel selbst. Glasiger Blick. Große Pupillen. Im Hintergrund angegraute Kacheln. Darauf mit rotem Edding: *I have got the right to live a happy life.* Wieder denke ich an Kaan und daran, wie ekelhaft ungerecht das alles ist.

Ich wette mit meinem Spiegelbild. *Wetten, dass ich es schaffe, in einer Stunde zu gehen und zu schlafen?* Ein vertrauter Blick fällt vom Spiegel zurück in mein Gesicht. *Wetten, dass nicht?*

Eine von uns wird die Wette gewinnen. Die vor dem Spiegelglas oder die dahinter.

»Komm schon«, sagt Kaja. »Wir holen uns die Nacht zurück.«

Sie zieht mich raus. Geradewegs auf die Tanzfläche.

Ich will nichts mehr denken. Vor allem nicht an den Hass, der eben noch diesen Raum geflutet hat. Nur noch tanzen. Mich ein wenig auflösen in Tönen. Mit Kaja zu tanzen ist eigentlich immer großartig. Mit Kaja zu tanzen heißt, sich mit fliegenden Beinen frei durch Raum und Sound zu bewegen. Und es heißt auch, dabei mit einer Art Band verbunden zu bleiben. Mit einem elastischen Gummiband, und natürlich ist dieses Band ebenso unsichtbar wie unzerstörbar. Wir tanzen also mit den Armen in der Luft, mit fliegenden Füßen, mit schweißnassem Haar. Um einander herum und quer über die Tanzfläche. Wir tanzen uns müde. Wir tanzen uns wieder wach. Stundenlang. Ich sehe, wie Kajas Kiefer mahlen, fühle, wie überhitzt sie ist, wenn sie mich anfasst. Und ich sehe ihren seligen »Ich bin ja sooo verbunden mit allem«-Blick, wenn sie mich anlächelt. Wie ich es hasse, dass sie schon wieder drauf ist. Zum Kotzen. Ich bin so sauer auf sie. Auf dieses Zeug und auf sie.

Wenigstens spielen sie jetzt *Alle Farben*. Ich mag den Sound. Die Lichter der Scheinwerfer tanzen schneller als ich. Ich drehe mich im Kreis. Drehe schneller und schneller, bis mir übel wird. Richtig übel. Aus dem Augenwinkel sieht Kaja, dass etwas mit mir nicht in Ordnung ist. Das sieht sie immer. Sogar wenn sie drauf ist, sieht sie das immer sofort. Als hätte sie eine spezielle Antenne, die jederzeit für mich auf Empfang steht. Mit schnellen Schritten kommt sie zu mir, legt den Arm um mich. Säure steigt in meiner Kehle hoch.

»Willst du raus?«, fragt sie.

Ich nicke. Luft. Ich brauche sofort frische Luft.

»Ist gut. Ist auch wirklich heiß hier. Draußen gehts dir besser, wirst du gleich sehen«, redet sie auf mich ein und hält mir die Tür auf. Sie strahlt. Leuchtet. Keine Spur von Müdigkeit.

Die Nachtluft bringt kaum Abkühlung, aber wenigstens weht ordentlich viel Wind. Ich lege den Kopf in den Nacken und spüre, wie es mir mit jeder Sekunde besser geht.

Die Räder lassen wir stehen. Wir machen uns auf den Weg in Richtung Wasser. Wenn wir nichts ausmachen, einfach keine Absprache treffen, dann ist die Elbe immer das beste Ziel.

2

Schiffe, Schnaps und Sonnenaufgänge

Die Elbe weiß nicht, wo sie ist. Die Container wissen es nicht. Auch die Schiffe haben keine Ahnung, aber das hält mich nicht davon ab, ihren Namen in die Nacht hineinzurufen, als würde mir jeder Pflasterstein eine Antwort schulden.

»Kaja«, rufe ich. Wieder und wieder.

»Kaja, wo bist du?« Ich rufe, so laut ich kann. Vermutlich lalle ich, aber wer kann das schon sagen? Ich suche im Dunkeln zwischen parkenden Autos und Glasscherben. Lichter spiegeln sich auf dem Wasser. Schön sieht das aus. So friedlich. Das passt mir überhaupt nicht. Nichts ist friedlich an diesem Moment, da kann der verdammte Fluss schimmern, wie er will. Gar nichts nutzt das.

»Kaja!«, rufe ich. Eben war sie doch noch da, hatte den Arm um meine Schulter gelegt und war losgelaufen. Die Treppe zur Elbe hinunter und dabei hatten wir das Gleichgewicht verloren. Halb auf mich gestützt hatte sie mich mitgerissen. Zwölf Steinstufen abwärts. Arm in Arm.

Die Bierflasche in ihrer Hand war zerbrochen. Ihr Ellenbogen und mein

Knie aufgeschlagen, aber das war halb so wild. Lachend hatte Kaja mich hochgezogen aus Scherben und Bierlache. Sie hatte mich weiter gezogen in Richtung Wasser.

»Ich muss mal«, hatte sie gesagt und sich den Dreck von der Jeans-Shorts geklopft.

»Ist gut. Ich warte hier«, hatte ich gesagt und mich auf einen der weiß-roten Poller am Wasser gesetzt. Ich hatte ihr nicht hinterhergesehen, wie sie im Dunkeln zwischen den Autos und Büschen verschwand, warum auch. Sie wollte ja nur pinkeln. Nichts Besonderes.

Aber jetzt werde ich langsam nervös.

Sie geht nicht an ihr Handy und ist sicher schon seit einer halben Stunde weg. Ob ich etwas falsch verstanden habe? Ob ihr etwas passiert ist? Ich tigere den Platz ab, auf dem sie mich hat stehen lassen, gehe zurück zur Treppe, da liegen noch die Scherben. Gehe wieder zum Wasser. Immer wieder hin und zurück, weil mir nichts Besseres einfällt.

»Kaja!«

Ein betrunkenes Pärchen torkelt mit fragenden Blicken an mir vorüber. Ich nehme mein Handy aus der Tasche und wähle wieder Kajas Nummer.

»Wo bist du?«, schreie ich in den Hörer, als sie endlich drangeht.

»Unterwegs«, sagt sie und lacht ins Telefon, dass es knackt.

»Kaja, das ist nicht witzig, wo zur Hölle bist du?«, frage ich. »Eben warst du noch neben mir und plötzlich bist du verschwunden.« Ich fange an, einen Vortrag zu halten, für den es eindeutig die falsche Uhrzeit ist. Langsam mischen sich erste Farben in den Nachthimmel. Meine Augen brennen, ich habe Gänsehaut und will nur nach Hause.

»Vielleicht bin ich in Paris«, meint Kaja und nuschelt etwas Unverständliches.

»Paris? Kaja, was soll das? Wir sind in Hamburg. Verflucht, wo bist du?«

»Sieht aber aus wie Paris. Im Ernst. Die Lichter spiegeln sich im Wasser, Ilvy, das ist so schön. Könnte doch Paris sein«, haucht sie ins Telefon.

»Wasser? Also wenn du noch Wasser siehst, ist das schon mal gut. Dann sind wir nahe beieinander.«

Sie kichert in den Hörer: »Das ist bestimmt die Seine oder so. Pont Neuf. Richtig schön, echt.«

Mein Puls hämmert. »Das ist nicht die Seine, verdammte Scheiße. Das ist die Elbe.« Ich blicke mich in jede Richtung um, kann Kaja aber nirgends entdecken. »Was siehst du? Beschreib mir genau, was du siehst, und vor allem: Bleib stehen. Bleib einfach genau da stehen, wo du bist. Ich finde dich.« Mit einem Mal bin ich wieder hellwach.

»Ich sehe einen Container«, sagt Kaja.

»Nicht witzig«, sage ich. Hier ist alles voller Container. »Ich brauche Details.«

»Und ich brauche ein neues Bier«, sagt Kaja.

»Konzentrier dich. Welche Farbe?«, frage ich.

»Weiß, mit einem grünen und einem schwarzen Streifen.«

Ich beginne zu laufen. »Und was noch? Was siehst du?«

»Auf der anderen Seite ein roter Streifen«, sagt sie. Und dann fängt sie an zu kreischen und legt auf. Aber das ist jetzt egal. Jetzt kann ich ihr Kreischen auch ohne Handy hören.

Ich bin in die richtige Richtung gelaufen. Da ist auch der rote Container. Als ich um die Ecke biege, sehe ich sie am Boden hocken. Sie hält ihre blutende Hand fest. Im Handteller stecken kleine Scherben. Als sie mich sieht, streckt sie mir die kaputten Hände entgegen.

»Guck dir das an! Jetzt sind sie beide hinüber. Zwei in einer Nacht. Wie habe ich denn das hingekriegt?«

Ich bleibe stehen und atme tief durch. Ich habe sie also gefunden. Sie lebt noch. Immerhin.

Ich versuche, entspannt zu klingen. »Wir sind die Treppe runtergesegelt«, sage ich ruhig.

»Welche Treppe?«, fragt sie.

»Die Steintreppe. Du hattest deine Flasche noch in der Hand. Gerade eben. Das kannst du doch unmöglich vergessen haben. Gerade eben, Kaja, bevor …« Sie beachtet mich gar nicht, untersucht staunend ihre Hände. »Bevor …« Ich lasse die Schultern fallen. »Ach egal.« Ich gebe auf. Ich weiß, dass es keinen Zweck hat.

Kaja dreht die Hand hin und her. »Voll eklig«, sagt sie.

Ich gehe auf sie zu. »Zeig her. Ich helfe dir.« Ich ziehe das Bikinioberteil aus, das ich unter meinem Top trage, und sie darf reinbeißen, während ich die kleinen Glassplitter rausziehe. Einen nach dem anderen. Sogar das Hinsehen tut irgendwie weh.

»Halt das zu«, sage ich und wickle den Bikini um ihre Hand, so fest ich kann.

»So eine ekelhafte Aktion«, sagt Kaja und lächelt mich an.

»Ich bin müde«, erwidere ich.

Aber Kaja sieht mich entsetzt an. »Ich kann jetzt unmöglich schlafen, Ilvy. Echt. Unmöglich.«

»Und ich kann so in keinen Club mehr. Es wird hell, du blutest, ich habe keinen BH an und …«

»Billige Vorwände«, unterbricht sie mich und geht los, ohne zu sagen, wohin. Einen Moment bleibe ich noch stehen, dann trotte ich müde hinter ihr her. Ich will hier weg. Ich will, dass diese Nacht endet. Kaja steuert eine Haltestelle an. Knapp verpassen wir den Nachtbus, sehen den Rücklichtern hinterher, ohne ein Wort zu wechseln. Wieder setzt Kaja sich in Bewegung. Ich frage nicht wohin, folge ihr stumm. Die Farben erobern Ufer und Straßen zurück. Die Laternen werden ausgeschaltet.

Meine Füße wollen nicht mehr weiter. Leise fluche ich vor mich hin, bis sie unvermittelt stehen bleibt. Kaja wartet, bis ich aufgeholt habe.

»Verdammt, Kaja, was ist jetzt schon wieder? Alles in Ordnung?«, frage ich.

»Ich will noch etwas haben. Nur noch ein kleines bisschen«, sagt sie, ohne zu sagen, was. Nicht nötig. Ich weiß es auch so.

»Du bist doch schon bedient vom Abend. Voll und fertig«, sage ich. Würge die Worte wütend heraus und weiß, dass sie nichts nutzen. Am liebsten würde ich Kaja schütteln. So lange, bis sie wieder ist wie früher. Ich bin zu müde und genervt. »Warum musst du jetzt immer so einen Scheiß nehmen, warum kann es nicht mal genug sein?«

Ihr Blick verändert sich und fasst mich an. »Dein Ernst? Warum muss einer mit minus zwei Dioptrin 'ne Brille aufsetzen? Warum muss einer, der schüchtern ist, 'nen Sekt trinken? Warum muss einer mit Schnupfen …? Ach, Mann, Ilvy, weil es eben Sachen gibt, die funktionieren, die dich einen Schritt weiter bringen. Ist doch geil, dass so was geht.

Es gibt Zeug auf dem Markt, damit ist alles Halbe ganz. Alles Kaputte heil. Ich kann dann alles und fühle alles: Alles einhundertprozentig. Also im Ernst: Wie kann es davon jemals genug geben?«

Ich verschränke die Arme. Was soll ich darauf antworten?

»Dann mach halt. Ich komm nicht mit. Hörst du? Ich mache da nicht mit. Mir reicht's für heute.«

Ich will mich verstecken. Unter der Decke oder wenigstens im Schlafsack. Nichts gefragt werden, nichts erklären müssen, nirgendwohin müssen. Nicht hören, was Kaja macht, nicht sehen, was sie tut. Nicht auf sie aufpassen, sondern mich einrollen wie ein Embryo. Mit angezogenen Knien. Warm, weich, sorglos.

Kajas Stimme wird milde. Sie legt den Arm um meine Schulter. »Also gut«, sagt sie. »Nur noch eine letzte Bar. Eine allerletzte. Und wenn das Putzlicht angeschaltet wird, bringe ich dich ins Bett.« Sie lehnt ihre Stirn gegen meine. »In Ordnung?«, flüstert sie.

»Ich weiß nicht. Ich bin echt müde.«

»Du musst ja nicht mitkommen«, sagt Kaja, macht eine Pause und lässt aus der Pause ein breites Grinsen wachsen. Wie eine Katze schmiegt sie sich an mich. »Du musst ja nicht mitkommen, *ABER* … Ach, Ilvy, komm halt einfach mit. Ohne dich wird es doch kacke.« Dann legt sie den Kopf schief und sieht mich an. Kaja sieht mich an, als gäbe es außer mir nichts zu sehen auf der ganzen verdammten Welt, denn so kann Kaja gucken. Keine Ahnung, wie sie das macht. Aber Kaja kann es eben. Und so steht sie da, mit schief gelegtem Kopf, bis ich endlich *Ja* sage.

»Und wohin gehen wir?«, frage ich.

»Hauptsache weiter«, sagt Kaja. Aufmunternd lächelt sie mir zu. Sie wittert meine Sorge, lächelt sie weg. Wir laufen und laufen. Es ist Sonntag und in der Morgendämmerung ist außer uns lange niemand auf den Gehwegen zu sehen.

Also gehen wir ins *Fuchs und Sterne*. Nur wir beide. In die Dachterrassen-Bar, die nur im Sommer geöffnet hat. Schönwetter-Bar. Sehen von hier oben weit über die Stadt. Sehen zu, wie sich der Himmel rosa färbt und die Sonne die Stadt aus ihrem Sonntagsschlaf wecken will. Ich bin gleich versöhnt mit diesem Morgen. Es ist wirklich schön hier.

Kaja bestellt zwei Wasser und zwei Wodka. Und einen Kugelschreiber für mich. Damit ich auf dem Bierdeckel zeichnen kann. Mit gesenkten Lidern hält sie mir den Stift hin. Eine Geste wie ein Versöhnungsangebot. Dabei habe ich ihr allen Stress längst verziehen. Ich lasse den Kuli klicken. Feine Striche, Schraffuren, Hausdächer, Schornsteine. Bis über den Rand. Kaja sieht zu, wie aus den Pigmenten Konturen einer Stadtlandschaft werden. Ganz aufmerksam sieht sie zu. Es gibt nicht viele Leute, die das draufhaben: wirklich zusehen und wirklich zuhören. Kaja kann das. Wenn sie will.

»Sieht gut aus«, sagt sie. »Fehlt aber noch das Licht, der neue Tag und natürlich wir.« Sie streckt sich und lächelt mich an.

»Uns kann ich nicht zeichnen«, sage ich. »Weißt du doch.«

Ich blicke vom Bierdeckel auf und sehe, wie sie ihre Lippe zerkaut. »Was ist?«, frage ich.

Sie zuckt mit den Schultern und sieht sich um. Meinem Blick weicht sie aus.

Ich zeichne einen Hinterkopf ins Bild. Schulterlanges schwarzes Haar. Ein Gesicht, das verborgen bleibt. Den Blick über die Dächer gerichtet. Nehme einen neuen Bierdeckel und versuche, ihr Gesicht zu malen. Strich um Strich. Das Gesicht kenne ich besser als jedes andere, aber wenn ich es zeichnen will, sitzt keine Linie. Jeder Strich ist falsch. Den Bierdeckel zerknicke ich und zerreiße ihn viele kleine Teile.

»Ich will nicht mehr«, sage ich. Weil ich müde bin, sage ich das, und weil ich weiß, dass sie noch stundenlang keine Müdigkeit spüren wird.

»Ich gehe mal kurz aufs Klo, danach können wir ja los«, sagt Kaja und lässt mich sitzen.

Aber als sie von der Toilette kommt, da geht sie nicht an unseren Tisch zurück, sondern zur Theke. Ich sehe, wie sie sich zu einem Typ beugt, der neben ihr an der Bar steht und auf seine Getränke wartet. So ein Schönling. Groß, mit braunen kurzen Locken und hellblauen Eiswasser-Augen. Sie beugt sich zu ihm und flüstert ihm etwas ins Ohr. Ich sehe ihn lachen. Dann nehmen sie sich beide einen Barhocker und fangen an zu labern. Sie rückt näher zu ihm heran. Er streichelt ihr Knie. Sie legt den Kopf schief. Ich werde sauer und gehe zu ihnen rüber.

»Also, ich gehe jetzt auch noch mal aufs Klo, aber dann gehen wir wirklich. Hast du selbst gesagt«, ermahne ich Kaja.

Sie stöhnt. »Ja, habe ich. Aber jetzt sagt Moritz hier, dass gleich noch ein Freund von ihm vorbeikommt.«

»Na und?«

»Und der bringt Panzerschokolade mit.« Kajas Mundwinkel ziehen nach oben bis zu ihren Ohren. Sie strahlt diesen Moritz an, als hätte er sie gerade persönlich von einer langen Krankheit geheilt. Ich sehe sie an und erkenne sie kaum noch. Diese Kaja, die schon längst nicht mehr meine Kaja ist.

»Überleg's dir. Ich bin gleich zurück und dann würde ich gerne abhauen. Am liebsten mit meiner besten Freundin.« Ich gehe in Richtung Toilette und ärgere mich, wie sehr ich wie meine Mutter klinge, wenn ich enttäuscht bin.

Die Schlange vor den Toiletten ist scheinbar endlos. Als ich zurückkomme, sind beide Barhocker leer.

Ich gehe zu unserem Tisch, aber da sitzen längst andere Leute und drehen den Bierdeckel in der Hand, den ich bemalt habe.

Ich gehe zu jedem Tisch, suche in jeder Ecke.

Ich bin so verdammt erschöpft. Ich gehe zu den Toiletten zurück und finde dort Moritz. Auf dem Mädchenklo. Mit einem anderen Mädchen.

Ich tippe ihm unsanft auf die Schulter. »Hey! Wo ist meine Freundin?«

Er löst sich aus der Umklammerung und guckt mich verständnislos an. »Woher soll ich das wissen? Ich dachte, die wäre mit dir abgehauen. Kurz nach dir war die auch weg.« Er dreht sich um und saugt sich direkt wieder an den Lippen von diesem Mädchen fest.

»Ach, Scheiße«, sage ich. Lasse ihn stehen. Gehe ohne Umwege zum Ausgang und wähle Kajas Nummer.

Ihr Mailbox-Singsang trällert los. Ich lege sofort auf. Mein Mailbox-Reflex. Dann wird mir klar, dass ich gerade keine Ahnung habe, wie ich sie finden soll, und ich wähle erneut ihre Nummer. Ich warte auf das Singen.

»I was never cool, in school. I'm sure you don't remember me. Aber falls doch. Hinterlasse eine Nachricht für Kaja Kugler nach dem Piep.« Pieeeep.

»Kaja! Wenn man einander verliert, dann geht man zurück an den Ort, an dem man sich zuletzt gesehen hat. Das hast du mir beigebracht. Also halte dich jetzt auch dran, verdammte Scheiße! Wir treffen uns da wieder, wo wir uns verloren haben.«

Dann lege ich auf, anstatt weiterzusprechen. Ich kann keinen Ort nennen. Kenne ihn selbst nicht.

Wo habe ich Kaja verloren? Wenn ich wüsste, wo ich sie verloren habe, wüsste ich, wo ich suchen soll.

Wann und wo waren wir zwei das letzte Mal wirklich beieinander?

3

Pkw-Pepe

Zuerst gehe ich den ganzen Weg zurück zur *Queen Bee*. Im Hellen ist der Laden wirklich erstaunlich hässlich. Die Türen sind verschlossen. Davor zerbrochene Flaschen, Zigarettenstummel und platt getretene Kaugummis auf dem Boden. Ein Müllwagen fährt vorbei und entlädt die großen schwarzen Tonnen in sein Inneres. Es stinkt, scheppert und klirrt. Der Müllwagen frisst die Reste der Nacht. Alle Geheimnisse der Dunkelheit sind im Tageslicht wie Vampire zerfallen. Nichts ist übrig als Staub und Dreck.

Wenigstens unsere Räder sind noch da. Beide.

Eine Weile stehe ich unschlüssig da und warte, dass Kaja um die Ecke biegt. Dass sie genauso wieder auftaucht wie vorhin an der Elbe. Ich schließe die Augen, zähle bis drei und öffne sie wieder. Bereit für den Zauber. Aber es ist nur ein Trick und dieses Mal klappt er nicht. Da ist kein Mensch. Keine Schritte. Ich warte. Fünf Minuten. Zehn. Dann schreibe ich ihr eine Nachricht. Ich warte darauf, dass sie online ist, dass sie antwortet, dass sie wenigstens etwas tippt. Ich starre auf mein Display. Nichts. Nicht mal » … «

Ich nehme mein Rad und fahre los.

Das hier ist einfach nicht weit genug zurück, durchfährt es mich. Ich muss weiter zurück. Immer weiter, so lange bis ich sie gefunden habe.

Vierzehn Stunden zurück.

Bevor wir die Räder geholt hatten, waren wir bei dem, den alle Pkw-Pepe nennen.

Kaja kannte jemanden, der sich auskennt. Kaja kennt immer so jemanden. Dieser Jemand kannte noch wen und der wusste es. Der wusste ganz sicher, dass wir nur nach dem tannengrünen Polo Ausschau halten müssen. Darin ein blonder Typ mit Ziegenbart. So ein Typ, der immer zappelt. Dem die Beine zappeln, so doll, dass es einen irre macht beim Hinsehen. Aber man soll ja auch nicht hinsehen. Man soll was kaufen und weg. Kofferraum auf. Geld her und zosch! Klappe zu. Auf Wiedersehen. Kaja nennt ihn nur den Pkw-Pepe. Alle, die diesen Namen von Kaja gehört haben, nennen ihn auch so.

Ich hatte Angst, mit hinzugehen. Ich hatte real Angst. Jemand könnte uns sehen, die Polizei könnte uns erwischen, könnte den Autohändler einbuchten und uns auch. Ich wollte nicht in den Knast. Ich wollte nicht, dass meine Mama, dass die Bäckerin, dass unsere Lehrerin, dass irgendjemand uns bei ihm sieht.

Das war so eine Grenze. Das war einfach etwas anderes. Bisher hatte Kaja immer Zeug, weil jemand anderes welches hatte. Geschenke, Tauschgaben, Toiletten-Deals, Wohnzimmer-Deals. Beinahe Zufälligkeiten. Immer das Gefühl, das geht klar, das bleibt alles in der erweiterten

Familie. Aber der Pkw-Pepe, das war einer, der spielte in einer anderen Liga. Der fuhr herum in der Stadt und vertickte. Die Hungrigen fanden ihn und die Süchtigen fanden ihn. Pkw-Pepe. Wie das schon klang. Zu so einem wollte ich nicht. Aber das eine Mal bin ich doch mit gegangen. Weil Kaja mich wahnsinnig gemacht hat. Stundenlang überlegte und plante sie, wann sie was und wo, für wann und wen besorgen könnte.

»Komm schon«, bettelte sie und kaute nervös auf ihrer Unterlippe. »Der ist Profi, da kann nichts schiefgehen.«

»Und wenn doch was schiefgeht? Es kann doch immer was schiefgehen?«, beharrte ich.

»Es kann auch immer ein Ast vom Baum abbrechen und dir den Schädel zertrümmern. Kann. Ilvy. Beruhige dich. Es wird alles gut.«

Kaja spielte den Pulp-Fiction-Soundtrack und tanzte vor mir herum, bis ich lachen musste.

»Einverstanden«, sagte ich.

Sie streichelte über meinen Rücken. »Falls was passiert, sage ich einfach, du hast von nichts gewusst. Du könntest endlich eine Brieffreundschaft zu jemandem im Knast haben!«, sagte sie grinsend.

»Nicht witzig!«

Und dann war es weder witzig noch gangstermäßig gefährlich. Es war erschreckend einfach.

»Ice«, verkündete der Pkw-Pepe mit Werbelächeln. »Ist jetzt überall im Kommen, wo die Leute wissen, was gut ist. Ein Gramm für zwanzig Tacken. Reicht locker für zehn Portionen.« Er fragte nur: »Was sonst noch?«, und »Wie viel?«. Kaja und der Vendor gaben sich die Hand.

Höflich. Knapp. Und das war' s schon. Alles Entscheidende steckte in dem einen Handschlag.

Der Kofferraum klappte zu und wir ließen den Parkplatz hinter uns. Das ging so schnell. In mir kribbelte alles. Keine Fragen, kein Drama, keine Handschellen. Da waren Leute – klar. Aber auf uns achtete niemand. Die parkten ein und aus, trugen Tüten und hatten es eilig. Zu viele Leute, die zu wenig sehen wollten. Ich spürte mein Blut im ganzen Körper pulsieren. Ob ich wollte oder nicht, es fühlte sich auch gut an. Verboten und so, aber auch aufregend tarantinomäßig gut.

Als wir wieder belebte Straßen erreicht hatten, rannten wir. Ohne Ziel. Wir hatten uns nicht abgesprochen, es passierte einfach. Wir rannten uns die Anspannung aus dem Leib. Lachten, keuchten, fühlten uns groß. So großartig. Und unverwundbar. Wir rannten bis runter zum Fluss.

»War halb so wild, oder, Honey Bunny?«, lachte Kaja mich an.

»Halb so wild, Pumpkin«, gab ich erleichtert zu.

»Ohne dich wär's nur halb so gut gewesen, Vince!«, sagte Kaja, summte wieder eine Pulp-Fiction-Melodie und tänzelte breitbeinig um mich herum.

»Ehrensache …«, aber weiter kam ich nicht. Mir fiel der Name von Vince Vegas Gangsterfreund nicht ein. Samuel L. Jackson spielt den, schon klar, aber wie der im Film heißt, darauf kam ich nicht.

Am Fluss war es ruhig. Nur ein paar einsame Gestalten mit Hunden und ein Pärchen, das uns nicht bemerkte, weil es davon abgelenkt war, sich gegenseitig aufzufressen. Kaja legte sich dort auf den Rücken ins

Gras. Ich legte meinen Kopf auf ihren Bauch. So konnte ich spüren, wie schnell ihr Atem ging, wie sich ihr Bauch hob und senkte, sich ihre Atmung langsam beruhigte. Im Sommer lagen wir oft so und spielten: Rate, welches Tier ich in den Wolken erkenne.

»Rate!«, sagte ich.

»Ich glaube, du siehst eine Maus«, sagte Kaja.

»Falsch.«

»Eine Ratte?«

»Wieder falsch.«

»Marder?«

Ich nickte, aber ich sagte nicht *Jetzt ich bin*, sondern stellte die Frage, die mir schon eine Weile auf der Zunge lag. »Was haste denn eigentlich besorgt?« Ich fragte das möglichst lässig, um sie nicht zu verschrecken.

»Wieso fragst du? Willst du was abhaben?«, gab Kaja die Frage zurück.

Ich schüttelte den Kopf, sodass sie meine Reaktion auf ihrem Bauch spüren konnte.

»Na, dann sag ich mal: Dies und das. ’ne bunte Tüte für achtzig Euro.« Die Abendsonne stand fett und rot und tief am Himmel. Im Wasser ging ein Graureiher auf Futtersuche.

»Und wie lange reicht so eine Mischung?«, fragte ich.

»Kommt drauf an. Je nachdem, wie viel ich verticke, wie viel ich behalte, wie gut das Wochenende wird. Schwer zu sagen.«

»Aber …«, setzte ich an, doch da schnellte Kaja in die Höhe und rollte sich dabei so schwungvoll zur Seite, dass ich mit dem Kopf auf die Wiese krachte. »Aua!«

»Wird das hier ein Verhör, oder was?«, keifte sie mich

an. Sie entschuldigte sich dann aber doch, als sie sah, wie ich mir den Kopf rieb. Sie pflückte sogar ein Gänseblümchen und hielt es mir hin.

»Vielleicht lass ich mir auch so eine Frisur schneiden. Wie die Frau mit dem Pony. Wie hieß die noch mal?«, fragte Kaja.

»Welche Frau?«.

»Na, die aus Pulp Fiction. Die, die mit Travolta tanzt.«

»Ich komm nicht drauf«, gab ich zu. Aber ich sah sie deutlich vor mir.

»Soll ich?«

Ich zuckte mit den Achseln. »Warum nicht? Würde sicher richtig gut aussehen.«

Sie nickte zufrieden. »Eben. Warum auch nicht …«, sagte Kaja leise und wie zu sich selbst. Wir sahen dem Fluss zu und wurden ganz ruhig dabei.

»Meinst du, ich sollte auch?«, fragte ich nach einer Weile in die Stille hinein.

»Auf keinen Fall. Deine Haare sind gut so, wie sie sind«, sagte Kaja entschieden.

»Ich meine nicht die Haare«, sagte ich und deutete auf das Drogen-Päckchen, das Kaja hütete wie einen Schatz.

»Oha!« Kaja blickte mich erstaunt an. »Sieh an, sieh an. Ilvy, die Reine, wagt sich an den Chemiescheiß! Dabei sagst du doch immer, man wird kaputt und komisch von dem Zeug.« Sie zog die Augenbrauen hoch. »Neue Töne.« Sie nickte anerkennend, faltete das Päckchen auf und legte es zwischen uns ins Gras. »Voilà!« Sie strich mit der Hand darüber, mit einer Geste wie von einem Zauberer.

Mit voller Aufmerksamkeit war ihr Blick auf mich gerichtet. Gespannt wartete sie ab, was ich tun würde. Ich hatte schon öfter gesehen, was Kaja nahm und wie, aber ich wollte noch nie. Nur Pflanzenzeug, alles andere machte mir Angst. Je öfter mir jemand etwas anbot, umso weniger wollte ich. Doch in diesem Moment, die Beine noch müde vom Rennen, mit dem Rest Tarantino-Coolness im Körper und Kaja neben mir, die gar nicht erst auf die Idee kam, mir etwas anzubieten, da dachte ich zum ersten Mal: Warum nicht? Ich könnte es ja zumindest mal probieren.

Aber als ich die Hand nach einem der kleinen Beutel dort ausstreckte, da schnellte Kaja nach vorn, griff blitzschnell mein Handgelenk und klappte mit der anderen Hand das Päckchen zu.

»Keine gute Idee«, murmelte sie, sprang auf, steckte das Päckchen in ihren Rucksack, schob den Rucksack unter ihr Rad und ging entschlossen zum Wasser runter.

Ich lief ihr nach. »Hey! Was soll das?«

Kaja warf ihre Schuhe neben mich ins Gras und stieg mit den Füßen in den Fluss. Ich stand hinter ihr und sah ihr zu, wie sie den Kopf schüttelte. Wieder und wieder. »Nee, Ilvy. Nee. Du sagst doch, man wird kaputt und komisch von dem Zeug. Sagst du doch sonst immer. Also nee und nee.«

»Na ja, was heißt komisch, du bist ja nicht direkt komisch, aber du bist dann eben anders, wenn du was drinhast«, versuchte ich zu erklären.

»Nee«, sagte sie wieder. »Nee. Das Ding ist, dass du recht hast. Kaputt und komisch, das ist gar nicht so verkehrt.« Sie drehte sich zu mir um. »Aber du bist so nicht, Ilvy. Weder komisch noch kaputt. Und ich will nicht schuld sein, dass du so wirst.« Sie drehte sich wieder weg und ging ein paar Schritte tiefer ins Wasser.

»Aber sonst bietest du mir doch auch manchmal was an«, sagte ich verwirrt.

Ihre Hände strichen über das Wasser, während sie mit entschlossener Stimme weitersprach. »Kann sein. Dann hör nicht auf mich, wenn *sonst* oder wenn *manchmal* ist, okay. Hör jetzt auf mich. Du bist so nicht.«

Ich verstand nur halb. »Aber du bist doch auch nicht so.«

»Was redest du da? Ich bin schon so lange kaputt, dass ich es nicht mal mehr komisch finde«, murmelte Kaja in den Fluss hinein.

»Stimmt doch gar nicht«, sagte ich.

»Du bist ein hoffnungsloser Fall von Verblendung«, sagte Kaja leise. Dann legte sie eine Art Schalter um, sprang ein Stück weiter ins Wasser, wobei sie vornübergebeugt rief: »Aber weißt du, was stimmt? Dass ich dich lieb habe!«

Sie kreischte lauthals, während sie plötzlich von vorn nach hinten, zwischen ihren Beinen hindurch, Wasser zu mir schaufelte wie ein buddelnder Hund.

Von oben bis unten nass gespritzt zog ich meine Hose aus und beeilte mich, zu ihr ins Wasser zu kommen. »Na, warte! Wasserwalze!«, rief ich Kaja zu und warf mich mit Schwung zu ihr, dass es klatschte.

Es wurde eine erbarmungslose Wasserschlacht, an deren Ende wir wohl beide etwas von der dreckigen Flussbrühe verschluckten. Und wahrscheinlich waren wir beide erleichtert, dass keine von uns das Päckchen noch mal erwähnte.

Und jetzt fahre ich also vierzehn Stunden später mit dem Rad erst zurück zum Parkplatz und dann zum Fluss.

Aber da ist niemand mehr. Kein Pepe, keine Kaja, keine bunten Tüten. Weder da noch dort. Am Fluss sitzt nur ein Angler auf einem grünen Klappstuhl. Ein Hobby-Fischmörder oder einfach einer, der eine Rechtfertigung für maximale Stille braucht. Er nickt mir zu und kurz habe ich Lust, Krach zu machen. Große Lust, albern zu schreien oder so, um ein paar Fische zu retten.

»Kaja!«, rufe ich, so laut ich kann. Der wütende Blick des Anglers bleibt die einzige Antwort auf mein Rufen.

Das Gras ist noch immer platt an der Stelle, an der Kaja und ich gelegen haben. Nur die abgeknickten Halme schreiben *We were here* in den Tag. Ansonsten keine Spur von ihr. Aber irgendwie wundert es mich gar nicht, Kaja da nicht zu finden. Als wir dort waren, hatten wir einander längst verloren.

Ein Reiher kommt, um dem Angler Konkurrenz zu machen. Genug Ruhe gibt es vielleicht nicht mal am Fluss.

4

Fingerabdrücke und Familiengeschichten

Dann weiß ich plötzlich, wohin ich gehen will. Ich will mir einen Gefährten suchen. Einen, dem ich erzählen kann, was passiert ist. Zumindest die Schlagzeilen.

Ich gehe nicht zu irgendjemandem. Ich gehe zu Kaan.

Weil er in unserer Straße wohnt, muss ich aufpassen, dass mich Kajas Eltern nicht sehen. Noch ist es früh, kaum jemand ist unterwegs. Nur ein paar dicke Stadttauben gähnen ihr Sonntagslied und eine hundertjährige Frau schleicht mit einem hundertjährigen Hund an mir vorüber. Am besten, mich sieht überhaupt niemand außer Kaan, denke ich, als ich die Straße entlanghaste. Mein Herz hämmert lauter als meine Schritte auf dem Asphalt, aber ich kneife die Augen zusammen und klingle einfach, noch bevor ich zögern kann.

Als ich reinkomme, sitzt die Familie an einem runden Holztisch vor weißen Tellern und frischen Brötchen. Kaans Vater brät Eier. Das Fett brutzelt in der Pfanne. Sonntagsfrühstück. Familienfrühstück. Und das ist so schön, so normal und so unfassbar beruhigend, dass ich am liebsten alles vergessen und mich einfach dazusetzen würde. Butter auf ein Croissant schmieren und mit Kaans Mutter dem Radio lauschen, anstatt meine verdrogte, verschwundene Freundin zu suchen. Aber natürlich geht das nicht.

Kaans kleine Schwester nimmt meine Hand und hüpft daran auf und ab. Ihr Zopf wippt hoch und runter, wie bei einer Comicfigur. »Besuch!«, ruft sie begeistert und hüpft immer weiter. »Wer bist denn du?«

»Das ist Ilvy«, erklärt Kaan. »Erinnerst du dich nicht? Die geht auf meine Schule.«

»Ach, natürlich«, mischt sich Kaans Mutter ein. »Du wohnst hier in der Nähe, nicht wahr?«

Ich nicke. Aus Angst, sie mit meiner Bierfahne anzuhauchen, sage ich lieber nichts.

Kaans Vater mustert mich sichtlich irritiert. »Das ist ja ... Das nenne ich mal Überraschungsbesuch.«

Es wundert mich nicht, dass er sich kaum an mich erinnert. Es ist Jahre her, dass ich Kaan mal besucht habe. Damals waren wir Kinder. Damals hatte er selbst noch keine grauen Haare.

»Setz dich doch«, sagt Kaans Mutter freundlich und rückt für mich einen Stuhl zurecht. Durch die Fenster fällt Sonnenlicht und es sieht wirklich schön aus hier. Es ist nicht so eine pseudoharmonische Tchibo-Welt, sondern wirklich gemütlich. So, dass mir eines langsam wirklich unangenehm ist, und das bin ich selbst.

Zwischen dem Kaffeeduft und den hellblauen Morgenmänteln kann ich mich deutlich riechen. Meine Fahne. Schnaps, Schweiß und Rauch. Ich kann mich unmöglich dazusetzen. Finde den Fehler im Bild – ich bin der Fehler, bin das, was nicht in die Brötchen-Idylle passt.

»Danke. Das ist nett. Total lieb, echt, aber ich wollte nur ganz kurz etwas besprechen und dann muss ich weiter.«

Kaans fragender Blick ruht auf mir, während ich spreche.

Die Kaffeemaschine gluckert leise.

Kaan steht vom Tisch auf und geht mit mir in den Flur.

»Ist es wegen gestern?«, will er wissen. Steht so dicht vor mir, dass ich sein Shampoo riechen kann. Seine Haut. Sicher riecht er mich auch. Mich und das Gegenteil von Shampoo.

»Ja. Gestern. Heute. Was weiß ich. Aber es geht nicht um dich.«

»Ach so. Nicht?« Seine Schultern sinken herab. Er entspannt sich ein wenig. Mir wird unangenehm bewusst, dass ich Reste von Kajas Blut an meiner Hose habe und dass ich nichts unter meinem Top druntertrage. Ich versuche, die Arme so vor mich zu halten, dass man es nicht sofort sieht, aber das ist albern und nützt nichts. Jetzt bemerkt Kaan es erst recht und bemüht sich, so zu tun, als würde es ihm nicht auffallen.

Im Radio in der Küche läuft *Dance Monkey*. Es fällt mir schwer, mich zusammenzureißen.

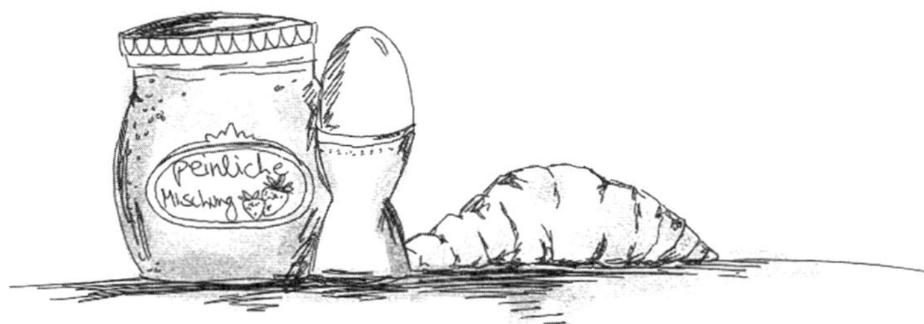

»Kaja ist weg. Einfach weg. Und ich muss sie suchen.«

»Warum eigentlich?«, fragt er.

»Wie meinst du das? Sie kann ja nicht wegbleiben.«

Kaan lehnt sich lächelnd an die Wand und sieht mich an.

»Nee. Kann sie nicht. Sag ich auch gar nicht. Ich frage nur, warum ausgerechnet *du* sie suchen musst, Ilvy. Warum musst du dich andauernd um Kaja kümmern?«

Ich würde seine Frage am liebsten abschütteln wie kaltes Wasser.

»Für eine Grundsatzdiskussion hätte ich pennen müssen, ganz ehrlich.«

Kaan lacht echt und still in sich hinein.

»Ich will zu unserem Zelt und gucken, ob sie dort ist. Aber da will ich nicht allein hin. Allein ist das Wäldchen kein guter Ort«, erkläre ich. Er streicht mit einer Hand über seinen Arm, während er mir zuhört. Auf und ab. Ich sehe auf seine Hände und versuche, mir nicht vorzustellen, dass er mich anfasst mit diesen Händen. Aber das ist gar nicht so einfach, nicht mehr. Und ich frage mich, wann das angefangen hat. Früher hatte ich solche Gedanken nie. Da war Kaan einfach Kaan und seine Hände nichts weiter als irgendwelche Hände.

»Ich dachte, es wäre gut, wenn ich einen Verbündeten hätte«, sage ich und reiße meinen Blick los.

Kaan bemüht sich, streng zu klingen. »Einen Verbündeten? Und da hast du an mich gedacht?« Ein lautes Fragezeichen. Aber aus dem Augenwinkel sehe ich seine Steinaugen leuchten.

Ich nicke. »An wen sonst?«

»Wie wäre es mit jemandem, der sie besser kennt?«

»Du hast doch mal gesagt, mit Abstand sieht man klarer, oder so ähnlich«, wehre ich ab.

Kaan probiert gar nicht erst zu verbergen, wie sehr es ihn freut, dass ich mir das gemerkt habe. Er strahlt richtig.

»Ja. Das habe ich gesagt. Ich nenne es den Gemälde-Effekt.«

»Den was?«

»Keinen Plan, ob es so etwas offiziell gibt, aber ich glaube daran, dass man manche Dinge nur aus der Distanz begreifen kann. So wie diese riesigen Gemälde in der Kunsthalle. Wenn du direkt davorstehst, siehst du nur Farbflecken. Nur Chaos aus Farbmatsch. Um ein Bild darin zu erkennen, musst du mindestens drei Schritte nach hinten gehen. Verstehst du?«

Ich nicke und hoffe, Kaan sieht mir nicht direkt an, wie sehr er mir gefällt. Er gefällt mir sehr sehr.

»Also kommst du mit?«

»Natürlich komme ich mit«, sagt er leise.

Fünf Wochen zurück.

Vor uns schien sich eine gute Zeit abzuzeichnen. Es war der letzte Schultag vor den Sommerferien. Unsere letzten Ferien vor dem Abi.

Es war bereits seit Wochen heiß und trocken. Der Stichgraben am Wäldchen führte kaum noch Wasser, die Wiesen waren gelb und ausgedorrt. Der letzte Schultag vor den Ferien war unnatürlich lang und schien alle Gesetzmäßigkeiten von Zeit außer Kraft zu setzen. In den Klassenräumen stand die Luft, obwohl die Fenster weit geöffnet waren. Unsere Lehrer hatten riesige Schweißflecken an ihren Hemden. Die meisten Leute aus unserer Stufe erzählten den ganzen Tag von ihren Reiseplänen, vom Zelten in Spanien, in Frankreich, in Holland, in Finnland, an der Ostsee.

Nur wir erzählten nichts.

Wir brachten unsere Zeugnisse nach Hause, trugen sie vor uns her und versuchten, sie dabei nicht zu verknicken. Wenn ich Kaja von der Seite ansah, musste ich grinsen. Sie hielt ihr Zeugnis wie einen wertvollen, aber giftigen Gegenstand an den ausgestreckten Armen vor sich. Die Finger so gespreizt wie möglich. Ernst sah sie aus. Nicht nach Ferien, nicht nach Freibad und Partymodus.

Im kühlen Treppenhaus fragte ich: »Kennst du das – im Flur stehen und fast platzen, weil man sich so drauf freut, dass man gleich zu Hause ist? Dass endlich Ferien sind …«

»Nee«, sagte Kaja nur. Sie knibbelte an ihrem hellblauen Nagellack, als ich mich zu ihr drehte. »Kennst du das – im Flur stehen und sich nicht rühren, weil man nicht weiß, was einen zu Hause erwartet?«, fragte sie zurück. Sie sah nicht mich an, sondern blickte mit ihren Moosaugen die Treppe empor.

Ich nahm ihre Hand und erschrak. Sie drückte so fest zu, dass es wehtat. Die Augen starr auf die Stufen geheftet. Schlagartig wurde mir klar, wie privilegiert ich war. Ich war das sowieso und ich wusste wie sehr. Ich wusste es, wenn ich mein helles, sicheres Zimmer betrat, wenn ich reisen konnte, wohin ich wollte, essen, wonach mir war, feiern, mit wem ich wollte, mit meiner Mutter reden und davon ausgehen, dass sie Verständnis für mich hatte. Ich wusste es immer, wenn ich einen News-Feed zu irgendeinem anderen Teil der Welt sah und ihn mit meinem Wattedasein verglich. Wie hätte ich es nicht wissen können.

Aber in diesem Moment an der Treppe war das anders. In diesem Moment konnte ich fühlen, an dem Druck, mit dem Kajas Finger meine Hand umschlossen, wie anders dieser Tag sich für Kaja anfühlen musste, weil ihre Eltern ihre Eltern waren und ihre Sorgen ihre Sorgen. Und weil ich nie solche Angst haben musste, wenn ich dahin ging, wo mein Zuhause war.

Stumm blickten wir gemeinsam jede einzelne der Stufen hinauf, die zu ihrer Wohnung führten. »Nicht jetzt«, sagte ich entschlossen, bevor Kaja sich verabschieden konnte, und zog sie mit hinaus in den Hof und im Hinterhaus die andere Treppe hoch in meine Welt. Wir rannten, nahmen zwei Stufen auf einmal, drei Stufen. Bis wir außer Atem an der Tür ankamen, die uns einlud. Ich wollte Kaja am liebsten den ganzen Sommer bei mir verstecken, unter meinem Bett, in meinem Schrank, egal wo. Und danach den Herbst und dann immer so weiter.

Angekommen in unserer Küche begannen wir, Mittagessen zu machen. Kaja und ich allein. Wir wollten meine Mutter überraschen. Kaja gab die Anweisungen. Sie war der Chefkoch, ich ihre Küchenhilfe.

»Zuerst müssen wir Wasser aufsetzen.« Wir schütteten viel zu viel Salz ins Wasser, aber das war egal.

»Und jetzt die Spaghetti.«

Wir plapperten und machten Witze und dachten nicht an gegenüber, nicht an die Zeugnisse. Als die Nudeln fast gar waren, warfen wir jede eine Handvoll Erbsen ins sprudelnde Wasser. Die Erbsen waren tiefgefroren und kühlten unsere warmen Hände. Kaja schlug ein Ei auf, so wie meine

Mutter es ihr gezeigt hatte, verrührte das Ei mit Joghurt, schüttete das Nudelwasser ab und goss dann Joghurt-Eier-Matsche in den Nudeltopf. Ich gab Pfeffer dazu, bis Kaja Stopp sagte. Wir zupften Basilikumblätter ab, pressten eine halbe Zitrone aus, rieben Parmesan und versuchten, uns nicht die Fingerkuppen kaputt zu reiben.

Paula hat uns oft zuschauen lassen, so oft, dass Kaja sich alles genau gemerkt hat. Sie hat es mir beigebracht, als wir zwölf waren. Es war das einzige Gericht, das wir kochen konnten. Wir nannten es Paulaghetti.

Wir klapperten mit dem Geschirr, redeten ununterbrochen und deckten den Tisch. Kaja zeigte mir, wie man aus Servietten Blumen falten kann. Als es klingelte, zuckte Kaja zusammen. Aber es waren nicht ihre Eltern, sondern nur der Postbote. Ich machte blöde Witze und Kaja lachte über jeden Witz, auch über die, die gar nicht lustig waren, und über die, die sie schon kannte. Wir redeten über die Ferien. Darüber, wie albern es war, dass Paula unseren alljährlichen Besuch bei Tante Laura immer Urlaub nannte. Darüber, dass wir uns vermissen würden.

Als meine Mutter reinkam, hatten wir die Teller schon auf den Tisch gestellt. Die Nudeln dampften nicht mehr, waren aber noch nicht ganz kalt. Wir hatten auf Paula gewartet, und als sie uns sah, die Teller und den Topf, da sprang sie in die Luft vor Freude, schlang ihre blassen weichen Arme um uns und jubelte. »Was für ein Glück ich mit euch habe. Was für ein Glück, dass ihr euch habt!«

Beim Essen redete sie die ganze Zeit von ihrem neuen Job im Krankenhaus, von den neuen Kollegen, von der Kantine, von den vielen Gängen und Zimmern. Erst als ihre Gabel die letzten Spaghetti mit einem Quietschen auf dem Teller zusammenschob, fiel es ihr ein. »Habt ihr heute nicht Zeugnisse bekommen?«

Nicken. Kaja legte den Löffel beiseite. Hörte sofort auf zu essen. Ich sprang auf, holte mein Zeugnis und baute mich damit vor Mama auf. Ich las es vor. Laut und stolz, spielte Dankesrede bei der Preisverleihung. Ich verbeugte mich mit langem Rücken. Mama applaudierte. Als ich wieder hochkam und mich aufrecht hinstellte, fiel mein Blick auf Kaja. Sie hatte sich die Unterlippe blutig zerbissen. »Kajas Zeugnis ist besser als meins«, sagte ich schnell. Kaja blickte auf die Servietten ohne ein Wort.

Paula lehnte sich ganz ruhig vor. Atmete tief ein und legte eine Hand auf Kajas Hand. »Soll ich mitkommen, Kaja? Soll ich mit ihnen reden?«

Kajas Augen füllten sich mit Tränen. »Bloß nicht«, sagte sie eindringlich. »Ist doch Quatsch. Ist nicht nötig. Echt, es ist ja nichts.«

Paula kniff die Augen zusammen, untersuchte Kaja mit Blicken. Krankenhaus-Röntgenblicke.

Kaja wischte sich die Tränen weg. Versuchte zu grinsen. »Es ist nur … Was soll ich denn machen, ohne euch?«

»Wir sind nur zwei Wochen bei meiner Schwester. Schneller, als du blinzeln kannst, sind wir zurück und dann kannst du bei uns bleiben, so lange du willst«, versuchte Paula sie aufzumuntern.

Ich spürte einen kurzen Stich, der weniger daher rührte, dass sich wieder alles um Kaja drehte, als daher, dass Paula Versprechungen machte und Verabredungen traf, ohne mich auch nur zu fragen. Natürlich war es lächerlich. Mir war klar, dass ich es Kaja ebenfalls angeboten hätte, und mir war außerdem klar, dass Paula das wusste. Aber dennoch füllte ein unangenehmes Stechen meine Rippen.

Ich wollte das nicht fühlen. Ich kam mir geizig vor, wenn ich solche Gefühle bemerkte. Eigentlich wusste ich, dass sich Liebe nicht aufbrauchte, aber uneigentlich kam dieses Eifersuchts-Piksen trotzdem manchmal von hinten angesprungen und fragte nicht, ob das passend wäre. Ich versuchte, das Gefühl abzuschütteln, mit aller Entschlossenheit, weil ich fand, dass es nicht zu mir passte. Oder jedenfalls wollte ich nicht, dass es zu mir passte.

»In zwei Wochen gehören wir wieder dir«, setzte ich schnell hinterher.

Kaja nahm meine Worte dankbar entgegen, als hätte ich ihr ein Eis hingehalten. Sie nickte wieder und wieder, um sich selbst Mut zu machen.

Ich nickte einfach mit und wartete darauf, dass das Gefühl dem Nicken folgte. Um sieben sollte Kaja zu Hause sein. Bis drei vor blieb Kaja bei uns, auch wenn sie die letzte Stunde fast nichts anderes tat, als immer wieder auf die Uhr zu schauen. Ich brachte sie zur Tür.

Die andere Hofseite war mit einem Mal erstaunlich weit weg. Zwei Wochen erstaunlich lang.

5

Zelt und Zaungäste

Drei Wochen zurück.

Es war spät, als wir zurückkamen. Ich hatte noch nicht einmal die Schuhe ausgezogen, als es schon wie wild an unserer Tür klopfte. Im Nachthemd stand Kaja da, barfuß in ihrem übergroßen T-Shirt mit *Star-Wars*-Aufdruck. »Ich kann nicht lang bleiben. Aber ich habe einen Vorschlag für dich. Du darfst nichts fragen, erst mal nur zuhören und dann sagen, ob du dabei bist«, forderte sie aufgebracht. Als sie meinen Blick bemerkte, verschränkte sie ihre Arme hinterm Rücken. Am rechten Handgelenk hatte sie einen blauen Fleck.

»Willst du heute hierbleiben? Dann können wir quatschen. Ich bin nämlich absolut unterinformiert. Deine Nachrichten waren so einsilbig. Ich brauche Details …«

Kaja sah zur Tür, zu ihrem Fenster gegenüber. Dann wendete sie den Kopf zu mir. Ihre Schultern hingen schlaff herab. Kein Wort. Nicht mal ein Kopfschütteln. Sie sah mich nur an. Sie sah so traurig aus.

»Also, hörst du dir jetzt meinen Vorschlag an?«, bohrte sie nach.«

Ich nahm sie in den Arm und sie hielt mich. So fest, als wolle sie mich nie mehr loslassen. Aber dann ließ sie mich doch los. Und ich musste versprechen, dass wir es so machen würden, wie sie es sich ausgedacht hatte. Lange überreden musste sie mich nicht. Schon am nächsten Morgen wollten wir gemeinsam losziehen.

All die Camping-Geschichten unserer Schulfreundinnen hatten Kaja auf eine Idee gebracht. Vor Aufregung konnte ich kaum schlafen. Viel zu früh wachte ich auf und packte meine Sachen. Ich war schon fertig, bevor es hell wurde. Wir sagten, dass wir zelten fahren würden. Mit Schulfreunden. Wir sagten, dass da Plätze frei geworden wären, ganz kurzfristig. Bei so einer Reise-Dings, und dass da alle aus unserer Stufe hindürften. Und dann nahmen wir auch tatsächlich ein Zelt mit. Außerdem einen Campingkocher, einen Topf, zwei Teller, zwei Thermobecher, zwei Isomatten, Schlafsäcke, einen Gettoblaster mit Batterien, Yumm-Yumm-Nudeln und einige Konserven. Außerdem jede einen Rucksack mit Wechselwäsche und Taschenlampen. In meinen Rucksack steckte ich außerdem meine Stiftemappe und einen Skizzenblock. Zweihundert Blatt. Und dann nahmen wir die Räder.

Wir fuhren aber nirgends hin. Stiegen in keinen Reisebus. Schleppten den Kram nur in das Wäldchen hinter den Bahngleisen. Nur zehn Minuten Fußweg von unseren Wohnungen entfernt. Das sollte unsere neue Basis werden.

Hier richteten wir uns ein, steckten die Zeltstangen ineinander, rammten Heringe in die Erde, schoben die Luftmatratzen aneinander und rollten einen Baumstamm als

Sitzbank neben den Zelteingang. Hier waren wir weit genug entfernt, um wirklich von zu Hause weg zu sein, und immer noch so nah an allem, was wir gelegentlich unerkannt von dort besorgen wollten, und so nah, dass uns ausgewählte Menschen besuchen konnten. Auserwählt war allerdings kaum jemand. Nur der Lange und Kati-Kosmonautin. Ich wollte auch Kaan einweihen, aber Kaja meinte: »Je weniger Leute davon wissen, umso besser.«

Die erste Nacht im Zelt war mild und sternenklar. Es roch nach Moos, Gras, nach Kiefern, Zedern und Fichten. Kaja breitete die Arme aus.

»Willkommen im Spa-Hotel Borke und Birke.« Und mit diesen Worten legte sie eine Isomatte vor den Zelteingang und hielt mir ein Tütchen hin. Wir rauchten, tranken süßen Eistee und hörten Bob Marley. Noch hatte die Boombox genug Akku und es war irre, wie laut sich sogar leise Musik anhören konnte, wenn man im Wald war. Außer uns knackten und raschelten nur ab und zu kleine Mäuse, Igel oder Marder durchs Unterholz. Das war ihr Wald. Wir waren nur Sommergäste.

Kaja schnitzte Rinde von einem Stock nach dem anderen. Stundenlang. Der Bluterguss an ihrem Arm war riesig. Während sie schnitzte, summte Kaja Lieder, die Paula uns früher vorgesungen hatte. Ich setzte mich zu ihr und deutete auf ihren Arm. »Wie ist das passiert?«, fragte ich.

Kaja ließ das Messer sinken. »Können wir so tun, als hättest du die Frage nicht gestellt?«

Ich wusste, dass mein Gesichtsausdruck ein einziges Fragezeichen war. Aber ich konnte es nicht ändern. »Ja, geht in Ordnung, ich wollte nur …«

Da rammte Kaja das Messer in den Boden und warf den Stock ins Gebüsch. »Verdammt, Ilvy. Es war gerade gut so, wie es war. Gut in mir. Und in diesem Moment.«

Sie stand auf und ging ins Zelt. »Fragen können alles kaputt machen. Ich dachte, du verstehst das.« Sie setzte sich ins Zelt und baute die nächste Tüte. Und danach noch eine.

Ich rauchte nicht mehr mit. Aber ich sagte auch nichts dagegen. Ich wollte. Eigentlich wollte ich fragen, warum sie in letzter Zeit so viel rauchte, dass mir schon beim Zusehen schlecht wurde. Aber ich hatte das Gefühl, mein Pensum an Fragen sei aufgebraucht. Kaja entspannte sich wieder und ich wollte diese Ruhe nicht zerstören.

Wir lagen nebeneinander in unseren grauen Schlafsäcken in dieser Nacht und Kaja sang die Schlaflieder, die Paula für uns gesungen hatte, wenn wir nicht schlafen konnten. Damals, als wir klein waren. Ich hatte die Augen geschlossen und lauschte.

»Deine Stimme …«, überlegte ich laut. »Wenn du singst, klingt deine Stimme fast wie Paulas Stimme.«

»Ja, nicht wahr? Ich finde auch. Verdammt ähnlich«, sagte Kaja zufrieden. »Und findest du nicht, dass wir uns sogar ein bisschen ähnlich sehen, Paula und ich?«

Ich öffnete die Augen, drehe mich auf die Seite und sah mir Kajas Profil im Halbdunkeln an. Die großen Augen. Das Muttermal über ihrer Augenbraue.

»Geht so«, sagte ich.

»Also, zumindest so ähnlich wie du und Paula, wenn nicht sogar ein wenig mehr«, beharrte Kaja.

»Würde dir das denn gefallen?«, fragte ich verwundert.

Sie streckte die Hand nach mir aus und ich gab ihr meine.

»Wir könnten Schwestern sein. Du und ich. Das würde mir gefallen«, sagte Kaja und machte es sich bequem. »Wer weiß. Wenn meine Eltern gar nicht meine Eltern wären. Wer weiß …«

Sie schloss die Augen und ich hörte, wie ihr Atem leiser wurde.

Die Anspannung, die sich in den letzten Monaten zwischen uns aufgestaut hatte, den Prüfungsstress, die Missverständnisse mit Kajas Eltern, alles ließen wir in diesen Tagen in den Waldboden sickern wie Baumharz. Meist hingen wir einfach unseren Gedanken nach, fuhren nachts mit dem Rad durch die Stadt und schliefen unter freiem Himmel vor unserem Zelteingang. Unsere Handys schalteten wir kaum noch ein. Wir hatten plötzlich endlos viel Zeit.

Einmal sagte Kaja unvermittelt: »Ich will ein Floß bauen.«

Ich sah in Kajas leuchtendes Gesicht. Kajas Abenteuer-Gesicht. Es war einer der Einfälle, die nicht warten konnten. Stift und Block warf ich in meinen Rucksack, den Rucksack ins Zelt und dann rannten wir los wie Ausreißer in einem Kinderbuch, obwohl niemand hinter uns her war und wir auch hätten schleichen können, aber wir wollten rennen, weil die Floß-Idee ein bisschen Eile verdient hatte.

Seile, zwei dünne Holzplatten und Nägel besorgten wir im Baumarkt, mit Geld, das wir aus dem Arbeitszimmer von

Kajas Vater geklaut hatten. Das Holz lasen wir am Ufer auf. Das sollte man nicht tun, ist verboten, klar, aber in dem Moment hatten wir andere Dinge im Kopf. Sonnenstrahlen sickerten durch die Baumwollfäden unserer Pullover und wärmten unsere Rücken. Über uns jagte ein Vogelschwarm vorüber.

Das Floß bauten wir halb im Wasser, denn als Ganzes hätten wir es nicht mehr von der Stelle bewegen können. Wir legten zwei dicke Seitenhölzer im Abstand von vielleicht zwei Metern auf den Boden und brachten darüber fünfzehn dünnere Hölzer an, die später unsere Sitzfläche bilden sollten. Nach und nach. Wir sprachen kaum ein Wort. Nur das, was zur Absprache beim Floßbau nötig war. Jeden einzelnen Querbalken verknoteten wir mit Seilen an den Seitenhölzern. Erst als wir fertig damit waren, machten wir eine Pause, aßen ein Brot mit Butter und Salz und legten uns einen Moment ans Ufer in die Sonne. Kaja summte *Summertime* und es war herrlich.

Für die Paddel nagelten wir jeweils eine der Holzplatten zwischen die Enden von zwei langen Ästen und umwickelten sie mit Seilstücken, so fest wie wir konnten. Damit das Floß nicht ohne uns losfuhr, banden wir noch ein weiteres Seil an eines der äußersten Hölzer.

Dann saßen wir da und sahen es uns an: unser Floß. Halb auf dem Trockenen, halb im Wasser.

Keine Ahnung, woher Kaja wusste, wie man ein Floß baut, aber Kaja wusste Dinge einfach, wenn sie sie wissen wollte, oder sie fing einfach an und dann ging es irgendwie voran.

Um uns zu waschen, radelten wir in diesen Tagen morgens zum Himbeersee. Wie der See wirklich hieß, vergaß ich ständig. Für uns war es eben der Himbeersee. Ganz früh, dann war da außer uns noch kein Mensch. Nur ein Reiher landete auf einem umgeknickten Ast neben uns.

»Freiheit!«, schrie Kaja aus voller Kehle, als sie zum ersten Mal morgens vor acht splitternackt in den See sprang. Die Fische stoben in alle Richtungen auseinander. Wir konnten zusehen, wie die wandernde Sonne die Farben des Sees verwandelte. Ich saß am Ufer und zeichnete den See, während Kaja darin ihre Bahnen drehte und laut sang. Es waren Nonsens-Lieder in einer erfundenen Wassersprache. Immer wieder senkte sie beim Schwimmen ihr Kinn in den See und blubberte die nächsten Zeilen vor sich hin.

Einmal duschten wir auch beim Langen und einmal im Freibad. Schon eine Woche später entspannte sich unsere Lage ohnehin, da Kajas Eltern in den Urlaub fuhren und Paula unentwegt arbeitete. Wann immer wir wollten, gingen wir nun heimlich in unsere Wohnungen. Wir duschten dort, klauten Essensvorräte von Kajas Eltern und brachten sie in unser Zelt. Stets darauf bedacht, möglichst keine Spuren zu hinterlassen.

Irgendwann nahm Kaja mit großer Selbstverständlichkeit das schwarze Hollandrad ihrer Mutter mit. Entgeistert sah ich das glänzende Rad an. »Was hast du damit vor?«

»Verkaufen«, sagte Kaja trocken. »Was sonst? Es ist ein viel zu geiles Rad, um im Keller zu vergammeln. Meine Mutter hat es sich nagelneu aus Amsterdam liefern lassen und ist im letzten Jahr nur einmal damit gefahren, als es ankam. Es ist Sommer, das Rad soll gefahren werden, finde ich.«

»Du befreist es sozusagen.«

»Ganz genau. Außerdem können wir ein bisschen Geld gut gebrauchen.«

Noch hatten wir das Geld, das wir für die Busreise und den Campingplatz bekommen hatten. Wir lebten sparsam. Wenn wir zum Supermarkt gingen, bezahlte ich immer Kaugummis, zwei Äpfel und zwei Bier, während Kaja in ihrem geblümten Stoffbeutel alles andere mitgehen ließ, was wir essen wollten. Ab und zu brachte uns der Lange eine Flasche Wodka und Falafel-Dürüm mit. Wir kraulten ihm dann den Kopf und Kaja erzählte Geschichten, die sie sich extra für ihn ausdachte. Mit dem Deal schien auch er ganz zufrieden. Trotzdem würde das Geld natürlich nicht ewig reichen, das wussten wir beide.

Das Rad verkaufte Kaja schließlich an Kati-Kosmonautin. Kaja war ein echter Fan von Kati. Nicht nur weil Kati drei Jahre älter war als wir und zwei Köpfe größer. Kati war bekannt dafür, dass sie mit allem handelte, was auf dem freien Markt erhältlich war, und nebenbei auch mit dem, was verboten war. Sie war groß und dürr wie ein Model, mit einem seltsam kindlichen Gesicht. Ihre Züge hatten etwas Puppenhaftes, nur dass Kati offenbar versucht hatte, diese Wirkung mit einer großen Portion Metall zu verändern. Den Platz auf ihrem Gesicht teilten sich Bridge-Piercing, Cheek-Piercings, Eyebrow-Piercings und Anti-Eyebrow-Piercings. Sie sah aus wie eine Elster mit einer Liebe zur Symmetrie.

Kati sprühte das Rad direkt bei uns am Zelt hellblau an, bezahlte es mit Gras, abgepackt in zehn kleine Tütchen, und fuhr in der Dämmerung darauf weg. Im Wäldchen roch es noch nach Kiffe und Lack, als Kaja die Päckchen in eine Reihe vor sich hinlegte. Eines neben dem anderen auf einer geraden Linie fesselten sie meinen Blick. »Das ist zu viel, um es allein zu rauchen. Das ist echt übertrieben«, sagte ich mit leiser Stimme.

»Wer sagt denn, dass wir die alle selbst rauchen?« Kaja legte sich auf den Bauch, die Hände unter ihrem Kinn wie ein Kissen übereinandergelegt, die Beine lang ausgestreckt. Aufmerksam sah sie die Päckchen an und überlegte eine Weile. »Wir behalten zwei und verkaufen acht.«

Als Kati-Kosmonautin zwei Tage später vorbeikam, hatte Kaja die besagten acht Päckchen bereits an Jungs aus unserer Schule verkauft.

»Ich will dir mehr abkaufen«, sagte sie zu Kati. »Keine Panik. Nur kleine Mengen. Wir machen einen Deal und ich sehe zu, dass ich dir nicht ins Gehege komme.«

Katis Augen verengten sich. »Warum sollte ich mich darauf einlassen? Warum nicht einfach selbst verticken?«

Ich verstand Kajas Gedanken sofort, auch wenn er mir nicht gefiel. »Weil es Schisser gibt, die sich an dich nicht rantrauen, aber an Kaja schon. Kaja ist schräg, aber ungefährlich. Eine gute Schülerin, eine, die man kennt. Da muss keiner durchdrehen«, übersetzte ich.

Kaja lachte zustimmend. »Ja, genau. Und weißt du was, ich mache dir sogar ein Geschenk zum Zeichen meiner Verbundenheit. Ich schenke dir unser Floß.«

»Nein!«, platzte es aus mir heraus.

»Doch. Als Geste. Handmade und perfekt für 'nen langen Sommer zu Hause.«

»Was für ein Floß?«, wollte Kati wissen.

»Komm mit. Ich zeige es dir«, strahlte Kaja. Und sofort setzte sie sich in Bewegung.

»Aber das ist unser Floß. Du kannst es doch nicht einfach verschenken!«, sagte ich leise.

»Wir bauen uns ein neues. Kein Ding«, versuchte sie mich im Gehen zu beschwichtigen.

Aber für mich war es ein Ding. Es war unser Floß für unseren Sommer. Und es blieb das einzige, das wir jemals gebaut haben.

Kati legte einen Arm um Kaja. »Also gut. Zeig mir das Floß und dann sehen wir weiter. Aber wenn ich wegen dir Ärger bekomme, wenn du dich dumm anstellst oder wenn ich wegen dir jemals Besuch von den Bullen kriege, dann stehen deine schönen Schneewittchen-Haare in Flammen.«

Kaja machte sich nicht los, sondern beugte sich näher zu Kati. »Sprich nicht mit mir wie in einem Gangsterfilm. Sprich mit mir lieber wie mit einer Art kleinen Cousine«, sagte sie. »Und falls es dich beruhigt: Ich werd vorsichtig sein.« Damit küsste sie Kati sanft auf die Wange.

Kati wischte sich über das Gesicht. Sie sprach ganz langsam: »Das solltest du sein. Ich weiß, wo du wohnst, und wir wissen alle drei, dass du sicher nicht meine Cousine bist.«

Dann schüttelte sie sich kurz und gab Kaja einen Kuss zurück. Ihre Stimme wurde wieder freundlich und ihre Haltung weich.

»Also dann … Mir ist so nach Sekt. Euch auch?« Kaja holte unsere letzte warme Flasche aus ihrem Rucksack. Es ploppte und schäumte. Zu dritt machten wir eine Floßfahrt, auf der Kaja und Kosmo-Kati die Bedingungen besprachen, während die Flasche hin und her wanderte.

Ich sah von einer zur anderen und wurde ganz still. Wären wir nicht auf dem Wasser gewesen, sondern am Zelt, wer weiß, vielleicht hätte ich sofort meine Sachen gepackt und wäre abgehauen. Mit Kaja ist es immer aufregender als ohne sie, aber in diesem Moment wurde es mir zu aufregend.

Sie einigten sich darauf, dass Kaja nur an Kunden verticken dürfe, die jünger sind als wir. Und dass sie sich fernhalten müsse von Katis Revier. »Die Innenstadt, die Clubs, der Bunker – davon lasse ich die Finger«, versprach Kaja. Nur kleine Geschäfte, nichts anderes als Gras. Nur auf dem Schulklo, am Radweg, am See und im Wäldchen. Beide waren zufrieden mit sich. Als die Flasche leer war, legten wir an und fuhren gemeinsam an den Stadtrand zum großen Sommerfeuer. Ich starrte in die Flammen. Kaja trat dicht neben mich. Sie nahm meine Hand und bewegte die Hüften, tanzte am Feuer und strahlte mich an.

»Oh, Ilvy, das wird der beste Sommer«, sagte sie überschwänglich. Sie drehte sich um mich herum und nahm mich an den Händen.

Wir drehten uns zusammen, schneller und schneller. Drehten uns, bis wir übereinanderfielen und gemeinsam lachend auf der Wiese liegen blieben. Kaja sang *Perfect Day*. Schief und viel zu laut sang sie in mein Ohr. Einen Moment lang lag ich nur da, lauschte und sah sie an. »Oh, it's such a perfect day. I'm glad I spend it with you. Oh, such a perfect day. You just keep me hanging on …« Das Feuer ließ sie in rotem Licht leuchten. Schön sah sie aus.

»Was macht dir Sorgen?«, fragte sie nach der letzten Strophe.

»Weiß nicht«, behauptete ich.

»Klar weißt du das. Soll ich raten?«

Ich nickte, weil der Kloß in meinem Hals mir das Sprechen unmöglich machte. Für einen Moment war es einfach so schön, dass ich traurig wurde, weil ich wusste, dass ich diesen Moment nicht würde halten können.

»Wenn es um die paar Gramm Gras geht ... Ich habe das im Griff. Du rauchst doch selber manchmal. Sogar mein Alter kifft und das war nie ein Ding. Das darf nur nicht zu viel sein. Alles eine Frage der Menge. Und ich mache das allein, wenn's dich stört. Du musst damit nichts zu tun haben, wenn du nicht willst.«

Der Kloß in meinem Hals war so groß, dass er wehtat.

»Mensch, Ilvy, was das Verticken angeht, davon wirst du gar nichts mitkriegen.«

Wieder nickte ich, weil ich nicht wusste, was ich hätte sagen sollen. Kaja sprang auf die Füße und zog mich hoch. Hand in Hand gingen wir zum Bierwagen.

»Zwei Cola«, bestellte Kaja. »Siehst du, ich kann auch anders!«, verkündete sie stolz und hielt mir einen Becher hin. »Ich lebe einfach gern an der Klippe. Am besten genau am Abgrund. Da, wo es nie langweilig wird. Da weht der beste Wind. Aber wenn dir das zu riskant ist, zelte ich mit dir auch hinter den Dünen, wo dich keine Sturmflut erschrecken kann, verstehst du? Kannst du damit was anfangen?«

Als Antwort fiel ich ihr mit so viel Schwung um den Hals, dass beide Plastikbecher überschwappten und der süße Mist an unseren Händen und T-Shirts klebte. Lange hielt ich sie im Arm. Das Feuer loderte hell. Mücken stachen unzählige Male in unsere Beine und Arme, die Musik war unterirdisch schlecht, aber das war mir egal. Kaja gab sich Mühe, das konnte ich fühlen.

Am nächsten Tag habe ich ihr ein Notizbuch geschenkt. Für ihre seltsamen Geschichten. Sie hat nie eine davon aufgeschrieben. Aber jeden Morgen im Zelt hat sie mir aus dem Notizbuch vorgelesen. Sie las mir die weißen Seiten vor, ohne zu stocken. Das gleiche leere Buch. Voll von immer neuen Wendungen. Ich lag im Schlafsack neben ihr und trieb sie mit meinem Lachen an. Weiter, erzähl immer weiter, Kaja.

Nach achtzehn Tagen Zelt-Zeit wollte ich dann zurück nach Hause. So war es verabredet. Mit dem Sonnenaufgang wachte ich auf. Noch war es klamm im Zelt. Kaja schlief noch. Ich setzte mich eine Weile vors Zelt und sah zu, wie der Tag aufwachte, wie das Licht langsam den Wald eroberte und alles weckte, was die Dunkelheit verschlafen hatte. Dann fing ich an, unseren Kram zusammenzuräumen. Ich holte meinen Rucksack aus dem Zelt und begann, meine Sachen hineinzustopfen, als Kaja langsam wach wurde.

»Was machst du da?«, fragte sie.

»Ich packe. Heute geht's doch nach Hause.«

Kaja schüttelte den Kopf und drehte sich auf die andere Seite. Sie machte die Augen wieder zu. »Der Sommer ist noch nicht vorbei«, sagte sie.

»Aber wir haben es so abgemacht.« Ich hockte mich neben sie. »In der letzten Ferienwoche gehen wir zurück. Das haben wir gesagt.«

»Kann sein«, murrte Kaja nur.

»Außerdem haben wir kein Geld mehr, mein Akku ist längst platt und ich will mal wieder in einem Bett schlafen.«

»Das lässt sich alles auch regeln, ohne nach Hause zu gehen«, meinte Kaja.

»Und überhaupt: Was willst du deinen Eltern erzählen, warum du nicht wiederkommst?«

Kaja zuckte mit den Schultern. Sie schälte sich aus dem weichen Schlafsack, ohne mich anzusehen. »Ein Insekt kommt aus dem Kokon«, sagte sie und warf mir den Schlafsack zu. »Wenn der Schmetterling schlüpft, wohin verschwindet dann eigentlich all das, was an ihm Raupe war?«

»Lenk nicht ab«, bat ich.

Kaja krabbelte aus dem Zelt und ließ mich stehen. Sie ging zu einem Fleckchen Sonnenlicht zwischen zwei Bäumen. Ich ging ihr hinterher. Da saß sie. Auf der Erde, in der wärmenden Morgensonne. Sie griff nach einem Stöckchen, das auf dem Boden lag. Mit dem dünnen Stock kratzte sie Kreise in die Erde. Beruhigende runde Kreise. Sie begann, die Kreise mit dem Stock durchzustreichen, und kratzte so lange über den Boden hin und her, bis alle Zeichnungen wieder zerstört waren.

»Ich sage denen gar nichts«, verkündete sie schließlich. »Und überhaupt: Was sollen meine Alten denn machen? Zur Polizei gehen? Bestimmt nicht. Das könnte ja jemand mitbekommen, und wie sähe das denn aus, wenn sie ihre Tochter nicht im Griff haben? Nee, ich glaube, es reicht, wenn wir Paula Bescheid geben, dass ich noch lebe, damit die keinen Suchtrupp los-

schickt.« Kaja hob den Kopf, sah mich an und griff nach meiner Hand. Sie versuchte, mich zu sich runterzuziehen.

»Bleibst du bei mir?« Ich zog den Arm weg, setzte mich neben sie, meine Knie umschlungen wie ein kleines Paket, und wusste nicht weiter.

»Ich komme morgen wieder«, sagte ich.

»Ich werde dich nicht zwingen«, meinte Kaja. »Ich dachte einfach, wir wären Freundinnen.« Ihre Augen funkelten mich an. Ihr Kiefer stand unter Spannung.

»Sei nicht blöd. Wir sind Freundinnen. Ich sage doch, ich komme wieder. Morgen schon.«

Kaja knirschte mit den Zähnen. Ganz leise, aber ich hörte es. »Heute muss ich zu Paula«, erklärte ich. »Erinnerst du dich? Paula, die uns vertraut? Unsere Paula? Ich habe es ihr versprochen. Weißt du noch?«

Sie nickte. »Ja, hast du. Aber ich habe niemandem etwas versprochen«, sagte sie.

»Ich weiß. Aber jetzt versprich mir etwas. Bitte.«

Kaja guckte ganz verschreckt, als hätten meine Worte sie überraschend angesprungen. »Und was?«

»Versprich mir, dass du hier auf mich wartest. Und dass du keinen Scheiß machst, bis ich wieder zurück bin.«

»Was heißt keinen Scheiß? Ich will dir nichts versprechen, was ich nicht halten kann.«

Ich legte den Kopf schief und gab mir Mühe, möglichst entspannt auszusehen. »Versuch einfach, am Leben zu bleiben und dich nicht restlos abzuschießen, solange ich weg bin.« Ich grinste so locker, wie ich konnte, nur meine Zehen waren umgeknickt und krallten sich voller Spannung am Inneren meiner Schuhe fest. Aber das sah niemand.

Kaja lachte. »Klar, das kriege ich hin.«

Ich packte meine dreckige Wäsche zusammen. Kaja hatte die Augen geschlossen und ihre Füße wippten im Takt einer Melodie, die nur sie hören konnte.

Ich setzte meinen Rucksack auf und sah zu ihr hinunter. »Willst du nicht doch mitkommen?«

»Und das alles hier allein lassen? Nein danke. Ich habe hier alles, was ich brauche, und wenn ich sonst noch was brauche, dann hole ich es mir. Dann fahre ich in die Stadt und gehe, wohin ich will. Kein Ding. Du bist vielleicht eine Wölfin, Ilvy, aber ich bin ein Dingo. Ich komme durch. Also hau ab, lass mich morgen nicht zu lang warten und bring mir Schokolade mit.«

Ich drehte mich weg, konnte aber meine Füße nicht bewegen. Keinen Millimeter. Kaja witterte mein Zögern. Sie sprang auf und nahm mich von hinten in den Arm.

»Lass den Sommer noch einen Tag in die Verlängerung gehen, Ilvy. Einen Tag. Eine Nacht. Und morgen gehen wir zusammen zurück.«

»Morgen kommst du mit?«

»Ja. Morgen.«

Mit einem dumpfen Geräusch fiel mein Rucksack auf den trockenen Waldboden. Und so blieb ich also.

Nur einen Tag länger. Einen Tag, und zu dem Tag gehörte ein Abend, an dem wir Pkw-Pepe suchten. Und eine Nacht in der *Queen Bee*. Eine Nacht, von der ich seitdem das Gefühl habe, sie würde noch immer andauern. Solange Kaja nicht auftaucht, kann diese Nacht nicht enden.

Ich zeige Kaan das Wäldchen, wie man jemandem sein Zimmer zeigt. Als wir ankommen, ist es warm und still. Eine Gruppe Feuerkäfer kriecht vor unserem Zelt über den Boden. Alles liegt so da, wie wir es hinterlassen hatten.

Mit einem surrenden Geräusch zieht Kaan den Reißverschluss von unserem Zelt auf und sieht hinein. Zip.

»Gemütlich«, stellt er fest. »Ja, gemütlich, aber unbewohnt.«

»Sehe ich selber.«

Frustriert setze ich mich in den Schatten einer großen Kastanie und lehne mich an den Stamm. Kaan kommt zu mir und lässt sich dicht neben mir den Baumstamm hinunterrutschen.

»Hier habt ihr echt die letzten Wochen gewohnt, oder?«

Ich nicke. »Tadaa: unser Feriendomizil.«

»Nicht schlecht, eigentlich.«

Über uns hämmern Spechte ihre Schnäbel in die Rinde.

»Tut mir leid«, sagt Kaan. »Dass sie nicht hier ist, meine ich.«

Ich lege meinen Kopf an Kaans Schulter, mit einem kurzen Zögern, weil ich nicht sicher bin, ob er mich lässt, aber er lässt mich. Er streicht mir sogar kurz über das Haar. Und auch wenn ich enttäuscht bin, dass Kaja nicht hier ist, so ist es doch ein bisschen schön in diesem Moment. Wir lauschen in den Sommerwald hinein.

»Wo kann sie sein?«, frage ich.

Aber Kaan kennt die Antwort genauso wenig wie ich.

»Hattet ihr Streit?«, fragt er.

»In letzter Zeit andauernd. Obwohl …«

»Obwohl was?«

»So richtig gestritten haben wir nicht mal.« Ich nehme meinen Kopf von seiner Schulter, weil es mir so unangenehm ist, darüber zu reden. Ich weiß ziemlich genau, dass Kaja und ich ständig hätten streiten können, weil uns so vieles aneinander gestört hat. Aber meistens sind wir großen Streitigkeiten ausgewichen, wie den Pfützen und Schlaglöchern auf dem Radweg. Und wenn ich ehrlich bin, weiß ich, dass ich lieber jede Menge Ärger runtergeschluckt hätte, als Kaja so vor den Kopf zu stoßen, dass sie zumacht oder weggeht. Aber dass ich das weiß, heißt noch lange nicht, dass ich es laut aussprechen will. Schon gar nicht, wenn jemand zuhört. Und Kaan hört zu, hört wirklich und ganz aufmerksam zu.

»Moin moin«, ertönt eine raue Stimme hinter uns. Die Stimme gehört zu einer alten faltigen Frau in einem verdreckten lila Trainingsanzug aus Ballonseide. Sie pustet sich eine ihrer schulterlangen weißen Haarsträhnen aus dem Gesicht und winkt uns zu.

»Moin moin«, entgegne ich und Kaan winkt.

»Isse hier?«, fragt die Frau, die Kaja immer Olga genannt hat.

»Dasselbe wollte ich dich auch gerade fragen, beziehungsweise ob sie vor Kurzem hier war oder nicht. Ich suche sie nämlich.«

Olga schüttelt den Kopf und trippelt unruhig hin und her. »Schön ist das.«

»Was? Dass Kaja weg ist?«

Sie lacht ein kehliges Lachen. »Gesucht zu werden. Das ist doch schön.«

»Na ja. Also, hast du sie nun gesehen?«

»Weiß nicht. Hab meine Runde gedreht. Weiß nicht.«

Und dann schwillt ihre Stimme an. »WEISS NICHT«, donnert es durch den Wald.

Beschwichtigend hebe ich die Hände. »Schon gut. Ist ja kein Problem. Ich weiß doch auch nicht, wo sie ist. Ich wollte nur fragen.«

»Nur fragen«, wiederholt Olga leise und zieht dabei den glänzenden Reißverschluss ihrer Jacke hoch und runter. Auf und zu. Zu und auf. »Ich auch. Ich wollte auch fragen«, nuschelt sie leise.

»Was denn?«

Mit leuchtenden Augen strahlt sie mich an. »Tabak?«

Kaja hatte ihr in den letzten Tagen immer Tabak und Papers geschenkt. Sie selbst brauchte den Tabak zum Bauen und so war immer welcher da, seitdem Kati hier gewesen war. »Und schließlich ist das hier ihr Wald und wir haben ihn irgendwie gekapert«, hatte Kaja erklärt. Da sei so ein bisschen Tabak als Miete wohl angebracht.

»Und Blättchen vielleicht?«, fragt Olga beinahe verlegen.

»Ich schau mal nach, aber dann … Na ja, wir haben zu tun«, sage ich, als ich ins Zelt krieche.

»Is ja gut«, sagt Olga. »Ich hab auch zu tun.«

Nachdem ich ihr das ganze Päckchen Tabak und die OCB Slim gereicht habe, deutet sie einen Handkuss an.

»Falls sie hier aufkreuzt, sag ihr, dass sie mich anrufen soll. Okay? Ich suche sie.«

»Ja, ja«, sagt sie und zieht sich zufrieden zurück. »Ich muss weiter«, murmelt sie im Gehen. »Hab zu tun.«

»Zu tun«, sagt Kaan, der bis dahin kaum gesprochen hatte. Er schmunzelt. Das macht mich irgendwie wütend.

Mein Ton ist schärfer, als ich es beabsichtigte. »Ja.

Natürlich hat sie zu tun. Was denkst du denn? Die muss sich was zum Essen besorgen, etwas zu trinken, vielleicht braucht sie Klamotten oder Geld oder was weiß ich. Und zwischendrin muss sie immer wieder hierherkommen und gucken, ob ihr Zeug noch da ist.«

»Ist ja schon gut«, sagt Kaan.

»Nee, ist es nicht. Olga hat mit Überleben zu tun. Das ist nicht *schon gut.*«

Betreten blickt Kaan auf seine Sneaker. Also, was ist jetzt? Wollen wir das Zelt schon mal abbauen?«, fragt er ausweichend.

»Weiß nicht«, gebe ich zu. »Vielleicht kommen wir noch mal her. Oder wir könnten das Zelt Olga schenken. Die hat dahinten nur so eine Matratze mit Plane drüber.«

Und so sitzen wir erst mal da und schauen uns dieses kleine Zelt an, als wüsste das Antworten auf unsere Fragen.

»Eigentlich komisch«, meint Kaan. »Ich kenne euer Feriendomizil hier und dein Zuhause natürlich auch. Das kenne ich ja quasi auswendig. Na ja, oder ich kannte es früher. Aber ich war noch nie bei Kaja zu Hause. In den ganzen Jahren nicht. Kein einziges Mal.«

»So komisch ist das gar nicht«, sage ich knapp und hoffe, dass er nicht weiter nachbohrt. »Mir ist irgendwie kalt!«, murmle ich, während ich mich unter seinen Arm schiebe. Teils um abzulenken und teils, weil es stimmt. Schon klar, dass es nicht richtig kalt sein kann, aber die Müdigkeit lässt mich frösteln.

Kaan steht auf, irgendwie verkrampft. In letzter Zeit ist er manchmal richtig seltsam, wenn ich ihn anfasse. Dabei war das früher ganz normal. Aber dann sind wir uns eine

Weile aus dem Weg gegangen und jetzt ist eben nicht mehr früher. Wir spüren das beide.

»Frühstück?«, fragt Kaan völlig unvermittelt und holt eine Kapuzenjacke aus dem Zelt und eine Packung Cornflakes. Er schüttelt die Packung. Klingt, als wäre kaum noch was drin, aber bei dem Geräusch merke ich trotzdem, dass ich Hunger habe. Die Jacke legt Kaan mir um die Schultern. Es ist Kajas Jacke. Ich schließe die Augen und ich rieche vertrauten Kajaduft.

Wir essen die letzten Cornflakes pur mit den Händen aus der Pappverpackung.

Plötzlich brettert ein Mountainbike durch den Wald. Erde und Staub wirbeln durch die Luft, als das Rad quer vor uns zum Stehen kommt.

Es ist der Bär, auf seinem knallroten Rad.

Zwei Monate zurück, denke ich, als ich ihn sehe.
Zwei wirre Monate.

Der Bär hieß natürlich eigentlich nicht Bär. Er hieß Sebastian. Aber ich musste Kaja recht geben, der Name passte einfach nicht zu ihm, klang zu normal für einen, der so durchgeballert war. Der Bär war ein Riese in selbst gestrickten Wollpullis, der sich in der Mitte seines Kopfes eine Art Schneise in die Haare rasiert hatte. Wie eine Straße, die als übertrieben breiter Scheitel seinen Kopf zu zerteilen schien. Alt war er, ich konnte nicht sagen, wie alt. Leute redeten über ihn, sagten, er hätte mal Sozialzeugs studiert, dann aber alles abgebrochen. Genau wusste es keiner. Der Bär wohnte auf dem Wagenplatz. Immer lud er Leute dorthin ein.

Zu jedem Vollmond machte er ein großes Lagerfeuer. Und Leute kamen jedes Mal einige. Wirklich seltsame Leute. Junge und alte und in diesem Frühling dann auch wir. Der Bär ließ eine Tüte nach der anderen herumgehen, starrte ins Feuer und hielt Vorträge. Ganz langsam und ruhig erklärte er, dass Krankheiten nur verdrängte Geister seien, und solchen Schwachsinn. Keiner nahm das ernst, aber es widersprachen auch nur wenige. Sie ließen ihn labern. Seine Stimme war tief und warm. Wirklich angenehm. Eine Märchenonkelstimme.

»Ich kenne mich aus mit weißer Magie«, sagte er jedes Mal. »Mit schwarzer auch, aber da muss man vorsichtig sein. Man muss klaren Geistes sein, wenn man es mit erdverbundenen Geistern zu tun hat.« Dann riss er dramatisch die Augen auf und nickte sich selbst zu.

Immer wenn er das sagte, muss ich etwas lachen, denn den Bär mit »klarem Geiste« konnte ich mir nicht mal ansatzweise vorstellen. Er redete über Geister wie andere Leute über Zugverbindungen. Für ihn waren sie mal hilfreich, mal ärgerlich, aber sie waren eben da und man hatte keinen Einfluss darauf.

Keine Ahnung, worauf der Bär mal hängen geblieben war. Niemand wusste das so genau. Aber es musste krass gewesen sein. Wir wären im Traum nicht draufgekommen, allein zu ihm zu gehen. Aber am Wagenplatz war man nie allein. Der Bär hatte immer Gäste und immer ein kleines Tütchen für seine Gäste oder auch zwei oder drei.

»Setzt euch ans Feuer. Liebt euch am Feuer. Es gibt genug Platz und genug Weed für alle Brüder und Schwestern«, sagte

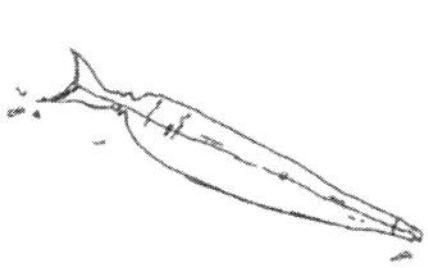

der Bär jedes Mal, wenn er Feuer machte, und breitete seine Arme aus. »Das Feuer nährt, wärmt, erleuchtet und schützt uns. Aber es kann auch alles verwandeln, alles vernichten. Aber heute und hier seid ihr sicher«, sagte er und lauter so albernes Zeug.

Während er sprach, schmiss er dicke Äste und kaputte Möbel in die Flammen. Manchmal war das Holz noch zu nass und es qualmte entsetzlich. Kaja störte sich nicht daran. Sie liebte es dort. Sie liebte es, seinen bescheuerten Geschichten zu lauschen wie einem wirren großen Bruder. Sie liebte es, auf der Wolldecke am Feuer zu liegen, mit mir und vielen namenlosen anderen. Beine über und unter Beinen, Arme mit anderen Armen verknotet. Über uns der Nachthimmel. Manchmal Sterne, manchmal eine Dunkelheit, die wir in unserer Straße nie hätten finden können. Das Feuer knackte und züngelte, verschlang Unmengen Holz und verebbte erst, wenn es dämmerte. Noch Tage danach roch alles an uns nach Rauch.

Wenn wir da waren, rauchte Kaja so viel Gras, bis sie ganz ruhig wurde. Sie lag dann stundenlang nur auf dem Rücken. Warm und weich wie Kuchenteig. Eine Zeit lang gingen wir regelmäßig hin, wenn Kaja Stress hatte, wenn sie zu lange nicht richtig geschlafen hatte. Wenn sie wieder mit den Zähnen knirschte. Der Bär war dann ihr Heiler. Die Wagenburg ihr Kurort.

Ich fand es komisch dort. Ich mochte den Bär nicht. Und das war eher untertrieben. Ich konnte ihn nicht ausstehen. Vor allem sein Eso-Gequatsche nicht. Aber ich mochte, wie gut es Kaja dort ging. Wie viel sie lachte. Wie selig sie mir ins Ohr flüsterte: »Hier kann uns keiner was«, und sich rekelte wie eine Katze. Wie entspannt sie war, wenn sie sagte: »Die Verrückten sind hier normal und die Normalen nicht eingeladen.« Also ging ich mit. Jedes Mal.

Der Bär, sein Wagen, sein Feuer, all das war wie eine Insel, die wir ansteuern konnten, wenn uns danach war. Eine eigene schräge Welt, die nicht in unsere Welt hineinragte, sich nicht mit unserer Welt mischte, nicht mit unseren anderen Freunden, unserer Schule, unserem Haus. Und ich fand das gut so. Ich hätte es mir auch gar nicht anders vorstellen können.

Aber jetzt ist der Bär plötzlich hier. Warum ausgerechnet jetzt? An unserem Zelt. Warum hat Kaja ihm überhaupt von unserem Wäldchen erzählt? Die Fragen schlucke ich ungekaut herunter.

»Was willst du hier?«, frage ich stattdessen. Für Höflichkeiten bin ich einfach zu müde.

Der Bär steigt vom Sattel und lehnt sein Rad gegen einen Baumstamm. »Tach«, sagt er, zupft an seinem langen Bart und nickt erst mir, dann Kaan zu. Suchend blickt er sich um.

»Ich suche Kaja. Du bist doch ihre Freundin, oder? Kajas Schatten. Ich muss mit Kaja reden, ist sie nicht hier?«

»Leider nein«, sage ich. »Aber ich suche sie auch. Falls du sie also zuerst findest … Na ja, gib mir einfach Bescheid. Und übrigens: Ich habe auch einen Namen: Ich heiße Ilvy.« Obwohl ich ihn nicht mag, bin ich trotzdem eingeschnappt, dass er nicht weiß, wie ich heiße, nachdem ich so oft bei ihm am Feuer gewesen bin. Kajas Schatten, bin ich das etwa?

»Sie wollte gestern vorbeikommen«, sagt er und schaut so auffordernd, dass ich nicht weiß, was er von mir will.

»Na und? Dann wollte sie das eben, aber sie war stattdessen mit mir unterwegs.« Ich stehe auf und trete näher an ihn heran. »Ich sagte ja, ich suche sie auch. Wir waren feiern und sie ist einfach abgehauen. Eben noch da und dann einfach in Luft aufgelöst. Verstehst du?«

»Verstehe«, sagt er. »Aber du scheinst nicht zu verstehen. Sie hat mich um einen Gefallen gebeten. Einen großen Gefallen. Darüber wollte sie mit mir sprechen. Gestern. Sie hatte es eilig, sagte, es sei dringend, aber dann ist sie nicht aufgetaucht.«

»Was für ein Gefallen?«

Er wackelt mit dem Kopf, versucht, meinem Blick auszuweichen. »Entweder sie erzählt es dir oder sie erzählt es dir nicht. Und ganz ehrlich: Mir wäre lieber, sie erzählt es niemandem.«

»Mach doch nicht so einen Krimi daraus. Wir suchen sie auch. Aber wir haben keine Spur«, erklärt Kaan.

Der Bär kratzt sich in seinem seltsamen Haar. »Keine Spur?«

»Nein. Sonst würden wir der Spur doch folgen. Aber nicht

mal das verfickte Internet kann sagen, wo sie ist. Da meinen immer alle: Achtung – das Netz weiß alles über euch, aber von wegen, wenn's drauf ankommt, weiß es gar nix.«

»Und wenn ich mitsuche?«, schlägt der Bär vor.

»Und was, wenn nicht?«, gebe ich zurück.

»Ilvy, richtig? Ich verlasse die Wagenburg wirklich nur in Notfällen, Ilvy. Aber das hier ist ein Notfall. Gerade du solltest das begreifen.«

Kaan zieht mich ein Stück zu sich heran. »Lass ihn doch. Er kann doch auch suchen, nur eben woanders als wir«, schlägt er vor.

Der Bär sieht wütend aus. »Ich stehe neben dir. Sprich nicht in der dritten Person über mich.«

»Sorry, Diggi. Du, meine ich. Also, *du* kannst ja einfach woanders suchen. Dann teilen wir uns sozusagen auf.«

Der Bär nickt zufrieden. »Aufteilen klingt gut.«

Kaan lächelt mir zu. »Wir zwei teilen uns aber nicht auf.«

Damit bin ich mehr als einverstanden.

Neben uns landet ein Rabe und pickt die Cornflakesreste vom Boden.

»Ich will aber erst mal unser Zeug zurückbringen.«

»Na, dann bis dann …« Der Bär schwingt sich wieder auf sein Rad.

»Warte kurz«, sage ich. »Der Gefallen? Wenn es wichtig war, dann weiß ich bestimmt etwas darüber, und wenn du sagst, was es ist, dann kann ich …«

»Nein!«, sagt der Bär entschlossen. »Wenn du Kaja findest, sag ihr einfach, ich kümmere mich darum. Und sie soll zu mir kommen, bevor sie nach Hause geht. Davor! Alles klar?«

Mit beiden Händen greife ich nach seinem Lenker und halte ihn fest. So fest, wie ich kann, als könnte er mir sonst entwischen. »Gar nichts ist klar!« Ich spüre, wie ich eine Gänsehaut bekomme.

Der Bär lässt den Lenker los, als wäre er zu heiß geworden, streckt sich lang und rollt mit den Augen. »Leute kommen zu mir wegen guter Geister und böser Geister. Was Kaja wollte, war eher eine Art Geisteraustreibung. Und was soll ich sagen: Wenn jemand zu mir ans Feuer kommt und mich um Hilfe bittet, dann helfe ich. Und jetzt …« Er nimmt meine Hände und hebt sie mit seinen riesigen Händen von seinem Lenker und schiebt sie zu mir rüber. »Ich hoffe, du findest sie, kleine Ilvy. Das hoffe ich wirklich.« Und damit tritt er in die Pedale und fährt los.

Angst kriecht meinen Rücken herauf und beißt mir in den Nacken.

Als Kaan mir die Hand auf die Schulter legt, zucke ich zusammen. »Was für eine Freakshow«, sagt er. »Der hat bestimmt übertrieben. Ich meine, der redet eh nur wirres Zeug.«

»Ja«, sage ich. »So ein Spinner.« Aber die Angst lässt sich so leicht nicht abschütteln. Die Reifen vom Rad des Bären haben Spuren im Waldboden hinterlassen. Seine Worte haben auch Spuren hinterlassen und Fragen nach all den Dingen, die ich von Kaja nicht weiß.

Kaan fängt an, Heringe aus dem Boden zu ziehen. »Halt«, sage ich. »Ich weiß es jetzt. Wir lassen das Zelt hier. Für Olga. Kaja würde das sicher so wollen.«

»Und was ist mit eurem Kram?«, erkundigt er sich.

»Alles, was im Zelt ist, packen wir ein und bringen es zu mir nach Hause.«

Kaan macht sich sofort an die Arbeit. Ich rolle die Schlafsäcke zusammen. Es fühlt sich gut an, etwas zu tun zu haben. Wirklich etwas zu tun, was man sehen und anfassen kann. Also packen wir alles zusammen und legen es nebeneinander ins Gras. Ganz ordentlich.

»Kaja würde die Krise kriegen, wenn sie das so sehen würde, oder?«, fragt Kaan grinsend.

»Allerdings. Aber ich finde es gut so. Wie nennt man das beim Auszug? Besenrein?« Und dann fege ich mit der Hand Erdreste von der Isomatte. Wir schnüren alles auf die Räder und sehen uns die Stelle an, auf der jetzt nur noch das leere Zelt steht. Den Reißverschluss am Eingang lassen wir offen, damit Olga sieht, dass es unbewohnt ist, und sich hineintraut. Nur einen Zettel aus meinem Skizzenblock lege ich hinein. *»FÜR DICH, LIEBE OLGA«*, schreibe ich in Druckbuchstaben darauf.

Dann entscheide ich mich um und reiße ein zweites Stück Papier ab. *»Liebe Kaja. Ich suche dich überall. Bitte melde dich. Bei mir oder bei Kaan.«* Beide Zettel lege ich nebeneinander auf den Zeltboden. Durch die Plane hindurch kann ich fühlen, dass das Gras darunter vertrocknet ist.

Als wir aufbrechen, drehe ich mich noch einmal um. Jetzt ist es nur noch *ein* Wäldchen, nicht mehr *unseres.*

Ich erkläre Kaan, dass ich meiner Mutter Bescheid geben muss, damit sie nicht auch noch anfängt, mich zu suchen.

Gemeinsam bringen wir die Schlafsäcke und Isomatten in den Keller. Im Innenhof bitte ich ihn zu warten. Mit Paula will ich allein reden. Ich stehe im Hof und lege den Kopf in den Nacken. Vorderhaus und Hinterhaus sehen einander an.

Genau gegenüberliegende Fensterscheiben. Fenster, die gleich aussehen. Aber hinter jedem Fenster liegt ein vollkommen anderes Leben.

6

Fenster und Freundinnen

Wenn ich nur ein Bild über mein Leben zeichnen dürfte, eines, das den Mittelpunkt meiner Welt am besten darstellt, dann würde ich ein Fenster zeichnen. Einen weiß lackierten Holzrahmen, der eine einfache Glasscheibe umfasst, und dahinter, nur wenige Meter entfernt, ein zweites Fenster, dem ersten nicht unähnlich. Genau gegenüberliegend. Und hinter dem Glas des zweiten Fensters, da steht sie und winkt mir zu: Kaja.

Kaja mit den Moosaugen, mit den braunen schweren Pferdehaaren, mit den wippenden Füßen. Meine Kaja.

Zwölf Jahre zurück.

Als wir in die Platanenstraße 14 gezogen sind, wollten Kajas Eltern erst nicht, dass Kaja sich mit mir anfreundet. Für ihre Tochter schien ich ihnen genau der falsche Umgang zu sein. Es waren die Sommerferien vor unserer Einschulung. Sie sahen meine Mutter und mich im Park. Zufällig.

Es war ihr Sonntagsspaziergang. Und ich war eben auch da.

Mit dem Freund meiner Mutter, dem der Stunde, und mit einem Haufen anderer Männer. An Namen erinnere ich mich nicht. Meine Mutter hatte viele Männer zu der Zeit. Die meisten blieben nicht lang genug, um sich ihre Namen zu merken. Dieser jedenfalls hatte viele Freunde und gemeinsam tranken sie viel Bier und erzählten sich viele dreckige Witze. Je mehr sie tranken, umso witziger fanden sie sich. Und je witziger sie sich fanden, umso lauter wurden sie.

Ich stand auf dem Rasen zwischen den Bierdosen und den Zigarettenstummeln und übte, Räder zu schlagen. Ein Rad nach dem anderen schlug ich. Quer hindurch durch die zerdrückten Dosen. Mir wurde nie schwindelig. Meine Mutter sagte: »Spitze, meine Süße.« Immer wieder. Dieselben Worte nach jedem Rad. Obwohl sie gar nicht immer richtig hinsah, aber das machte mir nichts aus. Solange sie es sagte, machte ich weiter. Ich wollte unbedingt spitze sein. Ich wollte unbedingt ihre Süße sein. Und in meiner Erinnerung fiel ich nie um. Kein einziges Mal. Ich setzte eine Hand nach der anderen auf das sonnenverbrannte Gras, meine Beine flogen in die Luft, Dosen schepperten aneinander. Ich landete auf den Füßen.

Meine Mutter lobte mich. Ich lachte. Und mitten hinein in mein Lachen fiel der Blick von Kajas Mutter. Ich verstand diesen Blick nicht ganz, aber immerhin gut genug. Sie kamen den Kiesweg an der Liegewiese entlang. Kaja winkte mir zu. Sie freute sich, das neue Mädchen aus dem Hinterhaus zu erkennen. Ihre Mutter erkannte mich auch. Aber Freude lag nicht in ihrem Blick. Kein bisschen. Sie sah mich an, wie mich die Leute im Wartezimmer beim Kinderarzt angesehen haben, als ich eitrige Bindehautentzündung hatte. Sie sah mich an, als sei ich ansteckend mit etwas, wovor sie ihr Kind unbedingt beschützen wollte. Sie zog Kaja weg, schnellen Schrittes den Weg entlang. Sie hielt Kaja nicht an der Hand, sondern umklammerte ihr Handgelenk fest und riss sie daran fort. Als Kaja sich umdrehte und mich über die Schulter hinweg anstrahlte, während ihre Füße sie wegtrugen, da war ich sicher, dass wir Freundinnen werden würden.

Ich strahlte zurück. So hell ich konnte. Ich wollte für sie leuchten. Ich schlug ein Rad für sie. Es war das schönste Rad, das ich je geschlagen habe. Und so begann alles. Alles, was zählt, jedenfalls.

Denn an die Zeit vor Kaja kann ich mich kaum erinnern.

Vor Kaja liegt nur ein verworrenes Erinnerungsknäuel aus Babybrei und Langeweile.

Nachdem wir Kaja im Park gesehen hatten, überredete ich meine Mutter, die Zimmer zu tauschen, um das Zimmer zu bekommen, das Kajas Zimmer genau gegenüberlag. Zwei Mädchen. Zwei Kinderzimmer. Ich im Hinterhaus, Kaja im Vorderhaus, und dazwischen nur vierzehn Schritte Hof und zwei Glasscheiben.

Unsere Fensterbänke waren breit genug, dass wir uns darauf setzen konnten, wenn wir ein Knie anzogen, ein Bein herunterhängen ließen und uns eng an die Scheibe drückten. Lange musste ich auf meine Mutter einreden, unsere Zimmer zu tauschen. Als ich endlich das Fenster bekam, das ich wollte, konnte ich kaum still sitzen. Kaja sollte mich entdecken, wie man einen Schatz entdeckt. Unerwartet.

Ich saß am Fenster, drückte meine Nase an die Scheibe und wartete, dass sie ihr Zimmer betrat und mich entdeckte. Langsam atmete ich aus und sah zu, wie die Scheibe beschlug. Durch diesen Atemnebel hindurch sah ich sie. Kaja sprang mit einem Satz auf ihr Fensterbrett und drückte ihre Nase ebenfalls an die Scheibe. Wir grinsten uns an, waren aber zu weit entfernt, um unser Lachen zu hören. Genau wie ich drückte sie sich gegen das Fensterglas, nur spiegelverkehrt. Ein Knie hochgezogen, eins baumelte herab. Kaja legte den linken Zeigefinger an die Scheibe und ich tat es ihr nach. Den rechten Zeigefinger legte sie auf ihr Kinn. Ich spiegelte ihre Bewegung. Die Haltung bildete den Anfang unserer eigenen Fenstersprache. Ein Finger an der Scheibe und einer am eigenen Kinn, das heißt »du und ich«. Viele Tage haben Kaja und ich zusammengesessen und unsere Fenstersprache ausgebaut, eigene Zeichen erfunden und uns immer wieder gegenseitig abgefragt, was sie bedeuteten. Mit den Jahren kamen immer mehr Zeichen hinzu. Ein paar Dinge haben wir uns bei den Tauchern abgeguckt. Die machen lauter Zeichen, die man ohne Worte super verstehen kann. Verraten haben wir die Bedeutung der Zeichen nie jemand anderem, auch viel später nicht.

An dem Tag, als ich ins Zimmer gegenüber einzog, kannten wir noch nicht einmal unsere Namen, aber was Kajas Finger sprachen, konnte ich auch so verstehen. Sie nahm den einen Finger vom Kinn und ließ Zeigefinger und Mittelfinger an der Scheibe herabspazieren. Kurze Trippelschritte von oben nach unten. Am unteren Rand der

Scheibe angekommen fügte sie rechten und linken Zeigefinger zusammen. Ich nickte, um ihr zu verstehen zu geben, dass ihre Botschaft angekommen war.

Drei Minuten später trafen wir uns unten im Innenhof. Wir gaben uns nicht die Hand, winkten nicht. Sagten nicht *Hallo*. Wir fingen einfach sofort an zu spielen, als hätten wir das schon immer getan, als hätte es nur eine winzige Unterbrechung gegeben in einem nie endenden Spiel, in das wir jederzeit wieder einsteigen konnten, sobald wir einander begegneten.

Im Hof spielten wir miteinander, bis es dunkel wurde und unsere Mütter aus den Fenstern herunterriefen, dass wir zum Essen kommen sollten.

Wir verabredeten uns nicht, sagten nicht *bis morgen*.

Wir wussten beide, dass wir uns von da an sehen würden, wann immer es möglich war.

Wir wurden Freundinnen. Die Art von Freundinnen, die einander alles anvertrauen, alles überstehen, alles gemeinsam erleben, alles miteinander abgleichen, alles füreinander ertragen.

Und mit Paula war unser Rudel komplett. Ein Rudel in einer Höhle voller Blumen. Ranunkeln, Tulpen, Gerbera, Rosen, Amaryllis und Kamille. Meine Mutter hatte immer frische Blumen überall in der Wohnung. Sogar im Badezimmer. Weil Geld immer knapp war, stand dort meist nur eine Blume in jeder Vase. Eine auf dem Küchentisch, eine auf ihrem Nachttisch, eine im Flur, eine an der Badewanne und eine auf der Kommode in meinem Zimmer. Die Sache mit den Blumen war verlässlich. Immer waren welche da. Nie waren es zu viele.

Mit den Männern war das eine ganz andere Sache. Ihre

Männer hatten außer meiner Mutter selbst keine einzige mir erkennbare Gemeinsamkeit. Es war, als wollte sie alle Typen von Männern testen, bevor sie sich festlegte. Und wenn ein Neuer ankam, wollte sie immer, dass ich sie nicht Mama nenne, sondern Paula. Das sei schließlich ihr Name. Erst wenn der Neue ein Ex wurde und verschwand, durfte ich wieder unkommentiert Mama sagen. Unsere Nachbarn im Haus sahen mich mitleidig an, wenn wieder neue Männer die Treppe hochstiegen. Aber die kannten uns nicht. Und ich kannte es nicht anders. Die Männer kamen und gingen. Nur Mama und ich, wir blieben. Der Rest war mir egal.

Am schönsten waren aber die Zeiten, in denen gar kein Mann bei uns ein und aus ging. Für Paula war das sicher nicht der Idealzustand, aber mir gefiel es am besten, wenn wir nur zu zweit waren oder zu dritt: Kaja, Paula-Mama und ich. Die Mädchen-WG nannte Paula uns dann. Als WG mussten wir ihr zwar viel helfen, aber wir durften auch vieles bestimmen. Einmal hatten wir zu dritt die »Woche der Demokratie«. Über alles wurde abgestimmt: über das Essen, über Haushaltsaufgaben, über Schlafenszeiten, über das Fernsehprogramm und darüber, was wir am Sonntag machen wollten. Klar, dass Kaja und ich in dieser Woche immer in der Mehrheit waren. Bei jeder Entscheidung wurde Paula überstimmt. Sie nahm es tapfer, bis am Montag darauf wieder eine Monarchie ausgerufen wurde.

Zur Schule gingen Kaja und ich immer gemeinsam. Jeden Tag. Sie wartete vorne vor der Haustür. Immer pünktlich. Und nach der Schule ging sie meistens gleich mit zu mir. Manchmal war Paula da, manchmal nicht.

»Ihr braucht mich sowieso nicht«, sagte sie dann. Und das stimmte. Kaja und ich brauchten vor allem einander.

Als ich die Wohnungstür aufschließe, sauge ich den Duft ein, diesen unverwechselbaren Zuhausegeruch. Im Flur eine Rose. Auf dem Küchentisch Kamille.

Ich rufe in die Stille der Wohnung hinein: »Hallo! Ich bin's. Bin wieder da.«

Keine Antwort. Der Knoten in meinem Magen löst sich. Paula ist nicht da. Sie hätte bestimmt sofort herausgefunden, dass etwas nicht stimmt. Sie hätte Fragen gestellt. Aber so findet sie vorerst nur die Nachricht, die ich ihr auf den Küchentisch lege.

Liebe Paula-Ma,
ich muss noch etwas erledigen, dann komme ich zurück nach Hause. Mach dir keine Sorgen.
Bis gaaaaaanz bald,
Deine Ilvy

Dass nur ich zurück bin, aber Kaja nicht, das schreibe ich lieber nicht. Dass ich sie finden muss, schreibe ich nicht. Wie sehr ich Paula vermisse, schreibe ich nicht.

Aus dem Kühlschrank will ich ein Stück weiße Schokolade holen, die Paula und ich immer unten im Gemüsefach

bunkern. Da sehe ich den Schokokuchen in der Kühlschrankmitte. »Willkommen zu Hause, Ilvy & Kaja!«, steht darauf mit Lebensmittelfarbe. Und darunter eine Sonne.

In meinen Augen sammeln sich Tränen. *Jetzt nicht, Ilvy, reiß dich zusammen. Erst musst du Kaja finden, dann kannst du sentimental werden.* Ich rede mit mir selbst. Ganz leise. Aber laut genug, um mir einen Ruck zu geben, und der Kühlschranktür auch.

Ich dusche, so schnell ich kann, ziehe mir ein sauberes Shirt an und meine Lieblingsjeans. Mit nassen Haaren renne ich die Treppe runter. Kaan wartet noch immer im Hof. Er sitzt auf einem alten Autoreifen, in dessen Mitte Minze wächst, und riecht an den Blättern, die er zwischen seinen Fingern zerreibt. Schokominze. Die hat Paula gepflanzt.

Als er mich kommen sieht, steht er auf. »Na, alles erledigt?«

»Ja. Und ich habe auch eine Idee, wo wir noch suchen könnten.«

»Du hast doch immer Ideen«, sagt er. »Verrückte Ideen, lebensgefährliche Ideen, unsinnige Ideen …«, setzt er grinsend hinterher.

Ich kann nicht verhindern, dass ich rot werde. Ich spüre die Hitze in meine Wangen steigen. Lachend boxe ich ihm in die Seite. Er wehrt sich, aber nur ein bisschen. Ich gehe voraus in Richtung Tür und Kaan geht hinter mir her.

»Ich frage besser nicht, wohin, oder?«

»Komm einfach mit. Sonst ist es ja keine Überraschung«, sage ich und beschleunige meinen Gang.

Es fühlt sich gut an, so zu tun, als wäre alles nur ein Spiel. Eine Art Schnitzeljagd, und Kaja der Schatz, den wir suchen müssen. Aber es gibt keine Schatzkarte.

Unsere einzigen Hinweise sind Fetzen meiner Erinnerung.

Ich bin unsicher, wie weit ich ihnen trauen kann.

7

Clubs und Keller

Drei Monate zurück.

Zum Feiern wechselten wir oft die Stadtviertel. Die Clubs sollten groß sein, mit Toiletten mit Händlern darin. Mit einer Menschenmenge, in der man sich verlieren und wiederfinden konnte. Niemand sollte uns kennen, dort wo Kaja auf Drogen in die wogende Menschenmasse abtauchte wie in ein Wellenbad.

Wir stiegen in die Bahn. Im Waggon lauter Leute, die aussahen, als hätten sie sich heute nicht selbst angezogen, sondern wären von einer Kostümbildnerin eingekleidet worden. Stereotype Geschlechterklischees und dazwischen die Freakshow. Leute wie Statisten für einen merkwürdigen Film. Eine Frau mit schwarzer Lackhose, roten Lackschuhen und rotem Mantel. Eine Frau ganz in Weiß, mit weißer Pelzmütze. Zwei Punks wie die letzten Überlebenden der Achtziger, eine Omi ganz in Beige, mit beiger Jacke, mit beiger Haut und beigem Blick.

Kaja schüttelte belustigt den Kopf, als sie sich umsah.

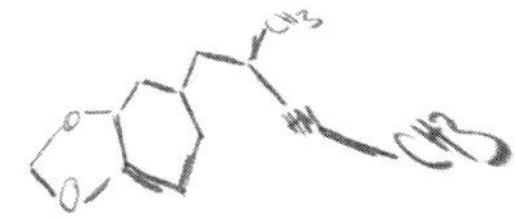

»Ilvy, wo zur Hölle kommen die alle her? Und viel wichtiger: Meinen die das ernst?«

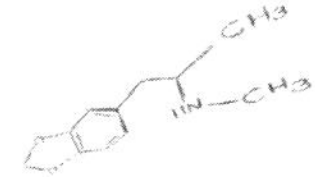

Dazwischen die laute bunte Partymeute. Kaja lief zielstrebig durch die Waggons und setzte sich zu den Feiergesichtern, als sei sie lang mit ihnen bekannt, als hätten sie sich verabredet. Sie hatte einen Riecher für solche Gestalten. Nie wurden wir weggeschickt. Kaja witterte, wer drauf war, sie sah aus der Ferne schon, wen sie zu ihrer Abendbegleitung machen wollte. Wir zogen meist allein los, beziehungsweise zu zweit. Aber schon nach vier Stationen waren wir eine Herde.

Das andere Viertel war weit genug entfernt, um sich schon auf dem Weg zu betrinken und dann singend zum Club zu torkeln. Kurz noch ein Weg-Bier vom Kiosk und schon waren alle Freunde.

Im Club schimmerten die Wände grün. Der Boden zeigte in der Mitte stolz eine verkratzte silberne Tanzfläche. Wir tanzten, als wären Pausen verboten.

Das Mädchen mit den roten Schuhen, daran musste ich denken. Immer weitertanzen. Schwitzend, summend, lächelnd. Immer weiter.

Kaja flüsterte mit dem Typen aus der S-Bahn, der mit Abstand am fertigsten aussah. Er nickte und kramte in seinen Hosentaschen. Flüsterte etwas und ging weg. Als sie kurz darauf zu mir zurückkam, hielt ich sie am Arm fest. »Willst du dir schon wieder was reinschmeißen?«, fragte ich. Meine Stimme ein Zischen, aber ich konnte es nicht ändern.

»Deine ganze Panikmache kotzt mich an. Seit Wochen

zieht mich das runter.« Ganz ruhig sagte sie das. Lehnte sich entspannt an eine Wand und sah mir ins Gesicht. Ich konnte sie nicht länger ansehen. Alles in mir zog sich zusammen. Ein Ziehen von den Schläfen nach innen, vom Kehlkopf bis in den Bauch. Als würde ein kalter Schwamm alles wegwischen, alle Gefühle. Nur Leere blieb da. *Deine Panikmache …*, hallte es in meinem Kopf nach. Mein Gesicht war plötzlich müde und lang. Ich wollte raus in die klare kalte Nacht. Nicht länger hierbleiben bei den happy Partygrinsefressen. Packte meine Jacke, ohne hinzusehen. Suchte mit den Augen die Tür. Ganz langsam. Alles wie unter Wasser.

»Was soll das denn jetzt? Weißt du, genau deshalb sage ich so selten, wie es mir geht. Weil du das dann so persönlich nimmst.« Kaja rollte entnervt die Augen. »Ich habe keine Lust auf Drama jetzt«, sagte sie.

Ich nickte in Zeitlupe. Spürte, wie sich meine Tränensäcke füllten. »Ich auch nicht. Ich will auch nicht mehr.« Wie an einer Schnur ging ich einige Schritte von ihr weg. Persönlich nehmen, Drama, Panikmache, echote es in mir.

»Mensch, Ilvy, jetzt komm wieder her. Das musste nur mal raus. Ich bin dir ja nicht böse deshalb.«

Ich stellte mir vor, wie Kaja eine Straße entlangging und ich sah ihr nach, bis sie immer kleiner und kleiner wurde. Ein Punkt. Und dann würde sie ganz verschwinden. Aus meinem Leben verschwinden. Und ich aus ihrem. Kein Drama mehr. Mit diesem Bild im Kopf ging ich in den Raum hinein, trat zwischen all die zuckenden und wogenden Menschen und ließ Kaja einfach stehen. Ich atmete tief durch die Nase ein und durch den Mund vollständig aus. Es tat im ganzen Körper weh, sie dort stehen zu lassen. Aber es war auch befreiend.

»Was ist denn los jetzt?«, hörte ich sie hinter mir fragen.

Nichts mehr, dachte ich. Konnte aber nicht sprechen. Ich wollte Kaja gerade nichts mehr sagen. *Gar nichts mehr.*

Sie kam hinter mir her, war aufgeregt. »Ist ja gut«, sagte sie. »Ich habe eh kaum Geld dabei. Und muss ja auch nicht. Dann trinke ich einfach nur was und fertig und du kannst den Mama-Blick wieder einpacken. Wenn's dir so wichtig ist, dann eben nicht.«

»Versprochen?«

Sie nickte. Immer wieder. Ich warf die Arme um sie. Hielt sie fest, ganz fest.

»Ja«, sagte ich. »Ja, bitte.«

»Ach, Ilvy«, seufzte sie.

Es war kein genervtes Seufzen, aber eines, das klang, als hätte sie mich längst durchschaut. Als sei alles so, wie es typisch war, für uns und für mich.

Und ich? Ich wollte nicht immer die sein, über die Kaja seufzen musste. Ich wollte uns beide überraschen und vor allem wollte ich sie nicht länger festhalten. Also ließ ich los. Sie und mich. Ich ließ mich in diese Nacht fallen und es war alles so erstaunlich leicht.

Jemand von der S-Bahn-Herde kannte den DJ.

Hinter seinem Pult stehend sah er mich an. Sein Blick fixierte mich so, dass ich plötzlich nicht mehr tanzen konnte. Stand da wie angefahren und starrte zurück. Er lachte ein dreckiges Lachen. Eine dunkle, rauchige Stimme, die zu mir rüberwaberte und mir langsam den Rücken hochwanderte, bis in den Nacken. Bärenbrummen. Als der

DJ abgelöst wurde, kam er direkt zu uns. Er begrüßte seine Leute und fing an zu tanzen. Und wie der tanzen konnte. Alle Körperteile wussten, was sie wollten.

Der DJ war einer, den ich noch nie gesehen hatte. Einer, den ich mir gemerkt hätte, wenn ich ihm schon mal begegnet wäre. Er tanzte in der Mitte des Raumes, als hätte er mit dem Zirkel abgemessen, wo die Mitte ist. Er war selbst zum Mittelpunkt geworden.

Ich tanzte auch. Der Beat trieb meine Füße durch den Raum, die Arme schwebten über der Melodie. Ich tanzte ganz in seiner Nähe. Gerade so nah, dass sich unsere Arme immer wieder ganz beiläufig berührten, immer öfter, immer länger. Druck und Gegendruck. Er trat noch einen Schritt dichter heran. Ich wich nicht aus.

Ich sah Kaja an, die schien nichts zu bemerken. Aber was auch?

Der DJ fasste mich an den Schultern und zog mich ein Stück zu sich heran. Langsam und vorsichtig. Er lächelte. Wir standen ganz still. Um uns herum tanzten alle.

»Was willst du trinken?«, fragte er und war schon auf dem Weg zur Theke.

Mein Mund war pappig vom Bier. Weil ich kein Interesse daran hatte, dort abzuschmieren, sagte ich: »Eine Mate«, und folgte ihm zur Theke.

Während wir warteten, legte er einen Arm um meine Taille, wovon mir ganz heiß wurde. Er sah mich aus dem Augenwinkel an. Die Bedienung stellte die Flaschen auf den Tresen. Er nahm die Mate und hielt sie mir hin. Ich griff danach, aber er ließ nicht los. Beide hatten wir eine Hand an der Flasche, sodass sich unsere Finger berührten. Er stand da, dicht vor mir, sah mir ganz ernst in die Augen, hielt mich mit dem Blick fest, neigte den Kopf zu mir runter und war jetzt so nah, dass ich seine Körperwärme spüren konnte. Seinen Atem, wie er schneller wurde. Immer näher rückten wir aneinander, zwei Magnete im Bauch, die sich anzogen wie verrückt. Deutlich spürte ich die Hitze, die von ihm ausging. Alles in mir zog sich zusammen. Anspannung bis in die Zehen. Und dann meldete sich doch kurz mein Hirn. Zuerst nur ein leiser Gedanke: *Zu schnell! Ich kenne den gar nicht. Der kann mich doch nicht einfach so küssen, hier.* Und dann ein anderer Teil meiner Gedanken: *Aber ich will. Und der will auch. Unbedingt.* Und dann meldete sich noch ein dritter Teil in mir und musste gestehen: *Heute will ich diejenige sein, die sich einfach kopfüber in die Nacht wirft. Ich selbst, nicht Kaja.*

Erst jetzt merkte ich, dass ich die Luft angehalten hatte. Ich atmete aus und schüttelte unwillkürlich den Kopf. Der DJ sah beschämt aus und enttäuscht. Versuchte nicht mal, es zu verbergen.

»Entschuldige«, sagte er. »Ich habe das missdeutet. Tut mir leid.« Er gab mir die Mate und ließ die Flasche dieses Mal sofort los.

»Es muss dir nicht leidtun«, sagte ich.

Kaja kam zu uns und prostete mir strahlend zu: »Schau an: die Ilvy auf Beutejagd.«

Ich musste lachen. Unsere Schritte waren mehr Torkeln als Tanzen. Kaja gefiel es, mich so zu sehen. Ausgelassen nannte sie das. Man hätte auch hackedicht sagen können. Kaja wankte.

»Willst du nach Hause?«, fragte ich. Aber sie warf vor Wut ihr Glas auf den Boden und es zersprang in viele kleine Teile.

»Mir geht's super. Ich will bleiben. Und bleiben und bleiben und dann erst mal entspannt weitersehen.« An der Theke besorgte ich ein Kehrblech. Der DJ half mir, die Scherben zusammenzufegen.

Als wir fertig waren, war Kaja in der Raucherecke auf einem alten Kinosessel eingeschlafen. Der DJ trat neben mich und legte vorsichtig seine warme Hand auf meinen Rücken. »Ich wollte ja eigentlich nicht, aber jetzt muss ich dir wohl doch anbieten, bei mir zu schlafen.« Sein Grinsen leuchtete im Dunkeln. »Wegen deiner Freundin, meine ich«, fügte er hinzu. »Ich wohne gleich um die Ecke.«

»Klar. Ich würde sogar Ja sagen. Also, wegen meiner Freundin meine ich.«

Zusammen schoben wir uns Richtung Ausgang. Kaja eingehakt in unserer Mitte. Was den Weg anging, hatte er nicht gelogen. Zwei Straßen weiter schloss er die Haustür auf.

Er legte Kaja auf das Sofa in der WG-Küche und nahm mich bei der Hand. Sein Blick eine Frage, mein Nicken eine Antwort. Er zog mich in sein ausgekühltes Zimmer. Ich drehte mich noch einmal um zu Kaja, aber die schlief tief und fest.

Es roch nach kaltem Rauch. Ich zitterte. »Komm her. Ich wärme dich auf«, sagte der DJ mit einer Stimme so tief, dass sie mehr ein Brummen war. Der Raum drehte sich ein wenig, aber das war in Ordnung.

Und endlich, zum ersten Mal seit Tagen, vergaß ich Kaja. Ich vergaß, mich um sie zu kümmern, mich um sie zu sorgen. Da waren nur noch der DJ und ich. Lenden. Puls. Beben. Haut an Haut.

Ein paar Stunden später klopfte Kaja an der Zimmertür

und steckte ihren Kopf durch den Türspalt. »Ich will nicht stören, aber ich finde nichts Essbares in dieser Küche und ich brauche Salz.« Sie strahlte mich an und zwinkerte mir zu.

Ich zog die Bettdecke über den Kopf. Wurde dort in Ruhe rot, tauchte wieder auf und sagte: »Dann gehen wir jetzt frühstücken. Gib mir fünf Minuten.«

»Für dich auch sechs Minuten, Ilvy. Kein Stress.«

Vermutlich war es schon mittags. Ich überwand mich, die Decke zurückzuschlagen und den DJ anzusehen.

»Hi«, nuschelte er verpennt, rieb sich die Augen und gähnte. Er sah mit einem Mal verändert aus, so ohne die Nacht, ohne die Cap, ohne den Beat, ohne die Lust. Nur noch ein Mensch. Ein müder Mensch in einem verdammt dreckigen und kalten Zimmer. Und ich war ein bisschen enttäuscht, dass er nicht mal fragte, ob ich duschen will.

»Also dann …«, sagte ich. Er nickte nur. Und ich war erleichtert, dass keiner von uns traurig zu sein schien, dass die Nacht vorüber war.

Kaja kicherte wie ein Kind, als ich aus seinem Zimmer kam. Hand in Hand hüpften wir die Treppe von seiner Wohnung hinunter in den Tag.

»Hattest du eine gute große bunte Nacht?«, wollte Kaja wissen.

»Ja. Ich hatte eine große laute Nacht und jetzt habe ich Bärenhunger.«

Nachdem wir uns im Imbiss um die Ecke eine Nudel-Box geteilt hatten, zog Kaja mich plötzlich zurück zu seinem Haus.

»Was sollen wir hier? Ich will da nicht noch mal rein«, protestierte ich. »Ich bin da fertig, ehrlich.«

Aber Kaja schüttelte energisch den Kopf. »Doch nicht wegen ihm. Ist dir das beim Rausgehen nicht aufgefallen?«, fragte sie und drückte die Haustür einfach so auf. »Tadaaa. Zauberei«, flüsterte sie. Neben dem Treppenaufgang lag die Kellertür. Sie stand weit offen. »Na, wenn das keine Einladung ist …«, sagte sie strahlend.

Stufe für Stufe gingen wir hinunter ins Dunkle.

»Was machen wir hier?«, fragte ich verständnislos.

Unten in einem gewundenen Gang reihten sich marode Holztüren aneinander. In den Rohren und Leitungen an den Wänden knackte und rauschte es. Kaja fand einen Lichtschalter.

Und wir entdeckten, dass nur eine der Türen ein Vorhängeschloss hatte. In einem der Kellerverschläge stand ein alter zerschlissener Sessel. »Bingo«, sagte Kaja zufrieden. »Casa Kaja.«

»What the …?«

»Na ja, nur für Notfälle«, meinte Kaja. »Im Gefahrenfall ist es immer gut, wenn ein Fluchttier möglichst viele Höhlen und Bauten kennt, in denen es untertauchen kann.«

»Und wer ist das Fluchttier? Du etwa?«

»Natürlich«, sagte Kaja. »Du bist eine Wölfin, Ilvy. Aber ich … Mich beruhigt es, möglichst viele Orte zu kennen, an denen ich eine Nacht verbringen kann, wenn's drauf ankommt.«

Ich nickte. Vielleicht hätte ich fragen sollen, worauf. Hätte fragen sollen, wovor sie flüchten musste, aber die Müdigkeit war größer als die Frage. Und die mögliche Antwort warf zu große Schatten auf uns.

Wir löschten das Licht im Keller und gingen ziemlich

schnell fort. Nie wieder sind wir zusammen zu diesem Keller zurückgefahren. Schleichend überquerten wir unseren Innenhof, gingen hoch in unsere, also in Paulas Wohnung und direkt in mein Zimmer. Wir saßen auf meinem Bett. Niemand hatte darin geschlafen.

Ich sackte auf meiner Bettkante fast zusammen, meine Augenlider klappten runter. Kaja hatte die Beine übereinandergeschlagen. Das obere Bein wippte. Schneller und schneller.

Ich legte meine Hand auf ihr Knie. »Mach mal ruhig«, sagte ich. Kaja stellte die Beine nebeneinander. Nur die Zehenspitzen berührten den Boden. Jetzt vibrierten beide Beine. »Das macht's nicht besser«, murmelte ich.

»Schlafen können, das wär's«, sagte Kaja. »Schlafen ist das Ziel«, sagte sie.

»Ich dachte, du wolltest heute nichts nehmen, auch nichts rauchen ...«, sagte ich.

»Ich habe doch vorhin schon gepennt. Kurz, aber was soll's. Außerdem hatten wir das Thema schon. Bist du jetzt meine Mutter oder was?«, fauchte sie mich an.

»Nee. Deine Freundin bin ich«, sagte ich.

»Mach dir keinen Kopf. Ich hab ja gar nichts drin«, sagte sie und fügte nach einer Pause hinzu: »Aber vielleicht hat mir jemand was untergemischt. Wer weiß.«

»Du erzählst Scheiße«, sagte ich.

Kaja überhörte meine Wut. »Vielleicht.«

Meine Augenlider waren unfassbar schwer. *Wie können so kleine Körperteile so schwer sein?*, dachte ich.

»Ich muss jetzt auf jeden Fall schlafen«, sagte ich.

»Ich kann nicht«, meinte Kaja. »Ich muss das runterregeln, verstehst du? Mich ...«

Gar nichts verstand ich. War zu müde zum Regeln, zu müde, um zu reden, zu müde …

Aber Kaja ließ mich nicht einnicken. Sie zwickte mich in die Seite. »Hey, Ilvy. Wir müssen was besorgen. Was zum Entspannen. Ruf Bobby an. Oder Andy. Der mag dich. Der gibt dir was.« Sie streichelte meine Haare. »Ach, komm schon«, sagte sie.

Ich schüttelte ihre Hand weg. »Nee. Ich mag den nicht. Und ich mag nicht, wenn du so redest. Gar nicht.«

»Ist doch die Wahrheit«, sagte Kaja.

Ich versuchte, mich noch einmal aus der Müdigkeit hochzureißen. »Wenn du nicht schlafen kannst, dann geh zu dir rüber«, sagte ich.

Stille.

Die ultimative Drohung.

Wir wussten das beide.

Kaja hielt die Luft an. »Schon gut«, sagte sie dann ganz ruhig. »Ist nicht so wichtig.« Sie schluckte. »Ich brauche nix. Hast du doch gestern gesehen. Du legst dich hin und ich bin ganz still. Ich sitze an deinem Bett. Ich halte deine Hand, wenn du willst. Ganz still.«

Ich zog meine Jeans aus und ließ mich aufs Kissen sinken. Es gab keinen besseren Ort auf der Welt. Alles war weich. »Du lässt mich wirklich schlafen?«, fragte ich.

»Klar«, flüsterte sie. »Natürlich.« Sie zog den Vorhang so zu, dass kein Spalt Licht mehr ins Zimmer fiel. »Du bemerkst mich kaum. Ich sitze nur da, voller Liebe und Stille. Und falls ich mal nicht hier sein kann, bin ich vielleicht in diesem Zauberkeller oder auf dem Saturn. Aber nicht drüben. Drüben bin ich sicher nicht.«

Ich war zu müde, um unter die Decke zu kriechen. Kaja

zog die Bettdecke unter mir hindurch und breitete sie mit Schwung über mir aus.

Ich spürte den Luftzug. Sie nahm meine Hand. Vielleicht.

Ich weiß nicht mehr genau. Ich schlief schon.

Ich fahre also mit Kaan zu dem Haus, zurück zu dem Keller. Auf Anhieb finde ich alles wieder, als wäre der Weg in mein Gedächtnis tätowiert. Wir klingeln überall. Fast zeitgleich ertönt das Geräusch von mehreren Türsummern.

»Nach dir.« Kaan hält mir die Haustür auf. Die Kellertür steht noch immer offen.

In einem der Verschläge steht ein altes Sofa. Man kann im Halbdunkel nicht erkennen, welche Farbe es mal hatte, bevor Dreck seine neue Farbe wurde. Daneben liegen eine Isomatte, ein Schlafsack und ein Pappkarton. In einer Ecke steht ein kleiner gelber Baustrahler. So eine eckige Lampe, wie man sie auf Baustellen braucht. Ich schalte die Lampe ein. Der Lichtstrahl fällt auf das Buch, das da halb unter dem Karton eingeklemmt liegt und mir sehr vertraut vorkommt. *Demian,* von Hesse. Die untere Kante des dunkelblauen Einbandes ist völlig verknickt. Ich hebe es hoch und schlage die erste Seite auf. In der oberen Ecke steht ein Name: mein Name.

»Sie war hier«, sage ich und halte zum Beweis das Buch hoch.

»Aber wir wissen nicht wann«, stellt Kaan fest.

Ich bin fassungslos. »Sie war wirklich hier, ohne dass ich es mitbekommen habe. Und wer weiß, wie oft.«

Kaan sieht sich um. Die rohen Steinwände. Der verbeulte Karton. Eine verschlossene Dose mit Erdnüssen.

Spinnweben an jeder Wand. Über uns gluckert es in einer alten Leitung.

»Was wollte sie hier?«, fragt er in den winzigen muffigen Raum hinein. »Was zur Hölle kann jemand hier wollen?«

Ich will mit den Schultern zucken. Aber meine Schultern wollen nicht lügen.

Die Frage stemmt sich zwischen die Wände: Was muss passieren, damit sich jemand in einen Keller rettet?

8

Bunte Bunkerwelt

Wir treten ins Freie und Kaan schnappt nach Luft. Wenn Kaja in diesem Kellerloch war, ohne dass ich es wusste, dann kann sie überall gewesen sein. Dann kann sie jetzt erst recht überall sein. Vielleicht muss ich die Stadt auf den Kopf stellen, um sie zu finden, oder an jeden verdammten Ort gehen, den sie jemals mochte. Mit Roulette-Reihenfolge.

»Bereit für unsere nächste Station?«, frage ich Kaan.

»Verrätst du mir, wohin es geht?«, gibt er die Frage zurück. »Oder soll ich raten?«

»Gerne. Ein Spiel also: Der Ort, von dem ich rede, ist ein Ort, den du mit Sicherheit noch nie im Hellen gesehen hast.«

Kaans Augenbrauen ziehen sich konzentriert zusammen.

Ich rede weiter: »Ein Ort mit vielen Räumen, aber mit nur einer einzigen Tür.«

Die Erkenntnis erhellt sein Gesicht: »Der Bunker.«

Vier Monate zurück.

Kaja und ich lagen auf meinem Dielenboden mit den breiten Lücken, in denen sich der ganze Staub unserer Kindheit gesammelt hatte. Wir hörten unsere Lieblingsmusik und sangen alle Brocken mit, die wir verstehen konnten. Auf dem Rücken lagen wir, die Füße wippten wollbesockt den Takt in der Luft. Drei und vier und. Wenn das Schlagzeug einsetzte, zappelten unsere Arme durch die Luft, spielten Luftschlagzeug, weit nach oben von uns gestreckt. Zwischendrin drehte ich den Kopf, um sie besser sehen zu können. Da war sie: meine Kaja. Jede Armbewegung so vertraut, jedes Zucken ihrer Mundwinkel, so vertraut das Nicken von ihrem Kopf auf meinem Holzboden.

In mir war ein Glücksgefühl, das sich mit einer Ahnung von Verlust mischte. Langsam schlich es sich heran. Ich sah uns beide, wie aus weiter Ferne. Sah uns mit Distanz einer alten Frau, die auf ihr Leben zurückblickt, an ihre beste Freundin denkt und sich eingesteht, dass sie schon damals wusste, dass dies alles vergehen würde. Dass es schön war, aber so elendig lange her.

Ich sah in Kajas warm glänzende Augen, mit Enge in der Brust und diesem dämlichen Abschiedsgeschmack im Mund. Ich war nicht gut drauf.

Kaja lächelte mich an. Ganz mild. Und mir schnürte sich der Hals zu in dieser kurzen Glückseligkeit, aus Angst, dass es ihr gleich zu langweilig werden würde. Dass ihr unser Dielenkonzert nicht mehr reichen würde. Ich hatte Angst davor, dass sie aufstehen und losziehen könnte in die andere Welt. Die Welt außerhalb von uns. Die Welt, in der sie sich so zudröhnen würde, bis ich sie nicht mehr erreichte, ihr niemand mehr ein Freund war.

»Du hast wieder diesen Blick«, sagte sie.

Ich nickte. Sie wusste es ohnehin, konnte mich lesen, wann immer sie wollte. Sagen wollte ich nichts. Reden hieße viel zu wahrscheinlich auch weinen. Woher kam dieses Scheiß-Abschiedsgefühl? Sie war doch da. Ganz nah neben mir. Streckte die Hand aus sogar. Nach meiner Hand. Zog sie mit nach oben in die Luft, für den letzten Trommelwirbel, und sang dazu. Ich gab meinen Arm widerstandslos her. Aber ohne mitzusingen. Sah sie an und wusste, nach diesem Lied würde sie aufstehen. Und das tat sie dann auch. Stand auf und steckte sich.

»Wollen wir los?«, fragte sie.

»Geh ruhig«, sagte ich. »Mir ist heute nicht so nach tanzen.«

Kaja gab nicht auf, sondern bewarf mich mit Klamotten, Haarbürste und Deo. »Kommt nicht infrage«, fand sie. »Ich hab 'ne Überraschung für dich.« Und sie kitzelte mich so lange, bis ich nachgab.

Die Stadt schlief. Nur im Bunker wummerte der Bass in den Boxen und der Bass hielt jeden wach.

Der Bunker war berüchtigt. Ich hatte von ihm gehört, schon bevor ich wusste, wie Wodka schmeckt. Nur wo genau er lag, wusste ich nie. Der Bunkermythos hatte keine Richtungsangaben. Als uns der Lange dann das erste Mal dorthin mitnahm, war es stockdunkel. Der Vorplatz war zugewuchert. Der Parkplatz unbeleuchtet. Keine Laternen. Keine Sterne. Die schwere Metalltür war geschlossen. Ich stieß mit dem Schuh gegen die schwarz lackierte Tür.

Mit aller Kraft trat ich dagegen, bis sie mit einem hohen Quietschen enttäuschend einfach aufschwang. Nichts Verbotenes schien da vor uns zu liegen, alle Wege standen offen.

Aus allen Gängen wehte Musik herüber. Die einzelnen Räume hatten keine Türen. Nur dicke Teppiche und Molton in den Türrahmen trennten das jeweilige Innen vom Außen. Die Böden hatten keine Beläge, die Wände keinen Anstrich, zum Teil nicht mal Putz. Alles Beton. Kaputt und pur. Grau oben, grau unten und an allen Seiten grau. Am Boden brannten einige rote Friedhofskerzen und Windlichter. Strom schien es in den Fluren nicht zu geben. Irgendwo hatte jemand einen Lachflash und konnte sich kaum noch beruhigen. Aus der anderen Richtung drangen Fetzen von einem Streit zu uns. Dazwischen waberten Reggae, Ska, Punk und Hip-Hop und verwoben sich zu einer arhythmischen Soundmasse.

Kaja wippte mit den Füßen auf und ab. »Und jetzt?«, fragte ich sie unruhig. »Wo lang?«

Der Lange ging voraus. Tiefer hinein gingen wir. Ich dachte an den Schlund eines Blauwals, an Labyrinthe und Tunnelsysteme, an Kanalisation. Ein Gewirr aus Gängen und wummernden Bässen, immer wieder das Klirren von Flaschen, das dumpfe Gelächter, der kamelartige Geruch von Hasch, vermischt mit dem penetranten Duft von Mary Jane, süßlich, wie Gartenabfall, aber weniger ekelhaft. Dazu der Geruch von Schweiß und Pisse. Smelled Like Teen Spirit.

Der Lange blieb vor einem rot-schwarz gemusterten Wandteppich stehen und drehte sich in Zeitlupe zu uns um. »Hereinspaziert!«. Er klang wie ein Zirkusdirektor, während er den Vorhang aufzog. Kaja stand dicht neben mir, griff nach meiner Hand und drückte sie. Ich drückte zurück.

Am Schlagzeug saß der Lockenkopf, den Kaja Bob nannte. Während er spielte, verzog er das Gesicht zu immer neuen Konzentrationsfratzen, verzerrt im Rhythmus seiner Drums. Er biss auf seine Unterlippe. Als er Kaja sah, grinste er kurz unter seinem Lockenkopf hervor, bevor die nächste Grimasse über sein Gesicht rutschte. Die E-Gitarre hing um den Hals von demjenigen, den Kaja Adonis nannte. Ich nannte ihn auch so. Könnte mir keinen besseren Namen ausdenken. Es tat ein bisschen weh, ihn anzusehen. Absurd schön war der. Leider war ihm das auch schon aufgefallen. Er blickte kurz von seinen Saiten hoch. Sein Lächeln war anzüglich ohne jede Vorwarnung. Sein Blick fegte mich so weg, dass ich einen Schritt zurücktrat.

Am Mikrofon stand Mirko. Ich beugte mich zu Kaja und flüsterte ihr ins Ohr: »Was hältst du davon, wenn wir Mirko einfach Mikro nennen?«

Kaja warf den Kopf in den Nacken und lachte. Alle Jungs grinsten sie an wie blöd. So ein Lachen war das.

Wir setzten uns auf einen leeren Bierkasten und hörten eine Weile zu. »Darf ich mal?«, fragte Kaja und zeigte aufs Mikro. Klar durfte sie. Sie stellte sich ganz nah an Mikro-Mirko heran und begann, in sein Mike zu singen, als hätte sie nie etwas anderes gemacht. Die Augen geschlossen, eine Hand auf dem Bauch, sang sie mit ihm zusammen Nonsens-Kram. Ihre Hand bewegte sich mit ihrem Zwerchfell auf und ab. Töne, Jaulen, Stöhnen, Jammen. Mikro sang ein paar Töne, Kaja sang sie nach, antwortete ihm, veränderte die Töne. Das klang richtig gut. Ich musste an Kajas Mutter denken, wie sie am Klavier saß und Kaja leise zuhören sollte. Stundenlang. Mir war nicht klar, wie musikalisch Kaja war. Die Jungs waren begeistert.

Von da an gingen wir immer wieder in den Bunker.

Die Türen standen wortwörtlich offen. Im Bunker waren die Nächte laut und schienen nie zu enden. Eine eigene Zeitzone hinter den ein Meter dicken Betonwänden, die nie Sonnenlicht hereinließen. Als dort die große Kostümparty war, trafen wir uns vorher bei mir und verkleideten uns. Wir schminkten uns gegenseitig und tranken ekelhaften Eierlikör von Paula zum Vorglühen, weil nichts anderes da war. Ich ging als Schuh und Kaja verkleidete sich als rosa Kaugummi. Wir gehörten zusammen. Ich kam ganz in Schwarz mit einem schwarzen Turnschuh auf dem Kopf. Den hatte ich an einem Haarreifen festgeknotet. Aus einem Schnürsenkel band Kaja eine Schleife und nähte diese vorsichtig an meinen Pullikragen. Kaja trug ein langes rosa Oberteil von Paula, hatte locker zehn kleine rosa Luftballons an sich gebunden. Sie machte Kaugummiblasen wie verrückt. Ein paar unterschiedlich große Luftballons trug sie wie eine Kette um den Hals. Süß und klebrig sah sie aus.

»Los geht's«, sagte Kaja. Ihr Atem stieg in kleinen Wölkchen in die Luft. Draußen war es noch eisig kalt. Winzige Schneeflocken segelten lautlos zu Boden. Meine Fingerspitzen wurden vor Kälte fast taub. Ich durfte meine kalten Finger in Kajas Manteltaschen stecken auf dem Weg. Ihre Hand wärmte meine. Der Schlamm auf dem Parkplatz vorm Bunker war gefroren und hart wie Stein.

Wir nahmen jede eine dieser roten Friedhofskerzen in die Hand und irrlichterten durch die Gänge. Suchten Musik, die uns anzog und einlud.

Wir tanzten und trippelten durch Türen mit bunten Scheinwerfern und flimmernden Glanzpunkten von billigen Diskokugeln. Meine Ohren dröhnten wie das Wummern und das Echo unter einem S-Bahn-Bogen. Wir tanzten direkt neben der Bass-Box. Der Bass boxte in meine Eingeweide. Mir war irgendwie schwindelig. »Du bleibst aber bei mir, oder?«, fragte ich Kaja.

Ich zog sie am rosa Ärmel. Sie tanzte, den Kopf in den Nacken gelegt, mit geschlossenen Augen. Und nickte. Der Lange tauchte auf. Verkleidet war er nicht, trug nur einen grauen Pulli mit einem großen Pizzastück drauf. Er winkte uns zu sich. Wir stolperten und tänzelten hinter ihm her. Er führte uns in einen Raum, in dem es keine Scheinwerfer gab, nur Kerzen. Auf einem Palettenturm saß ein Typ mit einem riesigen grünen Kapuzenpulli und rappte. Er hatte einen Handstaubsauger auf den Rücken geschnallt, trug aber sonst keine erkennbare Verkleidung. Zwei Jungs mit grünen Plastikschläuchen auf dem Kopf und grüner Schminke im Gesicht spielten Cajón. Ein Mädchen im Fischkostüm stand am Mischpult. Ihr blaues Paillettenkleid glitzerte. Ein paar Kopfnicker standen drum herum und hoben die Hände in die Luft.

Hier kannten sich meine Füße nicht aus, wussten nicht, was sie zu tun hatten. »Kontrastprogramm«, sagte ich eher genervt als begeistert.

»Wart's ab«, sagte der Lange. »Der hat's voll drauf. Guck mal, wie schnell der ist. Der ist die schnellste Zunge im ganzen Bunker. Ich schwöre.«

Kaja rollte mit den Augen. »Ist gut. Du schwörst. Ich gehe pinkeln«, sagte sie und wartete nicht ab, ob ich mitkommen wollte.

»Bis gleich«, rief ich ihr hinterher. Aber sie kam nicht gleich wieder. Und auch nach einer Stunde nicht. »Ich gehe Kaja mal suchen«, wollte ich dem Langen sagen, musste aber schreien, damit er was verstand.

»Hä?«, machte er, sodass ich noch näher zu ihm rücken musste.

»Ich suche jetzt Kaja«, brüllte ich in sein Ohr.

Er legte einen Arm um meine Hüfte. »Lass sie doch mal. Ihr seid doch keine siamesischen Zwillinge oder so. Chill.« Er verstand nicht.

»Aber vielleicht braucht sie mich«, sagte ich.

Er versuchte, mich ganz nah zu sich zu ziehen. Noch näher. »Vielleicht ist sie auch einfach nur bei Olly, wie gestern. Vielleicht ist sie froh, dass du sie mal in Ruhe lässt.« Er wischte den Haarreifen mit dem Schuh von meinem Kopf. Ich hörte nicht, wie er zu Boden fiel. Es war viel zu laut. Ich verstand nicht, wovon er sprach. Olly? Wir kannten doch keinen Olly.

»Gestern waren wir gar nicht hier«, schrie ich gegen den Beat an.

Der Lange fasste mich an den Hüften und zog mich auf seinen Schoß. »Nee, *ihr* nicht. Du wärst mir aufgefallen. Aber Kaja war eindeutig hier. Große Nummer.« Er zog sein Smartphone raus. Ich saß da, auf seinem Schoß, und starrte auf den kleinen Bildschirm. Da war ein Foto von Kaja, mit einem Mädchen und einem Typen, die ich beide noch nie gesehen hatte. Sie lagen sich in den Armen und strahlten um die Wette. Wie komisch Kaja guckte, ganz fremd. Und dann noch ein Foto. Das Mädchen gab Kaja einen Kuss auf die Wange und Kaja küsste den Typen. Sie lagen irgendwo auf dem Boden.

»Ist das Olly?«, wollte ich wissen.

»Klar«, sagte der Lange und konnte es nicht fassen, dass ich den nicht kannte. »Und sie heißt Kosmo-Kati, die ist krass«, klärte er mich auf.

»Schön für sie«, sagte ich. Ich riss mich vom Langen los und preschte vor in den Flur. Locker dreißig Proberäume gab es dort. Aber das war mir egal. Vor lauter Wut war ich mehr als wach und marschierte in einen Raum nach dem anderen. Ich wollte in ihr Gesicht sehen und brüllen. Sie sollte wissen, dass ich gehen würde, und zwar ohne sie. Dass sie nicht heimlich irgendwelche beschissenen Ollys knutschen musste, dass sie sich nicht heimlich zudröhnen musste, dass sie das ganz offen zugeben konnte, weil ich sowieso nie, nie wieder mit ihr zusammen hierherkommen würde. Ich fühlte mich dreckig, als würden überall Kaugummireste an mir kleben.

Ich wollte sie anschreien, aber dazu musste ich sie erst finden. Ewigkeiten lief ich hin und her, traf Leute, die ich nicht mal grüßen wollte, nicht jetzt. »Was ist denn mit der?«, hörte ich jemanden sagen, aber das war mir egal.

Ein schwarzer Molton-Vorhang flog zur Seite und heraus taumelte dieser Olly, den Arm um Kaja gelegt. Sie grinste mich an und fiel mir um den Hals.

»Lass mich sofort los. Ich verschwinde. Ich bin nur gekommen, um dir das zu sagen. Und komm mir bloß nicht hinterher. Ich verstehe das alles nicht. Ich will es auch gar nicht mehr verstehen.«

Ich rannte los in Richtung Ausgang. Kaja rannte hinter

mir her. Auf dem Parkplatz holte sie mich ein. Sie umklammerte mich mit aller Kraft. Presste sich an meinen Rücken und ich strampelte, versuchte, ihre Arme von mir zu lösen, und heulte einfach los. Es schneite noch immer, aber ich war so wütend, dass ich nicht fror.

»Ilvy, meine Ilvy.« Immer wieder packte Kaja mich und hielt mich, so fest sie konnte. »Wo willst du denn hin? Hier ist es doch gut«, sagte sie.

»Von wegen. Scheiße ist es hier«, fluchte ich.

»Nichts spielt hier eine Rolle«, säuselte Kaja zufrieden. »Unsere Namen nicht, nicht wo wir herkommen, nicht wie alt wir sind, auf welche Schule wir gehen, welche Eltern wir haben. Lass uns einfach tanzend feiern, wie egal das alles ist.« Sie wiegte sich hin und her zu einer Melodie, die ich nicht hören konnte. Mich hielt sie noch immer umklammert, sodass ihre Bewegungen mich mitzogen.

»Du redest Blech«, zischte ich. Ich riss mich los und drehte mich mit Schwung um zu ihr. »Was soll das? Warum hast du nicht gesagt, dass du gestern hier warst? Wie oft warst du schon ohne mich hier? Warum hast du mich nicht mitgenommen? Warum redest du so einen esoterischen Scheiß?«, wollte ich wissen.

Kaja legte die Hände auf meine Schultern. Schwer und ruhig lagen sie da. »Wir gehören zusammen. Alles ist gut. Wir alle hier gehören zusammen.«

Ihr Grinsen regt mich tierisch auf. »Ich habe mir Sorgen gemacht«, sagte ich. Tränen und Rotze liefen über mein Gesicht. Aber Kaja sah das nicht.

»Zusammen sind wir un-einsam«, faselte sie.

Ich sah in ihre Augen, die nicht mich ansahen, sondern durch mich hindurch. E dachte ich. Wahrscheinlich jedenfalls. Da schwurbelt das MDMA, nicht meine Freundin. Irgendwas hatte sie intus, da war ich sicher. Am liebsten hätte ich sie geboxt oder so. Sie blubberte etwas von wegen Rätsel und Bedeutung und ich nahm ihre Hände, ganz vorsichtig, und hob sie von meinen Schultern herunter. Einen Schritt wich ich zurück und spürte ein Ziehen im Bauch. Kein Kaugummi am Schuh, kein Kaja-Ilvy-Doppelkeks mehr. Wir gehörten nicht zusammen. Hier nicht. Sie stand vor mir und war so weit weg. Ich kannte sie und kannte sie nicht. Was war los mit ihr? Sie lächelte, aber da war ein Tick zu viel Spannung auf ihrer Oberlippe, zu viel Anspannung im Mundwinkel. Langsam drehte ich mich um und ging los. Weg, einfach weg von ihr. Langsam trugen meine Beine mich fort. Und sie blieb stehen und redete weiter vor sich hin.

Einen Häuserblock weiter tauchte sie wieder hinter mir auf. Ging den ganzen Weg schwafelnd neben mir her. Ich sagte kein Wort, war zu traurig, um auch nur richtig hinzuhören. Zu traurig, um sie wegzuschicken. Mein Hals verengte sich. Meine Kaja, die nicht mehr meine Kaja war, trug ihr nichtssagendes Lächeln wie aufgemalt. Sie folgte mir nach Hause, bis in den Innenhof.

Die Nacht war kalt und klar. Schnee hatte alles zugedeckt, alles still und weiß gemacht.

»Darf ich mit zu dir kommen?«, fragte sie.

Ich sah hoch, zu ihrem Fenster, zu ihrer Welt, in die sie auf keinen Fall zurückwollte. Ich nickte. Wegschicken konnte ich sie nicht. Packte ich nicht.

So lagen wir nebeneinander auf meinem schmalen Bett. Ich starrte die Zimmerdecke an. Ich war zu fertig zum Schlafen, sie war zu verstrahlt.

»Warum hast du mir nichts gesagt?«, fragte ich, ohne sie anzusehen. Die Frage hallte in meinem ganzen Bauchraum wider und stach in meine Rippen.

»Mensch, Ilvy, was weiß denn ich. Manche Dinge an mir, die will ich dir nicht zeigen. Dir nicht. Ich will nicht, dass du dich erschreckst.«

Ich drehte mich zu ihr um. »Aber ich kann dir doch helfen«, protestierte ich.

Kaja zog die Augenbrauen zusammen, nahm das Kinn zurück, die Augen verengt. Ungläubig sah sie mich an, so wie damals, als ich ihr vom Nikolaus erzählt hatte und sie nicht fassen konnte, wie ich auf so was reingefallen war.

»Wenn du mir helfen willst, lass mich jetzt 'ne Tüte rauchen, ohne zu meckern. Ich bin mit dir gekommen und werde jetzt brav neben dir liegen, obwohl ich ganz bestimmt erst in tausend Stunden schlafen kann. Also gönn mir wenigstens ein winziges Tütchen zum Runterkommen.«

Ich zuckte mit den Schultern. Weder ein Ja noch ein Nein konnte ich ihr geben.

Jetzt im Hellen wirkt der Bunker wie eine Filmkulisse. Am Eingang bleibe ich zögernd stehen. Kaan klopft mir aufmunternd auf den Rücken.

»Die Idee ist gut, Ilvy. Da drin könnte sie sein. Aber das wirst du hier draußen nicht herausfinden.«

»Und in welchem Zustand finde ich sie, wenn sie da drin ist?« Meine Füße sind wie festgewachsen.

»Hast du Angst?«, fragt Kaan.

»Ist das eine Scherzfrage? Natürlich habe ich Angst. Scheißangst. Mir Sorgen um Kaja zu machen, das ist so normal geworden, dass ich kotzen könnte. Aber jetzt … Was, wenn sie es geschafft hat, Kaan? Was ist, wenn sie sich dieses Mal wirklich kaputt gemacht hat? Richtig kaputt.«

Kaan nimmt mich in den Arm. Und das tut so gut, dass ich am liebsten für den Rest des Tages einfach genau so stehen bleiben möchte. Mein Gesicht vergrabe ich an seinem Hals und wage nicht, mich zu bewegen.

Kaans Stimme sinkt warm in mein Haar. »Wenn sie da drin ist, egal in welchem Zustand, dann holen wir sie da raus und helfen ihr. Dafür sind wir doch hergekommen oder nicht?«

Ich nicke. Meine Wange an seinem Hals.

Wir gehen durch die Flure. Um diese Zeit ist es still im Bunker. Kaum wer ist da. Nur in zwei Räumen sitzen Leute. Ein Typ stimmt seine Gitarre und nickt uns zu, als wir vorbeikommen, und in einem Raum sitzt einer von diesen Rappern. Sitzt auf einer leeren Kiste und textet vor sich hin. Das Mikro in seiner Hand ist nicht eingeschaltet. Zwischendrin nimmt er sich Block und Stift und notiert sich seine Rhymes. Er scheint uns gar nicht zu bemerken.

»Hey«, rufe ich. »War Kaja hier?«

»Yo«, sagt er nur und kritzelt weiter, Zeile um Zeile, ohne aufzublicken.

Mein Herz rast. »Heute? Gestern. Also ich meine, war sie in den letzten Stunden hier?«

»Nope«, sagt er nur. Er hebt das Mikro an seine Lippen und es geht weiter im Text. Er dreht uns den Rücken zu, lässt uns einfach stehen. Ahnungslos und schwer gefrustet.

Wir ziehen weiter. Durch Gänge, an deren Wänden sich Risse durch den Beton ziehen, lange Risse von dem Meer aus Kronkorken am Boden bis hoch empor zu den kaputten Neonröhren an der grauen Decke.

»Nüchtern betrachtet nicht ganz so malerisch hier«, meint Kaan und endlich kann ich wieder lachen.

Wir treten hinaus ins Freie und das verstreute Sonnenlicht ist mit einem Mal noch schöner als sonst.

9

Laubengesänge ohne Löschdecke

»Die Hütte«, sage ich zu Kaan. Aber was für mich die Überschrift zu unserem nächsten Kapitel der Suche ist, sind für ihn nur leere Worte.

»Welche Hütte?«

»Erinnerst du dich an meinen Geburtstag?«

Da breitet sich ein Lächeln auf seinem Gesicht aus. »Wie könnte den jemand vergessen. Ever. Also im Ernst, natürlich erinnere ich mich.« Er überlegt. »Nicht mal schlecht, die Idee. Könnte sein. Ich könnte mir vorstellen, dass sie dort ist.«

Mit den Rädern steigen wir in die S-Bahn und fahren bis zur Endhaltestelle. Mit jeder Station werde ich müder.

»Leg dich hin«, sagt Kaan.

»Wohin?«

Er hebt den Rucksack von seinen Knien, um mir Platz zu machen. Ich lege den Kopf auf seine Oberschenkel und genieße das Gewicht von seinem Arm, der sich schwer über meinen Rücken legt.

»Ilvy, was machen wir eigentlich, wenn …« Er spricht nicht weiter. Ich kann den Satz auch nicht für ihn vervollständigen.

Ich lasse meine Augen zufallen, das wollen sie sowieso seit Stunden. Hinter geschlossenen Lidern hoffe ich, dass er nicht weiterfragt. Kaan streichelt meinen Arm. Ganz vorsichtig streicht er mit den Fingerspitzen auf und ab. Ab und auf. Es kribbelt.

»Ilvy? Hast du darüber nicht auch schon nachgedacht? Über das danach, meine ich. Irgendeine Deadline müssen wir uns doch setzen«, flüstert er.

Ich nicke, sodass meine Wange über sein Bein streicht. »Wenn wir sie bis morgen nicht gefunden haben, gehen wir zur Polizei. Oder bis übermorgen oder … Ich weiß auch nicht. Ehrlich nicht.«

Die Spiegelung in der Scheibe zeigt Kaans Gesicht. Hügel und Felder ziehen darin vorüber.

Als wir aussteigen und ich das abgewrackte Bahnhofsgleis sehe, die leeren, längst vergessenen Blumenkübel, schlechte Graffiti und die zerschlagenen Scheiben der Infotafeln, da taucht die Erinnerung an Kaja so wach in mir auf, als müsste sie jeden Moment um die Ecke biegen.

Dreizehn Monate zurück.

»Ich habe ihn gefunden«, verkündete Kaja großspurig. »Den perfekten Ort für deine Geburtstagsparty.« Ihr Gesicht leuchtete wie eine Werbetafel, als sie den Treffpunkt in der Telegram-Gruppe postete.

Es war mein achtzehnter Geburtstag. Alle sollten kommen. Alle, das waren ungefähr dreißig Leute. Und die sollten Bier mitbringen, Wodka und Mate, Grünzeug, Fackeln und Fahrräder.

Ich nicht. Ich sollte nur meine Boombox und Feierlaune mitbringen, meinte Kaja.

Es war schon warm. Ich trug ein kurzes weißes Kleid mit Spaghettiträgern und dazu meine schweren schwarzen Schnürboots. Mein Bauch war voller Geburtstagskuchen vom Frühstück. Es war ein Samstag und der Himmel war so blau wie eine Filmkulisse. Ich hatte keinen Schimmer, wohin sie mich bringen würde. Und ich war aufgeregt deswegen.

Außerdem hatte ich ein schlechtes Gewissen. Denn als Paula gefragt hatte, ob ich mir wünschen würde, dass Kaja einen Schlüssel zu unserer Wohnung bekam, da hatte ich mich vor Schreck an meinem Brötchen verschluckt. Es war nicht mehr wie früher. Kaja war nicht mehr wie früher. Oder vielleicht lag es an mir. Und trotzdem saß ich ein paar Stunden später in der Bahn und fuhr mit Kaja in eine Gegend, die mir völlig fremd war. Wir fuhren bis zur Endhaltestelle, wir alle zusammen, und ab da wurde ich blind geführt. Ich saß auf Kajas rostigem Gepäckträger und umklammerte ihren Rücken. Er war warm.

Sie hatte eins von Paulas bunten Halstüchern um meine Augen gebunden. Etwas zu fest.

Vor uns, hinter uns und neben uns, überall Freunde auf Rädern. Zwei hatten Anhänger dabei, voller Flaschen, die auf der Fahrt klirrten und klapperten.

»Du darfst nicht blinzeln«, wiederholte Kaja unnötigerweise immer wieder. Ich spürte das Wackeln des Rades auf dem unebenen Untergrund im ganzen Körper.

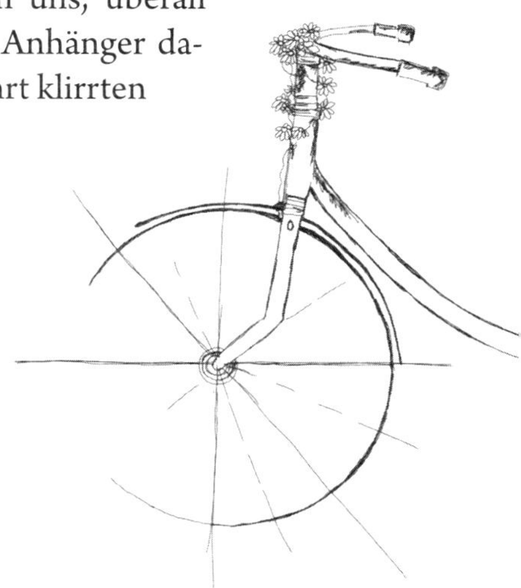

Irgendjemand spielte *Kafvka* auf dem Handy und bei *Alle hassen Nazis* sangen wir mit. Ich und viele Stimmen um mich herum. Mit geschlossenen Augen fühlte ich Kajas Stimme umso deutlicher, spürte sie, fest an ihren Rücken geklammert, in ihrem Körper vibrieren.

Als wir anhielten und Kaja mir die Binde abnahm, verstand ich erst gar nichts. Wir standen auf einem staubigen Weg. Links von uns ein Feld, das an eine Wiese grenzte. Rechts ein kleiner Industriehof. Dort lagerten Metallteile, Gestänge, Rohre, Gerüste. Die lagen da auf dem Boden, sortiert zu großen Haufen. Von Weitem sah das aus, als hätte jemand seine Legobausätze nach Form und Größe geordnet.

»Willst du da rein? In die Lagerhalle zwischen diesem ganzen Metallzeug?«, fragte ich verwundert.

Kaja strahlte. »In dieser Halle, da sitzt einer, der irgendwie festhält, wie viele Teile geliefert und wie viele abgeholt werden. Anton heißt der. Und jeden Tag Punkt 17 Uhr schließt der alte Anton das Lager ab, steigt in seinen Panda und fährt nach Hause. Und am Wochenende kommt der gar nicht. Und das ist dann unser Einsatz.«

»Einsatz für was?«

»Da vorne«, sagte Kaja und deutete auf die Wiese, die dem Industriehof direkt gegenüberlag. Und auf dieser Wiese, da stand eine Holzhütte. Nicht größer als eine Schrebergartenlaube. »Die hat der alte Anton hier hingebaut«, erklärte Kaja und klang wie eine Stadtführerin. »Da verbringt er seine Pausen. Und weißt du, warum?«

»Kein Plan. Weil's schöner ist als in der dunklen Halle?«

»Auch. Und *weil so was hier keinen stört,* hat er gesagt. Und als ich das gehört habe, da war auf einmal alles klar.

Wo gibt's so was sonst? 'ne Hütte, die keinen stört, wo wir keinen stören. Einfach niemand in der Nähe, der sich beschweren könnte. Stromanschluss, Kühlschrank, ein Klo und richtig viel Platz!«

Ich drehte mich im Kreis um mich selbst. Außer der Halle und der Hütte war da kein Haus, soweit mein Blick reichte.

Der Lange nickte anerkennend. »Das da, das ist der perfekte Ort. Da starten wir den Geburtstagseinsatz.«

Kaja gab dem Langen ein Zeichen und alle setzten sich in Bewegung. Eine Horde mit Rädern rollte zu dem maroden Holzhaus. Mit den Reifen hinterließen wir dünne Streifen in Schutt und Wiese. Und drehten die Musik laut und lauter. Kaja öffnete die Tür der Laube, als sei das die normalste Sache der Welt. Darin standen eine kleine Küchenzeile und einige Plastikstühle. Ein paar Leute breiteten Decken auf der Wiese aus, rammten Fackeln in die Erde, andere trugen Bierkästen in die Hütte, eine hängte sogar eine Girlande am Eingang auf. Die bunten Wimpel flatterten in der Luft.

Die Sonne kitzelte in meiner Nase. Kaan spielte *Feine Sahne Fischfilet*. Kronkorken fielen geräuschlos auf die Wiese. Wir redeten, lachten, tranken und tanzten. Es war beinahe perfekt.

Als es dunkel wurde, schloss Kaja eine Lichterkette an und zündete Fackeln an. Sie sprach so leise, dass nur ich sie hören konnte: »Happy birthday, meine Wölfin.«

Mit der Zeit wurden wir immer lauter und immer breiter. Die ersten schliefen randvoll auf der Wiese ein. Jemand sprayte irgendein Tag an die Holzwand.

Auf einer der Decken schob der Lange einem Mädchen

mit Pferdeschwanz die Hand unter den Rock und Kaja versuchte, nicht hinzusehen. Aber Enttäuschung und Wut gruben sich schneller in ihr Gesicht, als sie es verhindern konnte.

»Lass sie in Ruhe!«, rief Kaja zu ihm rüber. »Die ist randvoll und fast noch ein Kind.«

Das Mädchen, das sicher nicht jünger war als Kaja und ich, richtete sich auf und lächelte verlegen. Ich kannte sie nicht. Wer hatte die mitgebracht? Überhaupt kam es mir vor, als wären stündlich immer mehr Menschen hergekommen, lauter unbekannte Gesichter. Wo kamen die her?

Der Lange zog seine Hand zurück. Er sah von Kaja zu dem Mädchen und wieder zurück. Sein Blick war eine Kampfansage. Er legte eine Hand auf das Knie des Mädchens und ließ sie ganz langsam nach oben gleiten. »Hast du was dagegen, wenn ich *so* mache?«, fragte er das Mädchen dabei. Fragte es extra laut und grinste Kaja an, während er sprach. Das Mädchen wurde rot und flüsterte dem Langen etwas ins Ohr.

»Die wird in zwei Wochen achtzehn. Sie ist also älter und nüchterner als du und hat vielleicht auch mehr Geschmack«, sagte der Lange in Kajas Richtung. Er lachte. Er nahm das Mädchen an den Hüften und setzte sie sich demonstrativ auf den Schoß. Sie kicherte dämlich.

»Ich glaube, gleich muss ich kotzen!«, sagte Kaja, nahm mich beim Arm und zog mich weg.

Über meine Schulter hinweg sah ich zurück zum Langen, der Kaja hinterherschaute. Und ich hatte das Gefühl, ich hätte etwas Wichtiges verpasst. Die entscheidende Info hatte ich irgendwie nicht mitbekommen.

Ich streichelte Kajas Rücken, wollte sie trösten, ohne zu

wissen, weswegen. Aber sie machte sich los und setzte ihr Panzer-Lächeln auf. »Guck nicht so. Am Geburtstag ist der Drama-Blick verboten. Und ich begrüße jetzt mal ein paar Leute«, sagte Kaja, gab mir einen Kuss auf die Wange und verschwand in der Menge. Einige Leute aus unserer Stufe sprachen über ihre Pläne nach dem Abi, über Reisen, Ausbildungen und Unis. Einer prollte rum, dass er zum Achtzehnten ein eigenes Auto bekommen hatte, und Nele spuckte ihm vor die Füße, von wegen Umwelt und Retro-Abgas-Scheiße und so. Kaan und Andy redeten über die letzte Demo gegen Rechts und wer welche Transpis gemalt hatte und wie witzig die waren. Zwischen die Stunden webte sich das nächtliche Gefühl, dass wir es besser machen würden als unsere Alten. Dass wir etwas zum Guten wenden würden in der Welt.

Es wurde dunkel. Irgendwo kotzte jemand ins Gras.

Und dann, auf einmal, passierte es.

Die Hütte brannte.

Leute rannten auseinander und einer kam kreischend aus der Laube gestolpert. Der Geruch von brennendem Holz vermischte sich mit dem Geruch von brennendem Plastik. Die weißen Gartenstühle wurden schwarz und schmolzen. Alles ging viel zu schnell.

Ich sah den Langen und raste auf ihn zu. »Wo ist Kaja?«, fragte ich panisch.

»Scheiße!«, rief der nur und stürzte los.

Sie lag etwas abseits auf der Wiese. Ihre Augenlider zitterten. Ihr ganzer Körper zitterte.

Kaan zog sie weiter, zog sie weg von der Hütte und dem Feuer. »So eine Scheiße«, fluchte er. Und ich fiel neben ihm auf die Knie. Ich nahm ihre Beine und hielt sie hoch.

Der Lange rannte zu einem der Räder am Weg und kam mit einer Packung Orangensaft zurück.

»Was ist mir ihr?«, fragte ich. Angst in jeder Pore.

»Wir müssen sie wecken«, sagte der Lange. »Pack mit an!«

Und so richteten wir Kaja auf. Der Lange tätschelte ihre Wangen und kniff ihr in den Nacken, bis sie die Augen endlich öffnete. Er gab ihr etwas zu trinken. Und Kaja … Kaja trank. Ganz langsam, aber es ging. Um uns herum bildete sich immer mehr Rauch. Vor Schreck konnte ich mich kaum rühren. Irgendwo hinter oder neben uns hörte ich Leute fluchen, jemand weinte. Es wurde heiß.

Ich konnte den Blick nicht von Kaja abwenden, die sich abmühte, halbwegs lässig zu lächeln.

Das Schlimmste war nicht, Kaja in diesem Augenblick so wehrlos zu sehen. Das Schlimmste war die Zeit danach. Die Stunden, in denen es ihr langsam besser ging und sie versuchte, mich davon zu überzeugen, dass alles halb so wild gewesen sei, dass sie es im Griff hätte, dass ich übertreiben würde.

Das Schlimmste war wirklich nicht die Angst um Kaja in diesem Moment. Das Schlimmste war, dass sie später versuchte, meine Angst lächerlich zu machen.

Die Flammen fraßen sich so schnell voran, dass bald die ganze Hütte hell leuchtete und loderte. Überall knackte das Holz.

Als Kind war ein Wohnungsbrand immer meine größte Angst gewesen. Paula hatte es mir tausendmal erklären müssen. Ein Feuer braucht drei Dinge: Wärme, Sauerstoff und brennbares Material. Feuer braucht ständigen Nachschub an solchem Material, an brennbaren Stoffen. Und will man ein Feuer löschen, muss man ihm eines dieser drei Dinge entziehen.

Wasser hatten wir nicht annähernd genug. Und keine der Decken war groß genug, um das Feuer zu ersticken. Dazu waren wir viel zu langsam gewesen.

Als wir, Kaja in unserer Mitte untergehakt, langsam bis vor zum Weg gingen, standen da alle meine Gäste und starrten das Feuer an. Mit offenen Mündern und großen Augen, wie man das größte Spektakel seines Lebens bestaunt. Sämtliche Balken krachten unter den Flammen zusammen. Und es dauerte sicher eine Stunde, bis alles in sich zusammengestürzt und verbrannt war. Kaja stand die ganze Zeit dicht neben mir. Die Flammen spiegelten sich in ihren Augen. Sie hielt meine Hand. Und ich ihre. Beide den Blick auf das gerichtet, was mal die Hütte gewesen war.

Alles, was noch zu retten gewesen war, hatten wir weit fortgeschleppt, und so saßen und standen wir ruhig da, auf der anderen Seite des Weges, auf der Wiese, und sahen zu, wie alles langsam im Feuer kleiner wurde. Wir sahen, wie das Feuer langsam schrumpfte, als ihm der Nachschub ausging. Die kurz geschorene Wiese war dem Feuer nicht genug.

»Tut mir leid«, sagte Kaja leise und lehnte ihren Kopf an meine Schulter. »Alles.«

»Ich weiß«, sagte ich leise. Und wagte nicht, sie anzusehen.

Vor uns erstreckte sich ein riesiger Haufen Asche und Glut. Kaan stimmte »Happy birthday« an und immer mehr Leute sangen mit. »Happy birthday, liebe Ilvy …«

Seit diesem Abend bin ich nicht mehr dort gewesen. Kaan auch nicht. Aber wie es aussieht, war auch Kaja nicht hier.

Die Hütte ist weg. Das Gras wächst nicht so dicht an der Stelle, an der einmal die Holzlaube stand. So sieht es also aus, wenn Gras über eine Sache gewachsen ist, denke ich. Ein heller Fleck auf der Erde, kurze trockene Halme und Schuttreste. Ein paar Schritte entfernt liegt noch ein Plastikstuhl am Boden, die beiden hinteren Beine schwarz angebrannt. Verstümmelte, vom Feuer geschmolzene Reste. Daneben steht ein Vogelhaus auf einem Ständer. Trotzig und ganz unversehrt, als sei hier nie etwas geschehen. Und bis heute habe ich keine Ahnung, wie es dazu gekommen ist. Ich weiß weder, was Kaja intus hatte, noch wie das Feuer entstand.

Und was ich nun tun soll, weiß ich auch nicht.

Ich setze mich neben das Vogelhaus. Weiß nicht weiter. Durst habe ich und bin langsam so müde, dass ich mich einfach nur noch auf den Boden legen und schlafen will.

Kaan setzt sich zu mir. Er streckt die Beine aus und bettet meinen Kopf darauf. Als ich hochblicke, sehe ich direkt in seine glänzenden Augen.

»Was willst du?«

Aller Müdigkeit zum Trotz drücke ich mich von seinen Beinen weg und richte mich auf. »Kaja finden. Was ist das für eine dämliche Frage? Ich will Kaja finden.«

Er schüttelt den Kopf. »Warum ausgerechnet mit mir?«

»Weißt du, wie scheiße anstrengend es ist, alles allein zu machen? Wir waren vorher immer zu zweit, Kaja und ich. Immer wir beide zusammen. Aber mit der Angst um sie, da bin ich allein. Sie sieht gar nicht, was mit ihr passiert. Und jetzt hat sie mich komplett alleingelassen.«

Kaans Blick durchbohrt mich. »Aber wieso ich? Du willst doch meine Hilfe gar nicht.«

»Dass du da bist, das will ich aber. In der Nähe. Falls ich doch Hilfe brauche. Wenn, dann von dir.« Ich lasse mich wieder auf seine Beine sacken. Kann mich vor Müdigkeit nicht mehr aufrecht halten. »Kannst du bitte einfach in der Nähe bleiben?«, flüstere ich. »Bitte …«

»Ist gut«, sagt er. »Ich begleite dich. Aber ich habe Bedingungen.«

»Und die wären?«

»Bevor wir weitersuchen, bevor du dich wieder nur um Kaja sorgst, sorgen wir für dich.«

»Das ist doch kein Spaß, verdammt. Kaja ist weg. Verschwunden. Und wir wissen nicht, ob sie okay ist, ob sie in Gefahr schwebt, was mit ihr ist … Schlimm genug, dass ich hier auf der Wiese liege, anstatt durch die Gegend zu rennen und nach ihr zu rufen.«

Kaan legt mir seinen warmen Zeigefinger auf die Lippen. »Stopp. Pause! Du hast absolut recht. Wir wissen das alles nicht. Aber wir wissen, dass du nicht ihre verfluchte Amme bist und nicht Mutter Teresa oder so. Du kannst sie suchen. Ich suche sogar mit. Aber ich werd's nicht machen wie du.«

»Was meinst du damit?«

»Du hast Kaja geholfen, wo du konntest, und dir dabei letztlich seit Monaten angeguckt, wie sie sich kaputt macht. Was ich meine, ist: Das werde ich so nicht mitmachen. Wenn du willst, dass ich dich weiter begleite, egal wie lange das alles dauert, egal wohin uns die Suche führt, dann nur unter einer Bedingung: Kaja muss die einzige Person bleiben, um die ich dabei Angst haben muss.«

Über uns zieht ein Schwarm Graugänse vorüber und macht diese übertrieben märchenhaften Geräusche. Wie Lieder über Heimweh und Fernweh zugleich.

»Und was genau stellst du dir jetzt vor?«

»Ganz einfach. Du kommst mit zu mir. Wir essen etwas, duschen und schlafen ein paar Stunden. Danach folge ich wieder deinen Geheimagentenpfaden, wohin du willst.« Er steht auf und streckt mir eine Hand entgegen, um mich hochzuziehen.

»Ich bin doch keine Omma«, wehre ich seine Hand empört ab und stehe allein auf. Kaan grinst breit, im Wissen, dass er sich durchgesetzt hat. »Eigentlich perfekt. Schließlich wollte ich schon immer mit dir in eurer Dusche picknicken, bis wir unter dem warmen Wasser einpennen«, sage ich im Gehen. Kaan packt mich von hinten und kitzelt mich durch. Ein Knäuel aus Kichern, Kreischen, Gelächter und seinem Geruch. Ich versuche gar nicht erst, mich zu wehren. Es macht viel zu viel Spaß.

Ich werde Kaja suchen, immer weiter, aber vielleicht hat Kaan recht und es ist okay, wenn es mir währenddessen gut geht?!

Bei ihm angekommen, schiebt er mich vor sich her direkt in sein Zimmer. »Warte kurz hier«, sagt er. Ich kann zwar seine Stimme hören, aber kein Wort verstehen, als er mit seiner Mutter in der Küche flüstert.

Ich sehe mich um. Eine Zeit lang war ich öfter hier. In der Grundschule. In einem anderen Leben. Da sah das Zimmer noch anders aus. Da sah Kaan noch anders aus. Und ich wahrscheinlich auch. Mir fällt auf, wie riesig Kaans Bett ist. Selbst gebaut, nehme ich an. Es nimmt das halbe Zimmer ein. Mit den Fingerspitzen streiche ich über Kaans zerkratzte Schreibtischplatte. Da liegt ein Bleistift, ein Edding, eine Packung Blättchen, ein Ladekabel, eine Sonnenbrille mit einem zerbrochenen Bügel, ein Games-Magazin und ein altes Schülerticket. Auf der Rückseite vom Schreibtischstuhl klebt ein Sticker: »Alf statt Afd«.

Ich kann mich nicht erinnern, wann oder wieso, aber irgendwann hat sich etwas verändert zwischen Kaan und mir. Nicht dass es Streit gegeben hätte, wir gingen auch noch auf dieselbe Schule, aber wir trafen uns kaum noch, und wenn, wären wir wohl beide nicht auf die Idee gekommen, einander zu besuchen. Wir kannten uns und fertig. Nicht mehr und nicht weniger. Eine ganze Weile. Und dann, noch eine Weile später, erst seit ungefähr einem Jahr, sahen wir uns wieder häufiger. Tun es noch immer. Hängen mit ähnlichen Leuten ab, begegnen uns zufällig, reden wieder wirklich, feiern zusammen. Aber besucht haben wir uns seitdem trotzdem nicht ein Mal.

Kaan steckt den Kopf zur Tür herein und reißt mich aus meinen Gedanken und reicht mir ein Handtuch. »Läuft«, erklärt er knapp. »Aber heute musst du noch mal ohne mich duschen – ausnahmsweise.«

»Unverschämtheit!«, sage ich und versuche, mit dem Handtuch nach ihm zu schlagen. Er greift danach, bekommt das andere Ende zu fassen und so zerren wir beide daran, bis ich mit einem Ruck ein ganzes Stück zu ihm gezogen werde. »Aufpassen. Du weißt, wie vielseitig man ein Handtuch im Weltall verwenden kann.«

»Klar, aber ich fahre grundsätzlich nicht per Anhalter«, antworte ich und grinse zurück. Ich habe den *Anhalter* mindestens schon dreimal gelesen und finde so ziemlich alles daran großartig.

Kaan lässt los. »Das sagst du jetzt, aber wenn die Umgehungsstraße gebaut wird, wirst du betteln, dass ich dich mitnehme.«

Mit einem wissenden Lächeln verschwindet er wieder in der Küche. Leise in sich hineinlachend. Ich verschwinde unter der Dusche. Dort nehme ich das Duschgel, von dem ich glaube, dass es seines ist, öffne den Deckel und rieche daran. Warmes Wasser wärmt meinen Rücken. Irgendwie gefällt mir die Idee, mich mit dem gleichen Duschgel einzuseifen, das sonst Kaans Haut berührt. Ich könnte ewig unter der Dusche bleiben. Fern von allen Sorgen. Da, wo es warm ist und so gut riecht. Aber Kaan klopft an meine Spa-Welt.

»Zimmerservice!«, ruft er mir durch die geschlossene Tür zu. »Ihr Essen ist fertig und wird nun auf dem Zimmer serviert.«

Ich fühle mich verwöhnt wie eine Prinzessin, als ich mit nassem Haar und in einem großen grauen T-Shirt von Kaan auf seinem Bett sitze und wir Roggenbrot, Rührei und Tomaten essen.

Nie hat etwas besser geschmeckt.

»Wow. Du hattest wirklich Hunger!«, wird mir klar, als ich sehe, in welchem Tempo Kaan alles runterschlingt.

Kaan grinst. »Immer.« Und kaum sind die Teller leer, lehnt er sich zurück. »Hier neben mir ist noch Platz.«

Ich bin noch zu angespannt, um mich hinzulegen. »Wir schlafen aber nicht bis morgen früh, oder? Nur ein paar Stunden und dann suchen wir weiter!«

»Ist doch klar. Ich hab sogar schon den Wecker gestellt. Der klingelt in vier Stunden und dann geht's weiter.«

Ich könnte ihn knutschen – vor Dankbarkeit. Und ein wenig auch, weil es Spaß macht, mit ihm zu flirten.

Kaum schließe ich die Augen, lässt mich seine Stimme wieder hochschrecken. »Du, Ilvy? Darf ich dich was fragen?«

»Darf ich Nein sagen?«

»Du würdest sie immer weitersuchen, oder? Und ich verstehe nicht, ich meine ... Warum willst du Kaja so unbedingt in deinem Leben haben, obwohl sie dir wehtut?«, fragt Kaan.

»Warum? Wie meinst du das? Die Frage ist doch gar nicht, ob Kaja oder nicht. Kaja gehört in mein Leben. Du fragst dich doch auch nicht, ob Schlafen dazugehört oder ob du das lieber sein lässt, weil dir der Schlaf Zeit stiehlt, oder ob Sex weiter dazugehört oder lieber nicht, oder Essen? Eltern haben oder lieber nicht mehr? Geschwister oder keine? Bei manchen Dingen, bei manchen Menschen, da stellt sich halt einfach die Frage nicht.«

Sein Blick lässt mich nicht los. »Aber die Frage, ob du mit alldem glücklich bist, die kann ich doch stellen, oder?«

»Klar. Schon ...«, sage ich viel zu leise. Sicher bin ich mir nicht.

»Außerdem ist Kaja nicht schlecht oder so. Vor dem Hintergrund ihrer eher beschissenen Umstände ist sie sogar ziemlich großartig. Und du, du stellst wirklich 'ne Menge Fragen.«

Er rollt sich auf die Seite. »Gut möglich. Ich habe sogar noch eine: Meinst du nicht, wir sollten morgen Kajas Eltern informieren?«

»Nein!«, platzt es sofort aus mir heraus. »Nein, sollten wir nicht. Glaub mir, du kennst die nicht. Das wäre wirklich keine gute Idee.«

»Wenn du meinst ...«, nuschelt Kaan, kommt ein

Stück näher, sodass sich unsere Knie berühren. Seine Augen versuchen, mich weiter festzuhalten, klappen aber immer wieder zu.

Staunend sehe ich zu, wie schnell er in den Schlaf abtaucht. Das Gesicht hat er mir zugewandt. Seine Oberlippe zieht nach oben, dann spitzt er die Lippen. Ganz leicht nur, aber eben doch sichtbar. Sein Mund zuckt sachte und hinter seinen geschlossenen Lidern kann ich die Bewegung seiner Augen sehen. Nur sein Atem geht ganz ruhig und gleichmäßig. Wie kann ein Mensch im Schlaf so viel Mimik zeigen? Vorsichtig streiche ich eine Haarsträhne aus seinem Gesicht. Aber als er seufzt, ziehe ich meine Hand schnell weg. Ich bin müde. Sehr müde. Aber neben Kaan einzuschlafen ist wirklich nicht leicht.

10

Rabennächte und Räuberkinder

Neben Kaan liegend höre ich seine Eltern unten im Wohnzimmer reden und lachen. Es sind die einzigen Eltern, denen ich je begegnet bin, die immer noch auf so eine Weise miteinander lachen. Die meisten Eltern, die ich kenne, sind entweder getrennt oder sie reden kaum miteinander. Oder es klingt eher so, als würden sie einander bloß To-do-Zettel ansagen. Und dann sind da noch Kajas Eltern.

Elf Jahre zurück.

Ein einziges Mal versuchte ich, bei Kaja zu übernachten. Wir waren gerade sieben Jahre alt. An das eine Mal erinnere ich mich erschreckend gut.

Ich erinnere, dass Kajas Mutter es nicht nötig hatte, uns zu sagen, dass wir sie störten. Sie schuf Verhältnisse, in denen wir es selbst merkten. Kerzengerade saß sie am Klavier und spielte immer wieder das gleiche Stück. Wenn wir zu laut redeten oder lachten, legte sie die Hände an die Schläfen und verzog das Gesicht, als hätten unsere Stimmen eine Frequenz, die ihr das Hirn frittieren würde. Nein, sie sagte nicht, dass wir störten. Wir verstanden es auch so.

Ich erinnere mich genau daran, wie Kajas Mutter sagte, wir sollten den Bettwalzer tanzen, bevor Kajas Vater nach Hause käme. Sie war nervös und trieb uns zur Eile an. Ich erinnere mich, wie naiv ich mich freute, weil ich noch nie Bettwalzer getanzt hatte. Einen Ball stellte ich mir vor, auf dem unzählige Menschen in Schlafanzügen tanzten. In aller Festlichkeit. Ich erinnere mich, wie enttäuscht ich war, als mir klar wurde, dass es für uns keinen Tanz geben würde. Als ich in das angespannte Gesicht von Kajas Mutter blickte, mit den Augenringen und den schmalen Lippen, und darin erkannte, dass mit »Bettwalzer« nur gemeint war, dass wir uns möglichst schnell die Zähne putzen und möglichst zügig in den Betten verschwinden sollten. Nichts daran war musikalisch, nichts sinnlich.

Als die Tür dann aufging und Kajas Vater reinkam, sah ich, wie Kajas Mutter zusammenzuckte. Ganz kurz. Sie gaben sich einen Begrüßungskuss auf die Wange. Einen Entwarnungskuss. Kajas Vater war in meinen Augen so groß wie ein Riese. Wir standen im Schlafanzug vor ihm und sollten erzählen, wie es in der Schule war. Er tätschelte Kaja den Kopf. Ohne hinzuschauen. »Jetzt aber ab ins Bett«, sagte er. Auch ohne hinzuschauen.

Ich lag auf einer Matratze vor Kajas Bett. Kaja schlief schon lange. Im Dunkeln suchten meine Finger einen Lichtschalter, tasteten sich rasch vorwärts, um die Dunkelheit zu verscheuchen. Doch da war kein Schalter, keine Mutter in der Nähe. Kajas Zimmer hatte keine Möbel, keine Konturen mehr. Rollläden hatten das Licht ausgesperrt. Nicht einmal das Dunkel der Nacht konnte ich sehen. Ich kannte dieses Zimmer zu wenig, um es mir vorstellen zu können. Zu zäh war diese Dunkelheit. Ein viel zu schmaler Spalt nur zwischen der zweiten und dritten Lamelle von unten. Ein winziger Streifen, der mich ahnen ließ, dass es ein Außen gab, mit einem Innenhof und einem Hinterhaus. Und dort unsere Wohnung.

Vierundfünfzig Quadratmeter mit meiner Mama darin. Mit meinem Bett. Mein Bett ohne mich. Mein Zimmer, in dem nur der dünne Vorhang das Fenster verdeckte. Mein Zimmer, in dem die Dunkelheit nur die Farben auswusch, aber alles als schwarzer Scherenschnitt die Nacht überdauerte. Mein Zimmer, in dem die Tür immer einen Spaltbreit offen stehen durfte. Mit der Birke im Innenhof, die Schatten auf meine Zimmerwände warf. Dieselbe Birke müsste auch bei Kaja zu erahnen sein, dachte ich, aber da war nur Dunkelheit im Kartonzimmer.

Ich lag starr neben Kaja, wollte sie nicht wecken und lauschte in die Nacht. Ich lauschte, ob ich das Rauschen der Birkenblätter hören könnte. Aber ich hörte nur Kajas Vater reden, schneller und schneller. Und lauter. Auch Kajas Mutter hörte ich. Ich hörte sie nicht reden, nur leise schluchzen ab und zu. Die Stimme von Kajas Vater wurde lauter und schärfer. Er schrie sie an. Mit einer Stimme, die spitz werden und zustechen konnte. Eine Messerstimme. Ich versuchte, nicht hinzuhören. Versuchte, nur an die Birke zu denken, so gut es ging. Die Birke, die Schatten von riesenhaften Vögeln an die Wände werfen konnte. Vögel, deren Flügel langsam die Zimmerwände und schließlich das ganze Haus umspannten. Raben vielleicht, die auf dem Dach sitzend alles unter ihren Flügeln begraben konnten.

Die fremde Dunkelheit in Kajas Zimmer hatte nicht

einmal Birken-Gespenster. Ich hörte Kajas Atem neben mir. Ganz gleichmäßig und tief. Ich wollte bei ihr übernachten, um mit ihr zu spielen und zu reden, die ganze Nacht hindurch. Ich hatte mich so darauf gefreut. Mit ihr zusammen wollte ich heimlich unter der Decke dem Schlaf entkommen. Aber Kaja hatte mich allein in der Dunkelheit gelassen. Sie war vorausgeeilt in einen Traum. In einen Schlaf, der uns nun trennte. Wecken konnte ich sie nicht, zu groß war meine Angst, Kajas Eltern könnten uns hören. Kajas Mutter, die noch gewarnt hatte, ich sei zu ängstlich, um über Nacht zu bleiben. Ich sei ein Hasenherz. Das würde nichts werden. Ich hatte ihr das Gegenteil beweisen wollen. Und mir. Und Kaja. Guck mal, Kaja, guck mal, wie gut ich bin. Wie groß ich bin.

Ich flüsterte Kajas Namen. Wieder und wieder. Aber die Worte reichten nicht bis in ihren Schlaf. Die streitenden Eltern saßen im Wohnzimmer, in einem Nebenan, das so weit entfernt war wie ein fremder Kontinent. Ich stellte mir vor, wie riesige Flüsse zwischen den Räumen liegen würden. Reißende Ströme, aus Lava vielleicht, oder Sümpfe, vielleicht ein Moor. Ein Flur aus Stille und Streit und zerspringendem Geschirr. Nicht zu überwinden. Und was sollte ich auch sagen, wenn ich in dem fremden Kontinent angekommen wäre? Wie sollte ich erklären, dass ich dringend sofort nach Hause musste? Also blieb ich in der Dunkelheit des Kartonzimmers, zog die Decke höher an mein Gesicht heran. Die Decke roch nach einer fremden Welt. Sie roch nicht nach Kaja.

Die Gewissheit, dass in dem Haus gegenüber Licht brannte, hielt mich davon ab zu schreien und war doch der Grund, dass ich schreien wollte. Die Gewissheit, dass gegenüber ein Leben gelebt wurde ohne mich, eine vertraute Stimme redete, die ich nicht hören konnte. Dass Raben, Gespenster und Hexen in mein Zimmer einziehen konnten, das ich ihnen überlassen hatte. Ich stellte mir die Hexe als Wesen vor, das Zeit einatmete, bis keine mehr da war. Die Hexe näherte sich über die Äste der Birke durch mein Zimmer allmählich dem Flur. Sie atmete alles in der Wohnung ein, näherte sich belebten Räumen.

Mein Herz pochte. Ich musste Mama warnen. Aber die hörte mich in dieser fremden Dunkelheit nicht. Ich war zu weit weg. Ich rief sie, so laut ich konnte, und immer noch lauter. »Mama!«, rief ich.

Die Tür öffnete sich. Kajas Mutter zog mir die Decke weg, zog mich aus dem Bett. Kaja schlief tief und fest weiter. Ihre Mutter packte mich am Handgelenk und ging mit mir hinüber ins Hinterhaus. Ich hörte sie dabei unentwegt murmeln und schimpfen, verstand aber kein Wort. Mein Gesicht war nass. Mein Schluchzen lauter als ihre Stimme, bis ich endlich entdeckte, dass ich schneller gewesen war als die Hexe. Die Wohnung war noch da. Alles noch am selben Fleck. Meine Mama in Sicherheit. Die Zeithexe musste sich mein Zimmer wieder mit meinem Schlaf teilen. Keine Rollläden schwärzten die Wände. Es war eine Sommernacht. Die Nacht war hell auf dieser Seite des Hofes.

Meine Mama ließ mich Welt hören. Der Wäscheständer, das klappernde Geschirr in der Küche. Meine Mama machte Geräusche. Geräusche, die verrieten: Da ist noch wer, noch Familie, noch Leben, noch Fußgetrappel, noch Klospülung, noch Husten. Da hält noch jemand Nachtwache, damit ich beruhigt schlafen konnte. Vor meiner Tür ging das Leben noch weiter, direkt nebenan. Kein dunkler Grabzimmerkasten. Vor der Tür ging alles weiter. Die Welt hörte nachts also doch nicht auf. Äste bewegten sich vor meinem Fenster. Der Rabe breitete seine Flügel aus. Federn drückten schwer auf meine feuchten Augenlider.

Ich erinnere mich genau daran, dass ich in diesem Moment wusste, dass ich nie wieder bei Kaja übernachten würde. Einatmen: ein Flügelschlag. Ausatmen: ein zweiter Flügelschlag bis in den Schlaf.

Ich wache auf wie nach einem langen fieberhaften Albtraum. Schweißnasse Stirn. Über mir Kaans besorgter Blick. Es klopft an seine Zimmertür. Noch bevor ich begreife, wie spät es ist, wo ich bin oder was passiert ist, höre ich den dringlichen Tonfall in der tiefen Stimme von Kaans Vater: »Ilvy, deine Mutter ist hier. Sie will mit dir reden und sie wartet unten vor der Tür. Jetzt.«

Kerzengerade sitze ich im Bett.

Meine Mutter. Hier. Jetzt.

11

Rudeltiere und Reue

»Shit.« Ich suche meine Klamotten zusammen und ziehe mich an, so schnell ich kann.

Kaan setzt sich langsam auf, zerwühlte Haare, kleine Augen und ein schlechtes Gewissen. »Wir haben verpennt, fürchte ich«, nuschelt er.

Die Uhr zeigt acht Uhr früh. Es ist längst hell. Ohne Spiegel oder Bürste mache ich mir einen Zopf. Erst als ich an der Tür ankomme und den letzten Knopf meiner Jeans zumache, springt Kaan aus dem Bett. Mit einem Hechtsprung landet er bei mir.

»Du kommst aber wieder, oder? Ich meine, ich bin noch dabei.« Seine Finger umklammern mein Handgelenk. »Ich bin dein Suchtrupp. Und klar, dass wir den Wecker überhört haben, tut mir leid. War einfach Pech, ehrlich. Aber ich bin noch dabei, Ilvy. Du musst es nur sagen.«

Ich falle ihm um den Hals. »Ich muss das erst mal klären. Ich hab Paula seit Wochen nicht gesehen und …«

Prüfend sieht Kaan mich an.

»Du hast Angst«, stellt er fest.

»Scheiße gebaut, das hab ich«, erkläre ich knapp und schlüpfe durch die Tür.

»Ich warte hier«, ruft Kaan mir nach. Und wenn es nicht Paula wäre, meine Paula, die da unten vor der Tür steht, dann würde ich Kaan jetzt fragen, warum er das eigentlich tut. Warum er so wunderbar ist.

Paula nickt mir stumm zu, mustert mich von oben bis unten, noch ehe sich die Tür schließt. Ihre müden Augen umrandet von tiefen dunklen Augenringen. »Ich bin stinksauer«, sagt sie. »Wirklich stinksauer.«

Ein Lächeln kann sie trotzdem nicht unterdrücken. Zu groß ist ihre Erleichterung, mich zu sehen. Und da ist dieser Geruch. Sie riecht nach Muttertier, nach Heimathöhle und nach Alles-wird-gut-Duft. Ich falle ihr um den Hals und klammere mich an ihr fest wie eine Ertrinkende an einer Rettungsboje. Ich bin so froh, dass sie da ist, immer wieder bedingungslos da ist. Sie hält mich, als würde ich nichts wiegen, als könnte sie mich ewig so halten.

Dünn ist sie geworden. Zerbrechlich.

»Gehen wir ein Stück?«, fragt sie. Und das tun wir. Im Gleichschritt, ob wir wollen oder nicht. Ich wage kaum, sie anzusehen, so sehr schäme ich mich.

»Wenn ein Wombat geboren wird, ist es nur so groß wie eine Erbse«, sagt Paula in die Stille unserer Schritte hinein. »Es krabbelt in den Beutel der Mutter und bleibt dort etwa sechs Monate. Und weißt du was? Danach folgt es der Mutter überallhin. Ein Jahr lang. Oder zwei, ich weiß nicht genau. Bis es in die Pubertät kommt. Stell dir vor, und dann, ganz plötzlich zieht es aus, sucht sich einen eigenen Bau oder vertreibt sogar die Mutter aus dem Bau. Mit einem

Mal war's das mit der Familienidylle. Aus und vorbei die Zweisamkeit. Und wenn es vorbei ist, dann ist es wirklich vorbei. Keine Anrufe, keine Besuche zu Feiertagen. Es kommt nie mehr zurück. Verrückt, oder?«

»Es tut mir leid!«, sage ich.

Paula bleibt stehen. »Mir auch, Ilvy. Ganz ehrlich. Mir auch.« Ungläubig schüttelt sie den Kopf, während mich ihr Blick durchbohrt. »Kennst du die alte Frau Renner aus dem Vorderhaus? Die hat euch gesehen. Vor einer Woche, ganz in der Nähe. Nicht im Urlaub, nein, bei uns um die Ecke. Nein, hab ich gesagt, das kann nicht sein, hab ich gesagt. Und dass ihr Zelten gefahren seid. Da ist die alte Frau ganz wütend geworden. Ob ich sie für dement halte, hat sie gefragt.« Sie schüttelt den Kopf. »Hast du eine Ahnung, wie weh das tut zu begreifen, dass ich dieser alten Oma mehr Glauben schenken kann als dir? Mensch, Ilvy, ich habe euch vertraut. Dir und Kaja. Ich habe auf euch gewartet. Auf dich. Was habt ihr euch, nein – was hast DU dir dabei gedacht?«

»Ich wollte dich nicht enttäuschen. Ich wollte nur ...« Ich hasse es, sie zu verletzen. Meine liebe, liebe Paula. Aber was soll ich sagen, was wollte ich eigentlich? Plötzlich ist mein Hals verflucht trocken. »Mama. Ich weiß, dass ich Mist gebaut habe.«

»Ilvy, bitte, also ehrlich. Benutz nicht solche niedlichen und harmlosen Phrasen. Es ist ja nicht so, als hättest du heimlich meinen Lippenstift genommen oder so. Du hast mich angelogen. Du warst überhaupt nie auf diesem Campingplatz. Die alte Frau Renner hatte recht. Du hast wochenlang gelogen, weil du genau wusstest, dass es falsch ist, was ihr da tut. Aber so läuft das nicht. Wir sind ein

Team, Ilvy, ein Rudel, eine Familie. Und ich erwarte von dir, dass du jetzt auf der Stelle erklärst, was da gelaufen ist und warum.«

»Verstehe ich. Klar. Und am liebsten würde ich jetzt mit dir nach Hause gehen. Dahin, wo unser Rudel haust, und alles von Anfang an erklären. Aber das geht nicht. Nicht jetzt.« Ich bleibe stehen und atme tief durch. »Erinnerst du dich, dass du uns bei Gewitter immer Chai mit Honig gemacht hast? Wir saßen zu dritt vor dem Sofa, Kaja hat uns die Haare geflochten und gesagt, dass wir zusammen sicher wären, egal, wie es draußen donnert und blitzt. Wie in einem Wolfsrudel, hat sie gesagt. Weißt du noch?«

»Natürlich weiß ich das. Worauf willst du hinaus, Ilvy?«

»Kaja war nicht sicher bei uns. Sie durfte zwar oft bei uns sein, wenn ihre Eltern in der Uni gearbeitet haben, und auch so, wenn die gut drauf waren, aber manchmal …«

»Manchmal ging es Kajas Mutter nicht gut. Dann musste Kaja nach Hause. Komm auf den Punkt«, versucht Paula, mich abzuwürgen.

»Kajas Mutter hat bei uns Sturm geklingelt, egal, wie spät es war. Sogar wenn Kaja und ich schon schliefen. Du musstest Kaja dann wecken und sie musste mit zu denen rübergehen.«

»Mit zu denen … wie das klingt. Das sind ihre Eltern, Ilvy.«

»Ja, und was für welche. Es hat ewig gedauert, bis ich überhaupt eine Ahnung hatte, was für Abende das waren. Einmal konnte ich dich hören, Mama. Kajas Mutter stand vor unserer Tür, wollte wohl nicht reinkommen, sondern hat bloß geflüstert im Flur. Du hast auf sie eingeredet. Leise. Ich konnte nicht alles verstehen, aber du wolltest, dass sie Kaja schlafen lässt. Da ist Kajas Mutter wütend geworden. »Das ist immer noch mein Kind!«, hat sie gekreischt oder so was in der Art. Und dass Kaja sofort nach Hause kommen müsse. Sie hat gedroht, dass Kaja nie wieder zu uns kommen darf, wenn du Fragen stellst oder noch einmal versuchst, sie zu überreden. Ich konnte euch hören. Ich lag neben Kaja, mit einem heißen Klumpen Angst im Bauch, habe sie wach gerüttelt und ihr die Decke weggezogen. Vor mir her habe ich sie im Schlafanzug durch das dunkle Zimmer bis zur Tür geschoben. Kaja hatte nicht mal Socken an. Aber ich hatte bloß Angst, dass sie nie wieder zu uns kommen darf. Also habe ich mich losgerissen, mit einem Ruck, und sie nach Hause geschickt. Erinnerst du dich?«

Paula windet sich. »Nicht so wie du. Aber ja. Ja, ich erinnere mich, dass wir beide wussten, dass etwas nicht in Ordnung ist bei Kaja. Und ich erinnere mich, dass wir Angst hatten zu fragen, was es ist.«

»Wir haben mit niemandem drüber gesprochen, nicht mal miteinander. Anstatt zu bereden, was da los war, durfte ich an dem Abend in deinem Bett schlafen. In deinem Arm. Und du hast für mich gesungen, bis es hell wurde. Ich erinnere mich an diesen Abend und daran, dass es einige solcher Abende gab. Aber ich kann mich nicht erinnern, warum wir nie nachgefragt haben. Ich nicht und du nicht. Obwohl wir wussten, dass es Kaja nicht gut ging in diesen Nächten.«

Paula ringt die Hände. »Ich hatte Angst, dass sie uns

Kaja wegnehmen könnten. Ich denke, das war der Grund. Ich weiß auch nicht.«

»Aber jetzt hat sie sich selbst weggenommen. Sie ist einfach weg. Und deshalb kann ich jetzt nicht mit nach Hause kommen, sondern muss sie suchen. Ich will ihr Rudel sein und dazu muss ich sie finden.«

»Ach, Ilvy«, seufzt Paula und drückt mich noch mal ganz fest. »Ich hatte mir so fest vorgenommen, wütend auf dich zu sein …« Sie küsst mich auf den Kopf. »Noch einen Tag, einverstanden? Aber dann kommst du zurück. Mit oder ohne Kaja.«

»Einverstanden. Wenn ich sie bis dahin nicht gefunden habe, müssen wir sowieso …« Aber ich spreche es nicht aus und Paula auch nicht.

»Und schreib wenigstens mal 'ne Nachricht zwischendurch«, sagt Paula noch und wuschelt durch meine Haare.

Ich gebe ihr einen Kuss und will zu Kaan zurück. »Ich liebe deine Unvernunft!«, rufe ich Paula im Umdrehen nach.

»Ich weiß nicht«, höre ich Paula noch. »In ein paar Jahren schmierst du mir das sicher auch aufs Butterbrot.«

»Sicher«, grinse ich und fange an zu rennen.

»Das ging ja schneller, als ich dachte«, strahlt Kaan, der auf der Schwelle vor seiner Haustür auf mich wartet. »Ich war auch nicht untätig. Ich habe Insta aufgewühlt, habe herumtelefoniert und siehe da: Jetzt habe ich mal eine Idee, wohin wir als Nächstes gehen!«

»Sag bloß, du hast herausgefunden, wo sie ist?!«

»Wo sie jetzt ist, weiß ich nicht, aber ich weiß, wer sie gestern Abend gesehen hat. Das ist näher dran, als wir bisher gekommen sind. Das ist wenigstens so etwas wie eine Spur.«

Kaan hält sein Smartphone in die Höhe, sodass ich die Nachricht lesen kann, die dort steht. Dreimal lese ich die Nachricht. So sehr wundere ich mich über den Absender der Worte.

12

Direx und Dauerregen

Um zu verstehen, wie abwegig es mir vorkommt, dass sie ausgerechnet ihn um Hilfe gebeten hat, muss ich etwas ausholen.

Ein Jahr zurück.

In diesem Sommer waren wir zu dritt. Kaja, Malte und ich. Malte hieß natürlich bei uns nicht Malte. Für uns ist er der Direx. Wenn man ihn mit seinen Jungs sieht, weiß man sofort wieso. Er hat alles im Blick, verteilt die Aufgaben, macht die Ansagen. Er ist der Chef. Aber eben nicht über Kaja und mich. Malte mag den Namen. Er hat ihn sogar übernommen, kaum dass Kaja ihn ausgesprochen hatte. Und er mochte Kaja. Dass sah jeder, nur Kaja nicht. Sie hat das Talent, solche Dinge bei Bedarf so geschickt zu übersehen, dass wir alle so tun konnten, als wäre weiter nichts.

Zu dritt fuhren wir nach Frankreich.

Kaja und ich, weil wir zusammengehörten: Doppelpack, Doppelkeks. Zwischen uns passte höchstens Scho-

kolade. Und der Direx war dabei, weil er den roten Golf hatte. Weil er schon richtigen Bart hatte und außerdem ein Zelt. Und er war in Ordnung. Kaja und ich hatten noch nicht mal einen Führerschein. Wir waren siebzehn. Der Direx hatte gesagt, er würde uns mitnehmen, wenn Kaja versprechen würde, nur Alkohol und Gras, aber keine krassen Drogen einzupacken. Ich hätte mich erschrecken können darüber, dass jemand dachte, das müsse man Kaja sagen, aber tatsächlich war ich nur erleichtert, dass sie sich darauf einließ. Zum letzten Mal vielleicht.

»Kein Ding«, log sie und lächelte so, dass der Direx in seinem Fahrersitz dahinschmolz wie ein Kinderriegel in der Sonne. Er fuhr den ganzen Weg allein. Von Deutschland bis Frankreich. Hamburg – Biarritz. Vom Nachmittag in den Abend hinein, die ganze Nacht hindurch und immer weiter, wie besessen.

Wir sangen ohne Unterbrechung, um ihn wach zu halten. Hin und wieder hielten wir an, stiegen aus, reckten und streckten uns. Kaja beugte sich vornüber und ließ ihren Oberkörper herabhängen, sodass ihr Shirt hochrutschte. Der Direx starrte fast schon hilflos auf ihren Rücken, ihren Bauch, ihren Hintern. Kaja war das egal. Er bezahlte Energiedrinks für uns alle und wir fuhren weiter. Als es hell wurde, hielten wir, um uns die Zähne zu putzen.

Die Zahnpasta spuckten wir auf die Radkappen seines Wagens wie auf eine Zielscheibe.

»Wer als Erster das Meer sehen kann …«, rief Kaja und gewann. Sie war die Erste, die das Meer zwischen den Bäumen entdeckte, als wir durch den Pinienwald fuhren.

»Fahr noch ein bisschen weiter«, bettelte Kaja und legte auf der Rückbank den Kopf auf meine Knie. Wir weckten sie erst, als das Zelt aufgebaut war. Das Zelt hatte grüne Wände und war gerade mal so groß, dass unsere drei Isomatten genau nebeneinander hineinpassten.

Jeden zweiten Tag eine Nachricht nach Hause, so hatten wir das vereinbart, und ich hielt mich daran. Ich gab regelmäßig ein Lebenszeichen von mir und Paula fragte nicht genauer nach, ob da wirklich Erwachsene dabei wären, um auf uns aufzupassen. Ich drehte nicht frei, sie sperrte mich nicht ein. Das war der Deal. Bei Kaja war das anders. Ihre Eltern dachten, dass sie mit mir und meinen Verwandten unterwegs wäre. Sie hatte schon so viele Ferien mit meiner Ma und mir verbracht, dass es nur logisch schien, dass wir auch dieses Jahr zusammen wegfuhren.

Wir hatten die Gaskartusche für den Kocher vergessen. »Das ist gut«, meinte Kaja. »Dann müssen wir Leute anquatschen, bei denen wir kochen können, und wenn wir welche anquatschen, dann lernen wir welche kennen. Voll gut ist das.«

So lief es dann auch. Jeden Abend kochten wir unsere Nudeln woanders und mit anderen Leuten. Der Direx fand es *so na ja*. Aber Kaja war begeistert. Sie hatte nie Hemmungen, jemanden anzusprechen, und ich genoss, wie leicht alles war, wenn man es auf die Kaja-Art anging.

Manchmal kochte auch keiner, dann aßen wir nur Schokoriegel und tranken Bier, bis wir satt waren. Die Tage verbrachten wir am Strand. Wir gingen schwimmen, tauchten unter Wellen hindurch, sahen den Surfern zu, sammelten Muscheln und buddelten den Direx bis zum Hals im Sand ein. Aus Treibholz und Muscheln bastelte Kaja Traumfänger für uns. Wir lagen alle drei quer auf einem großen Handtuch und cremten uns gegenseitig mit Sonnenmilch ein. Vor allem cremte der Direx Kaja länger ein als nötig. Stundenlang. Und sie ließ ihn. Manchmal hatte einer von uns eine kleine, schwarze Zecke irgendwo. Kaja suchte uns jeden Abend danach ab, um die Zecken mit einer einzigen schnellen Bewegung herauszudrehen. Wir waren zerstochen von Mücken, verbrannt von der Sonne und glücklich. Wir vergaßen die Zeit. Eine gute Zeit. Es war so Sommer.

Dass das Zelt nicht dicht war, merkten wir erst am vorletzten Abend. Wir lagen auf den Matten, Sand im Haar, auf der Kopfhaut, Sand im Schlafsack, zwischen den Zehen. Sommersprossen und Sonnenbrand. Es war ein gedehnter Tag am Strand, dann Baguette mit Käse und Rotwein zum Sonnenuntergang. Viel billiger Rotwein. Und unsere übliche Runde über den Campingplatz. Wer sah cool aus, wer lud uns auf ein Getränk ein, wer hatte drei Klappstühle frei, wer spielte 'ne Runde Karten oder Bier-Boule mit uns? Der Direx ließ Kaja keinen Moment aus den Augen. Wir drehten Kreise, setzen uns mal hierhin und mal dort dazu. Bis der einsetzende Regen uns ins Zelt schickte. Es prasselte leise und wir schliefen ein, ohne uns Gute Nacht zu sagen. Schnell und tief.

Als ich in dieser Nacht das erste Mal aufwachte, waren es meine nassen Füße, die mich weckten. Um unsere Isomatten herum hatten sich Seen gebildet. Alles war kühl und klamm. Der Regen war stärker geworden, trommelte nicht mehr nur aufs Dach, sondern rann auch an den Nähten unaufhörlich hinab, stieg am Boden durch Löcher in der Plane immer höher. Ich zog die Beine hoch, um den Schlafsack aus der Pfütze zu ziehen, und tippte Kaja an. Sie tippte den Direx an, und so lagen wir da. Alle drei auf einem Haufen in der Zeltmitte. Gestrandete auf einer Isomatten-Insel. Um uns herum sammelte sich Regenwasser. Es roch nach feuchter Erde.

»Ich muss mal,«, sagte Kaja. »Aber wenn ich jetzt rausgehe, werde ich klatschnass.« Sogar im Dunkeln konnte ich sehen, wie der Direx sie anhimmelte, als sei sie mindestens ein Erzengel.

»Wenn du rauswillst, halte ich den Schirm über dich«, schlug er vor. Aber der Schirm war im Auto, wo sonst? Also wurde der Direx nass, tropfnass, wie er da über den Platz lief, bis zum Parkplatz, um dann den Schirm über Kaja zu halten, als sie zum Klohaus huschte. Ich verkniff mir jeden Kommentar. Schließlich sagten die beiden auch nichts. Wegen der nassen Schlafsäcke schliefen wir drei eng aneinandergekuschelt ein, zugedeckt mit den letzten halb trockenen Handtüchern.

Als ich in dieser Nacht dann zum zweiten Mal aufwachte, war der Schreck größer als von nassen Füßen. Kaja hatte einen Albtraum. Sie schrie wie am Spieß, hielt sich im Schlaf die Hände vors Gesicht, wie um ihren Kopf zu schützen, und schrie. Ich kannte diese Albträume. Kaja hatte oft genug bei mir übernachtet. Und so saß ich neben ihr, abwartend, um sie zu trösten, wenn sie aufwachen würde.

Aber der Direx, der kannte ihr Zucken und Kreischen nicht. Er wollte wohl helfen, als er ihre Arme und Beine festhielt, die um sich schlugen und traten. Als Kaja im Erwachen seine Hände an ihrem Körper sah, da schrie sie erst recht. Sie trat den Direx, so fest sie konnte. Spuckte voller Wut in sein Gesicht und stürmte aus dem Zelt, sobald er sie losließ. Den Rest der Nacht verbrachte sie außerhalb vom Zelt.

Am nächsten Tag redete Kaja kein Wort mit dem Direx. Und ich war beleidigt, weil sie auch mir aus dem Weg ging. Demonstrativ lachend saß sie auf einer Bastmatte vor dem Zelt von einem absurd schönen Franzosen und drehte uns den Rücken zu, als wir uns näherten. Ich zog den Direx mit zu den beiden und setzte mich eine Weile zu Kaja auf die Matte.

Der Franzose strahlte Kaja an wie ein Nebelscheinwerfer. Seine Locken waren ausgeblichen vom Sommer, vom Surfen, vom Salzwasser. Alain hieß er. Oder zumindest nannte Kaja ihn so, also wer weiß. Einen Gaskocher hatte er. Und er kochte ein ziemlich perfektes Risotto für uns unter seiner Regenplane. Auch für den Direx und mich. Er sprach einen Mischmasch aus Französisch und Englisch. Schön klang das.

Das Risotto roch großartig, und während er in dem großen Topf rührte, nahm Kaja ihm immer wieder die Weißweinflasche aus der Hand, um daraus zu trinken. Er hielt Kaja den Löffel hin und pustete das Risotto kühl. Alains Freunde pfiffen. Kaja kam nahe mit dem Mund zum Löffel, um zu probieren, er kam nahe mit dem Mund zum Löffel, um zu pusten. Er steckte Kaja den Löffel in den Mund und

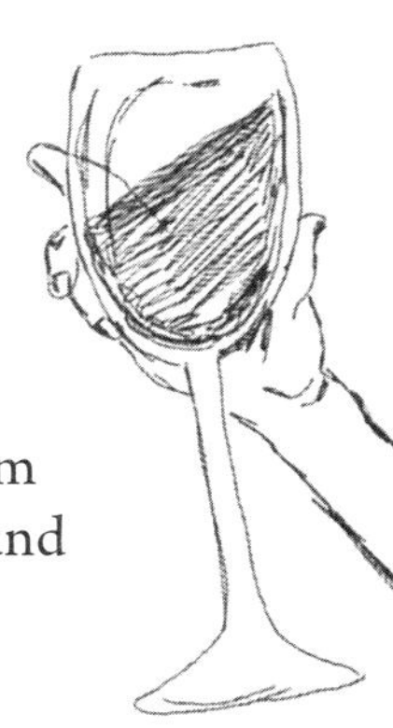

sie leckte den Löffel ab, ohne dabei den Blick von ihm zu lösen. So, dass es mir peinlich war hinzuschauen, und so, dass der Direx augenblicklich wortlos wegging. Einfach aufstand und ging. Und mir war klar, dass dies unser letzter Abend dort sein würde.

Alain kraulte Kaja den Kopf. Einer seiner Freunde spielte Gitarre unter einer Regenplane. Ein anderer streckte Kaja seine geschlossene Hand hin. Als er sie öffnete, darin eine zartrosa Pille. Darauf ein lachendes Gesicht. Eines, das mein Lächeln vertrieb. Aufmerksam sah ich Kaja an.

»Nur ein kleiner Smiley, um den Regen zu vertreiben«, sagte sie, als sie danach griff. Ich wartete nicht länger, weil ich nicht sehen wollte, wie ihre Bewegungen, ihre Pupillen, ihre Stimme sich veränderten. Ich stand auf und folgte dem Direx. Kaja versuchte gar nicht erst, mich zum Bleiben zu überreden. Ich hörte ihr Lachen hinter mir langsam anschwellen.

Der Direx und ich schliefen im Auto, weil das Zelt immer noch halb unter Wasser stand. Er auf dem Beifahrersitz und ich hinten auf der Rückbank. Kaja wanderte für diese Nacht wie selbstverständlich ins Trockene aus – zu dem Franzosen.

Der Direx sagte, es läge am Regen, aber ich denke, es war allen klar, dass es an dem schönen Franzosen lag, als der Direx am nächsten Morgen schon vorm Frühstück seine Sachen packte. Wir fuhren nach Hause. Die Rückfahrt dauerte endlos. Der Direx hörte *Antilopen Gang* in Dauerschleife. Mit maximaler Lautstärke. Es knackte abwechselnd in den Boxen und in meinen Ohren. Reden wollte niemand mehr. Der Direx brachte uns bis vor die Tür.

»Danke für's Mitnehmen, Malte«, sagte Kaja, als wir unsere Reiserucksäcke aus seinem Kofferraum holten. Sie sagte: *Malte* und er hörte es, zog eine Augenbraue hoch und schüttelte den Kopf, anstatt etwas zu sagen. Kaja lächelte ein kaltes, abweisendes Lächeln. Eines, das sie sich bei ihrem Vater abgeschaut hatte. Ein Lächeln, das einen kleinmacht, mit einem Blick, unter dem man sich wegducken will.

»Na, dann«, sagte der Direx. »Man sieht sich.«

Natürlich sahen wir den Direx auch nach diesem Sommer noch. Aber nur noch von Weitem. Nur zufällig. Nickten uns zu, ohne aufeinander zuzugehen. Wir wussten alle drei, dass wir nie wieder zusammen ein Zelt aufbauen würden. Darüber gesprochen haben wir nie. Das war nicht nötig.

Und ausgerechnet den Direx soll Kaja jetzt um Hilfe gebeten haben? Trotz allem?

Kaan kennt den Weg. Wie Laub lasse ich mich neben ihm hertreiben. Bei dem Gedanken, gleich Kaja zu sehen, wird mir heiß und kalt. Meine Handflächen schwitzen und ich hoffe, dass Kaan es nicht sieht.

»Hier ist es!«, verkündet er und sieht erst den hohen, gelben Altbau, dann mich auffordernd an.

»Du klingelst!«, sage ich.

Der Direx wohnt in einem großen Eckhaus in einer noch größeren WG und er schüttelt, als er mich sieht, den Kopf, anstatt *Hallo* zu sagen. Ich schüttle mit. Eine passendere Geste fällt mir gerade auch nicht ein.

»Kommt rein«, sagt er und gibt den Weg frei in seine WG-Küche. »Setzt euch. Ich mache gerade ultimative Frühstückspizza warm.«

»Also Pizza von gestern?«, fragt Kaan grinsend.

»Exakt«, lacht der Direx.

Wir setzen uns an einen schwarz lackierten Holztisch und ich lasse meinen Blick über die Filmposter an den Wänden streifen. Am Kühlschrank hat jemand eine Collage aus Pizza-Bestellzetteln und Fotos von vier Typen aufgehängt, von denen einer der Direx ist.

»Tadaaa«, sagt der Direx und stellt die Pizza in die Tischmitte. Sein lässiges Lächeln fällt von ihm ab, mitten auf den geschmolzenen Käse und noch weiter runter, unter den Tisch, bis in den Keller, als sich unsere Blicke treffen.

Er lässt sich auf den Stuhl neben mir fallen. »Ich bin froh, dass ihr jetzt da seid. Ehrlich. Kaja so zu sehen, das war eine ziemliche Freakshow.«

»Wo hast du sie denn gesehen?«, frage ich. »Wo und wann und wohin ist sie danach gegangen und …?«

Kaan legt seine Hand auf meinen Unterarm. »Lass ihn doch erst mal erzählen.«

»Ja«, sage ich. »Klar.«

»Gestern Abend war ich noch kurz beim Kiosk, da habe ich sie gesehen, wie sie unsere Straße entlangkam, mit Beinen wie Wackelpudding. Immer wieder blieb sie stehen und tastete ihre Beine von oben bis unten ab, als gäbe es ein Problem mit denen. Völlig zerstört sah sie aus. Ich habe mich echt erschrocken. Bin zu ihr hin und sie hat mich so komisch angesehen. Ihr Mund ging auf und zu, aber da kam nur Gemurmel raus. Keine richtigen Worte. Ich habe ihr angeboten, sie mit zu mir zu nehmen, aber sie wollte nicht. Ich hab vorgeschlagen, einen Krankenwagen zu rufen, aber da hat sie geschrien und den Kopf geschüttelt.

Sie hat meine Hand genommen und mich mit sich gezogen, in Richtung U-Bahn. Da kam ihre Sprache langsam zurück. »Hilfst du mir?«, hat sie gefragt, jedenfalls klang es so ähnlich. Und ich hab natürlich Ja gesagt. Ihre Stimme, die war so … so anders. Als wäre jede Silbe eine Hürde. Echt jetzt, es hat sich angehört, als würde sie im Halbschlaf reden oder so. Ich hab ein Taxi gerufen. Aber als ich gesagt habe, dass es gleich kommt und sie nach Hause bringt, da ist Kaja einfach losgerannt. Mit ihren wackeligen Beinen die U-Bahn-Treppe runter. Ich hätte gar nicht damit gerechnet, dass sie so schnell rennen kann in ihrem Zombiezustand. Aber sie ist mit einem Satz in die U-Bahn gesprungen. Die Türen gingen gerade zu. Keine Ahnung, wie lange ich da gestanden habe. Das war wie ein schlechter Film. Aber sie ist nicht zurückgekommen. Erst hab ich versucht, mich abzulenken, mit 'nem Netflix-Marathon im Bett. Irgendwann habe ich ein paar Leuten getextet. Als Kaan geantwortet hat, als er geschrieben hat, dass ihr sie sucht, da war ich verdammt erleichtert. Aber ich verstehe noch immer nicht, was mit ihr los war. Was habt ihr denn mit ihr gemacht, verdammt?«

Seine Frage lässt mich hochfahren. »Wir? Was *wir* mit *ihr* gemacht haben? Geht's noch?« Am liebsten würde ich ihm seine dämliche Pizza ins Gesicht schmeißen.

Kaan greift nach meiner Hand. »Beruhige dich, Ilvy. Wir sind hier alle auf einer Seite. Wir wollen alle drei das Beste für Kaja.« Widerwillig setze ich mich wieder hin.

»Wie lange ist sie denn schon weg?«, fragt der Direx.

Zu lange, denke ich. Aber ich denke auch, dass es ihn nichts angeht, dass er es nicht versteht. Schnell beiße ich so viel von der labberigen Pizza ab, dass mein Mund zu voll ist, um zu antworten. Kaans Blick ist ein einziger Vorwurf. Ich versuche, seinen Blick mit einem Schulterzucken abzuschütteln.

»Zu lange!«, antwortet er schließlich an meiner Stelle, als es ihm zu blöd wird.

Der Direx beugt sich vor. »Ilvy, ich verstehe, dass du das allein regeln willst, damit niemand Fragen stellt und damit du weiter behaupten kannst, es gäbe kein Problem. Aber Fakt ist doch, es gibt ein beschissen großes Problem. Und du hilfst ihr nicht, wenn du so tust, als wäre alles in Ordnung. Schnitzeljagd ist jetzt nicht mehr angesagt.« Der Direx hat diesen nervigen Chef-Ton, aber Kaan nickt ihm zustimmend zu.

»Phase B«, ergänzt Kaan. »Irgendetwas müssen wir schließlich tun.«

Ich verschränke die Arme. »Und was schlagt ihr dann also bitte vor?«, frage ich, so abschätzig ich kann.

Der Direx holt seinen Laptop und klappt ihn zwischen den Pizzastücken auf. Vor uns erscheint der Stadtplan. »Wir gehen das strategisch an«, erklärt er.

»Wir?« Langsam nervt er mich richtig. »Wir sind hergekommen, weil du gesagt hast, Kaja wäre hier. Wir sind sicher nicht hier, damit du hier das fucking A-Team spielen kannst.«

»So ein Dreck«, schreit der Direx mich an, tritt einen Stuhl um, rauft sich die Haare, dreht sich um sich selbst und setzt sich wieder. So habe ich ihn noch nie gesehen. »Kaja hat mich um Hilfe gefragt. Hat sie niemand drum gebeten. Die wusste kaum noch, wer sie ist, verdammt, aber dass sie meine Hilfe will, das wusste sie. Also werde ich ihr helfen. Jedenfalls wenn ich kann. Und du bekommst keinen Orden und allein für dich behalten darfst sie auch nicht, selbst wenn du sie allein findest.«

Mir reicht's. Ich stehe auf und will gehen. Aber Kaan stellt sich in die Tür. »Wir müssen mehr Leute einbinden. Denk doch mal nach, Ilvy. Am besten alle, die wir kennen. Alle, die Kaja kennen. Insta. Gesichtsbuch. Das volle Programm oder …«

»Oder was?«

»Oder wir gehen zu ihren Eltern«, seufzt Kaan.

»Oder zur Polizei«, setzt der Direx hinterher.

Es fühlt sich an, als würde der Boden wanken.

»Moin!«, sagt jemand so dicht hinter mir, dass ich zusammenzucke und vor der Stimme ausweiche. Ein verpennter Typ in Boxershorts und weißem T-Shirt. Er sieht aus wie ein jüngerer Direx. Nur seine Gesichtszüge sind noch etwas weicher, die Haut pickeliger und sein Haar ein wenig lockiger, aber ansonsten sehen sich die zwei absurd ähnlich.

»Mein Bruder«, erklärt der Direx unnötigerweise mit kurzem Kopfnicken in Richtung Direx junior.

»Was du nicht sagst!«, meint Kaan und lächelt breit.

Direx junior hebt die Hand und grüßt in die Runde. Wir nicken ihm zu. »Mats«, stellt er sich vor. Und ich muss an Kaja denken. Wie sie ihn wohl nennen würde?

Völlig selbstverständlich greift er sich das letzte Stück Pizza, setzt sich neben den Direx und schaut über dessen Schulter auf den Bildschirm des Laptops. Brüder ohne viele Fragen, ohne Abstand. In meinem Bauch nagt die Erinnerung an all die Male, in denen Kaja und ich uns Schwestern nannten. Und an die Momente, in denen wir sicher wussten, dass wir keine Schwestern sind.

Ein Jahrzehnt zurück.

Als wir uns kennenlernten, dachte ich eine ganze Weile, abgesehen von unseren Eltern gäbe es zwischen uns nichts als Gemeinsamkeiten. Wir bewohnten das gleiche Haus, liebten Pippi Langstrumpf, die trockenen Ränder von Pizza und den Kunstunterricht, wir hassten Fußball und Läuse, wir hatten Angst vor Geistergeschichten und erfanden trotzdem immer wieder neue. Mit jedem Tag schienen wir uns mehr und mehr ineinander zu spiegeln, bis ich etwas sah, was mir selbst so fremd war, dass es das gemeinsame Bild veränderte. Da waren wir im Freibad.

Wir standen in der Schlange am Kiosk, um uns Eis zu kaufen. Paula lag auf einem Handtuch im Schatten und konnte nicht sehen, was vor sich ging. Die Sonne brannte auf den Asphalt. Es war so heiß, dass man mit den nackten Füßen kaum auf der Stelle stehen bleiben konnte. Ich kramte Münzen aus einem kleinen, gelben Portemonnaie. Leise und konzentriert zählte ich die sonnenförmigen Münzen, die ich nacheinander in meine Handfläche legte, als mich jemand von hinten anrempelte.

Hinter mir stand ein Junge in Spiderman-Badehose und drängelte. Er guckte mich blöde an, schubste ein wenig, schubste noch ein wenig mehr und öffnete gerade den Mund, um etwas zu sagen, als Kaja schon zwischen ihn und mich gesprungen kam. Eine Raubkatze, die mit einem Satz seinen Hals packte und zudrückte. Einfach so. Mit beiden Händen. Sie drückte auf seinen Kehlkopf, so fest sie konnte. Auf den Zehenspitzen stand sie, gespannt bis in alle Glieder. Der Junge war sicher älter und größer. Aber Kaja war so voller Wut, dass ihr Kiefer mahlte, ihre Augen fixierten ihn und ihre Stimme war eisig, als sie sagte: »Lass meine Freundin in Ruhe!«

Der Junge wollte sich losreißen, aber sie biss in die Hand, mit der er versuchte, sie abzuwehren. »Du darfst ihr nicht wehtun!«, fauchte sie.

Die Leute hinter uns waren so überrumpelt, dass sie lieber wegschauten. Ich hatte noch nie so viel Gewalt gesehen. Alles ging rasend schnell. Erst als ich wimmerte, dass sie aufhören sollte, lockerte Kaja ihren Griff. Aber gleich darauf holte sie schon Schwung mit ihrem Kopf, um ihn gegen seinen zu schlagen. Das Geräusch vergesse ich nie. Seine Augenbraue blutete. Der Junge fasste sich an den Hals, ging rückwärts und starrte Kaja ängstlich an.

Ganz ruhig blickte Kaja erst in die erstaunten Gesichter der Menschen, die mit uns in der Schlange standen. Sie entschuldigte sich nicht. Erklärte nichts. Sie wollte nur wissen, ob es mir gut gehe. Ob mir etwas weh tue. Verwirrt schüttelte ich den Kopf. Da setzte sie ihr schönstes Lächeln auf und fragte: »Nimmst du auch Raketen-Eis?«

Mit weichen Knien dachte ich zum ersten Mal, dass wir wohl doch keine Schwestern wären. Sondern eher eine Art Wolfsrudel.

»Alles klar?«, fragt Kaan in meine Gedanken hinein und fuchtelt mit einer Hand vor meinem Gesicht herum.

»'tschuldigung«, nuschle ich. »War kurz ... abgelenkt.« Ich versuche, möglichst schnell wieder im Hier und Jetzt anzukommen.

Mats macht Musik an: *Sugarman* von Rodriguez.

»*Sugarman, you're the answer that makes my questions disappear.*« Als wäre es so einfach.

»Was sucht ihr?«, will Mats wissen und deutet auf den Stadtplan.

»Die Frage ist nicht, was, sondern wen«, sagt der Direx.

»Klingt schwer nach 'nem Gangster-Ding«, meint Mats.

»Ist aber 'n Freundschafts-Ding«, korrigiere ich.

Wir holen alle unsere Smartphones raus und beginnen darauf herumzutippen: Wer hat Kaja gesehen? Wo steckt Kaja? Wann habt ihr Kaja das letzte Mal gesehen?

Ein paar Leute senden Fotos, auf denen Kaja zu erkennen ist. Zu alte Fotos. Fotos, die uns nichts nutzen. Kaans Finger trommeln auf der Tischplatte.

»Irgendetwas übersiehst du, Ilvy. Denk nach. Wohin würde sie gehen?«

13
Spielplatz und Spliff

In dem Moment ertönt ein leises Pling.

»Chillt«, steht dort. Und irrsinnig lange nur: » … «

Der Lange tippt.

Dann erscheinen drei Worte: »Kaja ist hier.«

Der Direx schnappt sich seinen Rucksack und wir stürmen so schnell zur Tür, dass ich meine Schuhe erst beim Treppensteigen im Flur anziehe. Wir nehmen die nächste U-Bahn. Den Weg kennen wir alle drei im Schlaf.

»Was geht da eigentlich?«, fragt der Direx ins Ruckeln und Rattern der U-Bahn hinein.

»Bei Kaja und dem Langen?« Ich überlege, wie ich es erklären soll. Wie ich erklären soll, dass mit dem Langen vieles angefangen hat, dass Kaja ihn mag und dass sie es meistens nicht leiden kann, dass das so ist. Dass es ihr eine Scheißangst macht, ihn gernzuhaben.

»Manchmal stürzen sie miteinander ab. Manchmal sind sie Freunde. Manchmal können sie sich nicht ausstehen«, sage ich. »Alles andere wissen nur die beiden.«

Der Lange. Darauf hätte ich vorher kommen können, denke ich. Der Lange ist heute und gestern, klar, aber der gehört auch zu einer Zeit, die so lange zurückliegt, dass es reichen könnte, um sie bei ihm zu finden. Uns zu finden.

Vier Jahre zurück.

Wir waren vierzehn. An dem Hochwasserabend lagen wir bei mir auf dem Holzboden. Kaja erzählte Geschichten von unserem Leben als Erwachsene, von dem, was nach der Schule käme. Davon redete sie oft. Und ich ließ ihre Erzählung durch meine Finger in den Bleistift und von da aus aufs Papier wandern. Ich hörte zu und der Stift konnte das Erzählte weiterspinnen, während es draußen so stark regnete, dass die Keller unserer Häuser voller Wasser liefen. Der Regen rann unaufhörlich an der Fensterscheibe herab. Kaja und ich saßen zusammen auf dem Fußboden meines Zimmers, die Schreibtischlampe neben uns auf die Dielen gestellt. Ich zeichnete. Kajas Augen verfolgten das Wettrennen der Regentropfen.

»Wenn ich mit der Schule fertig bin, dann bin ich hier jedenfalls weg«, sagte sie. »So viel ist klar.« Den Blick noch immer auf die nasse Scheibe geheftet.

»Und wo bist du, wenn du weg bist?«, fragte ich.

»Laos, Vietnam, Australien, Panama, Chile, Indien, Südafrika oder erst mal quer durch Europa. Mal sehen. Erst mal weg.«

»Von mir weg?«, fragte ich.

»Quatsch. Von denen«, sagte Kaja und nickte hinüber, in Richtung Vorderhaus. »Außerdem verstehe ich nicht, warum man bei dem ganzen Regen freiwillig hier leben sollte. Die Welt ist voller schöner Orte. Krasse Berge, Wasserfälle, kristallklare Meere und tiefe Wälder. Und wo leben wir? In einer Stadt. Grau, öde und groß. Ohne nix. Das verstehe ich halt nicht. Hier ist nichts richtig geil. Und deshalb bin ich weg, sobald ich kann. Nach der Schule eben. Weiter weiß ich noch nicht.«

Ich kraulte ihr Haar. Festes Haar wie Stroh. »Vielleicht komme ich ja mit«, sagte ich.

»Vielleicht«, sagte Kaja. Mehr nicht.

Der Regen wurde lauter und lauter. Draußen war es dunkel, als Kaja aufstand und mir die Hand hinhielt. »Ich will noch mal raus.«

Ich sah zur schwarzen, nassen Scheibe. »Bei dem Regen? Wohin denn?«

»Zeig ich dir.« Kaja zog mich hoch.

Der Spielplatz lag nur einen Häuserblock entfernt. An den Metallstangen hing die letzte verbliebene Schaukel schief in den Angeln. Das Holz vom Kletterhaus, von den Balance-Balken und Wippen war verwittert. Riesige Pfützen überall im Rindenmulch. Oben unter dem Dach vom Kletterhaus stieg Rauch auf. Ich hörte jemanden lachen. »Da ist schon wer«, flüsterte ich.

»Deshalb sind wir ja hier«, entgegnete Kaja. Ich verstand nicht.

Geschickt kletterte sie die schiefe Ebene hoch und winkte mich heran. Das Holz war glitschig vom Regen. Meine Schuhe fanden kaum Halt. Meine Jacke war von dem kurzen Weg vollkommen durchnässt.

»Hey«, hörte ich Kaja sagen, bevor ich jemanden sehen konnte.

»Hey«, antworteten mehrere Stimmen.

Ich zog mich an dem blauen Tau hoch, das dort an der Rampe hing, und vor mir tauchten Köpfe auf. Drei Jungs aus der elften. Sie saßen unter dem kleinen Holzdach im Dunkeln. In ihrer Mitte der Lange. Auf seinen Knien ein Päckchen Tabak und eine kleine Plastiktüte mit Pollen. Eine winzige Tüte, wie ein Requisit aus einem Film, mit einem grünen Hanfblatt darauf. Der Lange grinste uns mit kleinen roten Augen an. Er kicherte mit piepsiger Stimme. An seiner Unterlippe klebte ein dünnes Blättchen. Links neben ihm saß Bodo, halb hustend, halb lachend, als gehöre das zusammen.

»Was geht? Nehmt Platz in unserem bescheidenen Häuschen«, sagte Yuri, der rechts neben dem Langen saß und nun aufrückte, um Platz für uns zu machen. Er rieb sich die Hände in freudiger Erwartung auf die nächste Runde.

»Sagt Hallo zu meiner Misses Mini-Blubber«, verkündete der Lange und streckte eine kleine, mit bunten Stickern beklebte und präparierte Plastikflasche in die Kreismitte.

Verlegen zog ich die Mundwinkel hoch, aber es wurde kein richtiges Lächeln daraus. Im Dunkeln bemerkte das keiner. Ich wollte auch, das schon, aber ich hatte Angst, mich blöd anzustellen. Zu blöd. Hilfe suchend sah ich zu Kaja, aber die bemerkte mich gar nicht. Himmelte nur den Langen an und kein Millimeter Unsicherheit war in ihrem Gesicht zu erkennen.

»Baby-Bong. It is on!«, jubilierte Yuri, versuchte eine Verbeugung zu machen, kippte aber nur vornüber und alle lachten wie verrückt. Sie stopften ein neues Köpfchen und jeder durfte ziehen. Yuri schnitt Grimassen. Der Lange schlug sich vor Lachen auf die Schenkel.

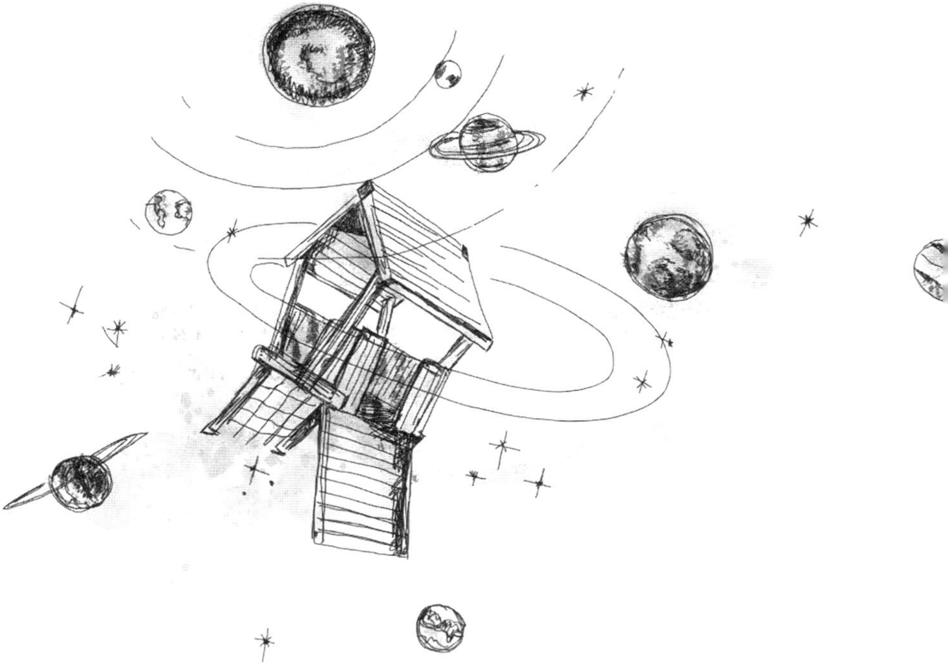

Ich sah mich um. Sah in ihre lachenden Gesichter. Sie japsten. Lachtränen in den Augen. Kaja zog, hüstelte und blies mir eine Rauchwolke ins Gesicht. Ich verschluckte mich am Rauch und hustete ebenfalls. Sie gab mir die Bong weiter. Ich überlegte, was passieren würde, wenn ich in diesem Moment sagen würde, dass ich das noch nie gemacht hatte.

»Viel Spaß!«, grinste der Lange. Ich setzte den Flaschenhals an die Lippen. Er kam mit dem Feuerzeug nahe an mich heran. Ich atmete vorsichtig ein und langsam aus.

»Noch mal«, sagte der Lange, »und wenn du einatmest, sag: Mama kommt.« Er grinste mich an. Der Lange, der sonst noch nie mit mir geredet hatte. Der Lange, den jeder aus unserer Stufe feierte, seit er letztes Jahr das Basketballturnier der Kreisliga gewonnen hatte, seit er überall herumerzählt hatte, dass er sprayen geht. Seitdem hielten sie ihn für einen Gladiator.

Aber da, auf dem Spielplatz im Regen, saßen wir ihm gegenüber und er sah Kaja an und ich konnte in seinem Blick erkennen, dass er sie gerne ansah. Dass er sie länger ansehen wollte. Er machte Sprüche, sie lachte. Seine Jungs lachten. Sie machten Sprüche über die Schule, über den verranzten Spielplatz.

Ich saß mitten bei ihnen und konnte nicht fassen, wie leicht das war. Wenn das die anderen wüssten, dachte ich immer wieder. Wenn das die Leute aus unserer Stufe sehen könnten. Keine Ahnung, was dann wäre, aber es wäre sicher gut. Sicher richtig witzig, dachte ich. Ich stellte mir vor, wie die gucken würden, und musste lachen. Musste lachen, dass es mich schüttelte. Und die anderen lachten einfach mit. Als hätte ich einen Witz gemacht. Hatte ich aber gar nicht. War gar nicht nötig.

Ich spürte ein warmes Kribbeln. Kaja gab mir einen Kuss auf die Wange. Bodo wurde so rot, dass ich es sogar im Halbdunkeln sehen konnte. Als hätte er den Kuss bekommen und nicht ich. Dann streckte er die Hand aus, in Richtung Orangenlimo, die da auf der Bank stand. Mitten in der Bewegung verharrte seine Hand in der Luft und sank dann langsam zu Boden. Bodo sah sich auf dem dunklen Spielplatz um, blickte hin und her und der Lange lachte sich schrott.

»Habt ihr das gesehen? Er hat's verrafft. Total verrafft«, giggelte der Lange vor sich hin. Auch Kaja lachte in einer Tour, dabei war es gar nicht so witzig. »Trinken wollte der und dann – einfach verrafft.«

Yuri holte sein Smartphone raus, wir hörten Musik,

sahen zu, wie das Wasser auf allen Oberflächen stieg und stieg. Eine Weile saßen wir so rum. Alles drehte sich. Kaja lehnte ihren Kopf seitlich an meinen.

»Dreht sich das Haus?«, fragte ich leise.

»Ist dir schlecht?«, fragte sie besorgt.

»Weiß nicht.«

Sie richtete sich auf und blickte erstaunlich klar in die Runde. »Bevor ihr euch zu sehr an uns gewöhnt, gehen wir wieder.« Sie stand auf. Alle sahen wir zu ihr hoch. »Könnte sein, dass wir mal wieder vorbeikommen oder so.«

»Soll sein. Soll sein«, hüstelte der Lange. »Ist ja immer Tag der offenen Tür hier«, sagte er, »da kann kommen, wer will.« Und er deutete auf die weit auseinanderstehenden Holzstreben des Kletterhauses.

Wir versuchten, die Rampe runterzuklettern, ich rutschte weg und schlitterte die letzten Meter herab. Unten lag nur nasser, aufgeweichter Rindenmulch. Ich war erleichtert, dass die Jungs viel zu dicht waren, um das zu bemerken. Keiner schaute zu uns herunter.

Der Rückweg kam mir endlos lang vor. Wasser in meinen Schuhen. Regenwasser einfach überall.

»Was war das?«, fragte ich.

»Was meinst du?«

»Na, warum waren wir da? Woher wusstest du, wie das geht? Habt ihr euch schon mal getroffen? Etwa ohne mich? Woher kennen die deinen Namen überhaupt? Und warum wusste ich nichts davon?«

Kaja lachte leise. »Das sind aber viele Fragen auf einmal.«

»Klar, Mann.«

»Das war ganz schön lässig, oder?«, hauchte Kaja zufrieden.

»Ja«, musste ich zugeben. »Ja, das war ganz schön lässig.«

»Also, Frage eins: weil's geil war. Frage zwei: Internet. Und die anderen Fragen habe ich vergessen, aber mal im Ernst: Es war doch witzig und das Beste ist, ich werde heute schlafen. Tief und fest. Egal, wie meine Eltern abgehen. Scheißegal. Beim ersten Mal bringt es noch nicht so viel, aber dann … Also, ich find's gut.«

Kajas Smartphone klingelte in genau diesem Moment wie aufs Stichwort. »Ja, ich bin's Nein. Nur spazieren. Ilvy war schlecht. Da sind wir noch mal raus. Frische Luft und so. Ja, wir wissen, dass es regnet. Logisch. Sind sofort da.«

Es fiel ihr sichtlich leicht zu lügen. Das tat es immer. Im Hausflur vom Vorderhaus blieben wir stehen. Sie nahm mich an den Schultern und drehte mich zu sich um. »Habe ich rote Augen?«

»Wie ein Karnickel. Und ich?«

»Auch.«

Einen Moment wussten wir nicht weiter.

»Also, wenn einer fragt: Wir hatten Streit. Wegen einem Jungen vielleicht. Wahrscheinlich haben wir geweint«, schlug Kaja vor.

»Genial«, sagte ich anerkennend. Solche Sachen fielen ihr einfach so ein.

Obwohl ich an diesem Abend unfassbar müde und mir immer noch übel war, blieb ich noch wach. Ich sah hinüber zum Vorderhaus und zu Kaja. Sie stand dicht am Fenster, winkte mir zu und küsste die Glasscheibe. Ich tat dasselbe. Mit den Fingern zählten wir gemeinsam von zehn rückwärts und löschten zeitgleich unsere Lichter. Aber ich konnte nicht schlafen. Also begann ich, im Bett zu malen. Ich malte das morsche Holzhäuschen, malte es aber nicht auf dem verwahrlosten Spielplatz, sondern malte es im Weltraum. Ich malte es schwebend, als würden einige Bretter herabfallen und endlos umhertreiben in der Schwerelosigkeit.

Seit diesem Abend wusste Kaja, dass der Lange sie mit Gras versorgen würde, wann immer sie wollte. Seit diesem Abend wollte sie ständig in seiner Nähe sein.

Beim Langen angekommen, läutet der Direx Sturm. Ich fühle ein ungeduldiges Kribbeln bis in die Fingerspitzen hinein. Ich will zu Kaja. Sofort. Sehen, dass es ihr gut geht. Hoffentlich. Zu dritt stürmen wir die Treppe hoch. Da steht er in der Tür und grinst wie immer. Riesig wie ein Basketballer ist er: der Lange.

Lässig schlägt er mit Kaan ein, weich umarmt er mich und spitz wie Wurfmesser mustert er den Direx.

»Hey«, knurrt der Direx. Der Lange hebt nur die Augenbrauen, ohne etwas zu erwidern. Kurz stellt er sich dem Direx in den Weg, lässt ihn aber dann doch mit uns eintreten.

Er geht voraus in sein Zimmer, aus dem absurd laut K. I. Z. dröhnt. Wir folgen ihm wie eine Elefantenkarawane, alle drei hintereinander durch den schmalen Flur. Am Fenster ist ein Podest aus Paletten aufgebaut. Darauf stehen links und rechts zwei große Boxen und in der Mitte ein Bett. Aber niemand liegt darin. Aus den leeren Decken springt mich nur eine Frage an: »Wo ist sie?«

Der Lange setzt sich auf den Rand von seinem Podest

und sieht zu uns hoch. Wie drei Ankläger stehen wir vor ihm.

»Sie war hier. Hat sich hier ins Bett verkrochen, sich unter die Decke gelegt. Nicht einfach gelegt, im Stoff eingegraben hat sie sich, darin gewühlt wie ein Tier. Die war voll drauf, hat gewimmert und gestöhnt. Echt. Ich hab gefragt, was los ist, aber sie hat nicht geantwortet. Als ich mich zu ihr aufs Bett gesetzt habe, hat sie sich auf mich geschmissen und sich festgeklammert. Richtig festgekrallt. Hier …« Er schiebt seine Ärmel hoch, um uns seine zerkratzten Unterarme zu zeigen. »Und erst dachte ich … na ja, ich dachte eben …«

Und wie er noch herumstottert und stockt, da tritt der Direx schon an ihn heran und schubst ihn ohne Vorwarnung um. Schubst ihn mit dem Rücken auf die Paletten und schlägt ihm, kaum dass er hochkommen will, einfach volle Wucht ins Gesicht. »Dass du sie rannehmen kannst, wenn sie so fertig ist, das dachtest du? Du Arschloch.«

»Alter, was geht bei dir? Was soll das?«, schreit ihn der Lange an und springt auf die Füße. »Glaubst, du kannst mir auf die Fresse hauen – bei mir zu Hause?« Er spuckt dem Direx seine Verachtung einfach mitten auf die Stirn. »Fass mich noch einmal an und ich schmeiß dich aus dem Fenster, du Zwerg!«, brüllt er.

Kaan und ich werfen uns zwischen diesen Hahnenkampf.

»Hast du doch, oder etwa nicht?«, zischt der Direx, während Kaan und ich uns quer stellen und die beiden mit vollem Körpereinsatz auseinanderschieben.

»Ruhig«, ruft Kaan dabei die ganze Zeit, als spräche er mit wild gewordenen Tieren. »Ganz ruhig.«

Ein knurrendes, zischendes Menschenknäuel schwankt durch den Raum.

Der Lange holt aus. »Du hast doch nur Frust, weil sie dich nie rangelassen hat, du Wurst«, zischt er und schwingt seine Faust. Kaan duckt sich, der Direx stolpert rückwärts und ich mit ihm.

Mit einem lauten Knall krache ich auf den kleinen Couchtisch, höre Aschenbecher und Gläser zerbrechen. Mein Rücken brennt wie Feuer. Vor meinen Augen schwarze Flecken.

»Shit«, heult der Lange auf. Und nicht ich schreie, sondern Kaan. Kaan schreit, als wäre es sein Rücken, der da auf die Tischkante gefallen ist.

»Das wollte ich nicht! Fuck! Das wollte ich nicht!« Der Lange hockt sich zu mir und ist ganz aufgelöst.

Ich will sagen, dass es schon okay ist, aber ich kann nicht. Mein Körper ringt noch nach Luft, mein Kopf dröhnt lauter als Capi aus den Boxen.

Kaan zieht mich hoch. Die drei legen mich neben dem Tisch auf den Boden und drehen mich auf die Seite. Kaan hebt meine Unterschenkel auf seine Knie und hält meine Hand.

»Geht es?«, fragt er.

»Lass die Augen auf!«, redet der Direx auf mich ein, während der Lange unruhig um mich herumtigert und sich die Haare rauft.

»Fuck«, murmelt er immer wieder.

Langsam, ganz langsam hebt und senkt sich mein Brustkorb, füllen sich meine Lungen und geben Entwarnung.

»Es geht!«, sage ich und sehe, wie alle drei erleichtert aufatmen.

Sie stützen mich zum Bett. Der Lange bringt mir ein Glas Wasser. Dann streckt er dem Direx die Hand hin, und während ich trinke, nimmt der Direx seine Hand tatsächlich und die beiden nicken einander zu.

»Es war nur … wir machen uns einfach Sorgen«, sagt der Direx.

»Ja«, sagt der Lange. »Ja. Ich auch.«

Und dann erzählt er, wie Kaja bei ihm geklingelt hat. Wie sie sich an ihm vorbei in sein Zimmer, in sein Bett geschoben hat.

»Man konnte gar nicht richtig mit ihr reden«, sagt er. »Sie hat sich festgekrallt und vor sich hin gefaselt. Sie hatte Angst, aber ich hab nicht verstanden wovor. Ich hab sie festgehalten, einfach nur gehalten, und überlegt, was ich mit ihr mache. Aber nicht um sie klarzumachen, sondern um ihr zu helfen, Junge. Die war richtig durch. Irgendwann bin ich raus in die Küche, um ihr was zu trinken zu holen. Da hab ich eure Nachricht gelesen und euch geantwortet. Aber als ich zurück ins Zimmer bin, da war sie weg. Hat die Wohnungstür offen stehen lassen. Wo sie hin ist, weiß ich nicht.«

Von seinem Bett aus kann ich die Straße sehen. Wieder eine Sackgasse, denke ich, als Kaans Handy vibriert. Aber die Nachricht, die auf seinem Display erscheint, ist keine Antwort auf unsere Suchanfragen.

14

Krankenhausgeruch und Kanülen

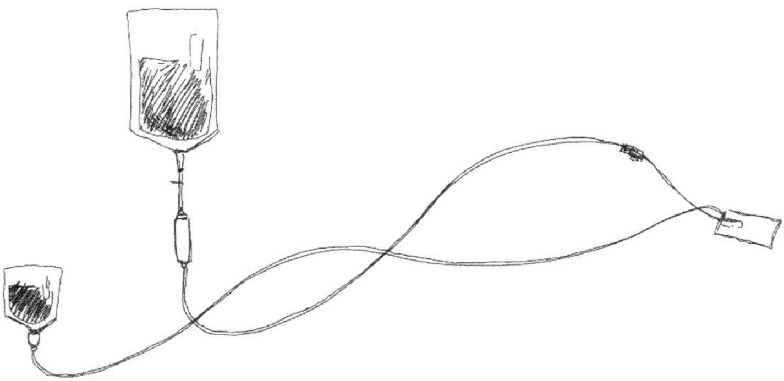

»Nein!«, sagt er nur. Weiter nichts. Völlig unvermittelt steht Kaan auf und wankt aus der Küche.

»Hey! Warte!«, protestiert der Direx, aber Kaan hört ihn gar nicht. Ich komme gerade noch hinterher, bevor sich die Wohnungstür hinter ihm schließt.

»Was ist los? Was soll das?«, frage ich.

Reglos starrt Kaan auf sein Smartphone. Die Nachricht kommt von seinem Vater. »Meine Mutter ist im Krankenhaus«, haucht er. »Schlaganfall.«

Alle Nebengeräusche verstummen. Er blickt hoch in mein Gesicht, ohne darin Halt zu finden, macht den Mund auf, aber ich komme ihm zuvor.

»Klar«, sage ich. »Ist doch klar. Wir fahren sofort hin.«

Ich hasse Krankenhäuser. Natürlich bin ich dankbar, dass es welche gibt. Das ist notwendig und beruhigend, schon klar. Aber ich hasse sie. Vor allem wenn jemand darin liegt, den ich liebe. Ich hasse den antiseptischen Geruch, die Professionalität der Ärzte, die sich so sehr nach Teilnahmslosigkeit anfühlt, die mintgrün glänzenden Linoleumböden, die Wände, deren steriles Weiß mich blendet, die Geräuschkulisse der Krankheiten, in der sich das Klagen, Husten und Stöhnen der Patienten mit dem monotonen Gemurmel aus den Stationsfernsehern und den mechanischen Klängen aus den Überwachungsapparaten mischt, die Herztöne und Lungentätigkeiten überwachen. Ab und zu schieben sich die Geräusche der Transportliegen und der kleinen Rollen dieser beigen Servierwagen dazwischen und das »So, dann wollen wir mal …« der Schwestern, die den Patienten und sich selbst Mut zusprechen für die nächste unangenehme Aktion des Tages.

Kaum treten wir aus dem Fahrstuhl auf die Intensivstation, verharre ich mitten in der Bewegung. Ein Stopptanz-Move vor Schreck. Auch von hinten erkenne ich sie sofort. Da gehen direkt vor mir Kajas Eltern den Stationsflur entlang. Vor der letzten Tür bleiben sie im Gang stehen. Kajas Mutter legt zitternd den Kopf an die Schulter ihres Mannes und lässt sich von ihm halten, bevor sie zusammen eintreten. Sie schnäuzt, steckt das Taschentuch wieder in ihre Tasche und versucht, die Fassung zurückzugewinnen. Sie streicht die Haare aus dem Gesicht und die beiden drücken den roten Knopf neben einer großen Glastür, die den hinteren Teil des Ganges vom vorderen trennt. Eine Krankenschwester kommt, nickt ihnen mitleidig zu und lässt sie herein.

Erst als die Tür hinter ihnen in ihr mechanisches Schloss fällt, kann ich mich wieder rühren. Ich will Kaan antippen, ihn bitten, sofort nachzusehen, ob Kaja da in diesem Zimmer liegt, aber Kaan steht nicht mehr neben mir.

Er ist schon zum Schwesternzimmer gegangen und lässt sich dort erzählen, wie es seiner Mutter geht, was sie mit ihr machen werden. Seine Mutter. Für einen Moment hatte ich vergessen, wieso wir hier sind. So klein sieht Kaan aus, so verletzlich.

Ich stehe in der Mitte des Flures. Irgendwo zwischen den Zimmern, in denen ich Kaja und Kaans Mutter vermute, stehe ich, wie auf einer Sandbank im Watt, nachdem man die Orientierung verloren hat, weil der Horizont in jede Richtung gleich aussieht und man erst wieder weiß, wo der rettende Strand liegt, wenn die Flut einen bereits erreicht hat.

Ich habe keine Ahnung, wie Kaan das macht. Aber als er zu mir kommt, ist er ganz ruhig. Kurz setze ich an, um zu sagen, dass wir Kaja soeben gefunden haben, aber als ich seine leeren Augen sehe, verstehe ich, dass es keinen Zweck hätte, mit ihm darüber zu reden. Seine Geschichte geht hier anders weiter als meine. Für ihn spielt Kaja in diesem Moment keine Rolle mehr. Also sage ich gar nichts. Nicht darüber.

Kaan erklärt mit erschreckend erwachsener Stimme, dass seine Mutter gerade operiert wurde und dass sein Vater noch auf dem Weg ist. »Ich rufe meine Geschwister an und dann gehe ich zu ihr, sobald ich darf«, sagt er.

Er ist so absurd tapfer. Ich will ihn trösten, aber Kaan macht einen Schritt zurück. »Ich bin im Notfall-Mode, Ilvy. Und ich brauche den, um das hier hinzukriegen. Also sieh mich bitte nicht so an und versuch nicht, mich in den Arm zu nehmen oder so. Ich brauche jetzt keinen Trost. Ich brauche einen Panzer. Verstehst du?«

»Absolut«, sage ich knapp. Jedes Wort verstehe ich, als wäre es mein eigenes. Diese ganze Scheiße an uns heranlassen und darunter zusammenbrechen wäre jetzt keine Option. Für keinen von uns.

»Melde dich einfach, wenn …«, aber weiter weiß ich nicht.

Wenn *was*? Wenn alles vorbei ist? Wenn seine Mutter tot ist? Wenn wir langweilige dreißig werden und all das hier nur noch Anekdoten sind?

»Klar«, sagt Kaan und hebt die Hand. »Bis …«

»Ja«, erwidere ich.

Und dann geht Kaan in die eine Richtung und ich in die andere. Er dreht sich nicht mehr zu mir um.

Die Krankenschwester an der Information sagt mir zwar, dass ich recht habe, dass es tatsächlich Kaja ist, die dort hinten liegt, aber weiter erklärt sie mir nichts. »Mehr darf ich dir nicht sagen. Tut mir leid«, sagt sie ohne Bedauern. Sie klappt ihre Mappe wieder auf, als würde sie darin etwas suchen, und ignoriert mich wie jemand, der das lange geübt hat.

Ohne Plan, wie es weitergeht, drehe ich mich um die eigene Achse. Weil ich nicht weiß, wohin mit mir, bleibe ich einfach erst mal auf einem der mintfarbenen Plastikstühle im Gang sitzen. Hier endet also die Suche nach Kaja. Und alles daran fühlt sich falsch an.

Wie sehr ich Krankenhäuser hasse. Aber am schlimmsten ist die Vorstellung, dass Kaja hier ist, inmitten von alldem. Dabei passt sie überhaupt nicht hierher, in diese frisch desinfizierte medizinische Pastellwelt.

Endlich kommt ein Arzt den Gang entlang und steuert direkt auf den Teil des Flures zu, in dem Kaja liegt. Er sieht noch ziemlich jung aus und verflucht müde. Fast springe ich ihn an.

»Darf ich zu ihr? Bitte, lassen Sie mich zu ihr.« Er geht einfach weiter und ich neben ihm her. Ich kann mich jetzt nicht abschütteln lassen. »Nehmen Sie mich mit zu Kaja, bitte!«

Aber so sehr ich den Arzt auch anbettle, er steckt nur die Hände in die weißen Kitteltaschen und zuckt entschuldigend die Achseln. »Nur direkte Verwandte. Das sind die Besuchsregeln. Da kann ich nichts machen.«

»Sie ist aber so etwas wie meine Schwester, verstehen Sie? Nur nicht im Pass. Aber trotzdem. Wir …«

Der Arzt und ich, wir merken beide, wie sich meine Augen mit Tränen füllen. Geübt versucht er, meinem Unterwasserblick auszuweichen.

Ich greife nach seinem Arm und halte mich daran fest wie eine Ertrinkende an einer Rettungsboje. »Ich will wenigstens wissen, was mit ihr los ist. Bitte. Oder ist das auch gegen Ihre Regeln? Ich will doch nichts Falsches, ich will nur wissen, was mit meiner besten Freundin passiert ist.«

Räuspernd sieht er sich um. Niemand schaut zu uns.

»Nichts Ungewöhnliches. Jedenfalls nicht bei eurem Lebensstil. Ehrlich, Mädchen, ich weiß nicht, warum ihr euch das antut. So was kommt immer mal vor, das muss euch doch klar sein«, erklärt er so leise und anklagend wie möglich. »Nervenzusammenbruch. Überhitzung. Ohnmacht. Hirnblutung. Sie hatte vermutlich 1,5 Gramm auf einmal geschnupft, deine beste Freundin. Und dabei war ihr Organismus vorher schon völlig vergiftet.« Er schüttelt meinen Arm ab. »Und das ist wirklich alles, was ich dir sagen kann. Nein, eigentlich ist das schon zu viel.«

Er wendet sich ab, dreht sich aber dann noch einmal zu mir um. »Eins noch: Wenn alles gut läuft, verlegen wir sie heute Abend auf die Überwachungsstation. Sprich doch mal mit ihren Eltern. Die dürften dich dorthin mitnehmen.«

Ich nicke ihm zu, obwohl ich kaum glaube, dass das, was er vorschlägt, eine gute Idee wäre.

Er geht den Gang entlang, auf die große Glastür zu, die mir den Weg zu Kaja versperrt. Dreimal presst er mit dem Ellenbogen den Desinfektionsspender an der Wand herunter und verreibt die durchsichtige Flüssigkeit auf seinen rissigen Händen.

»Danke«, rufe ich ihm noch hinterher, bevor er den roten Türöffner drückt. Er dreht sich nicht mehr um. Kaja ist vielleicht ein tragischer Fall, aber eben nur einer von unendlich vielen, wenn man ein Arzt ist.

15

Wachen und Warten

Die Stufen zu Kajas Wohnungstür ziehen sich endlos.

Dreimal klopfe ich. Warte erst zwei Minuten, höre Schritte hinter der Tür. Schritte, die sich nähern und wieder weggehen. Ich warte noch mal fünf Minuten, klopfe wieder, warte erneut und klingle dann. Wild entschlossen, so lange zu klingeln, bis Kajas Eltern öffnen.

Auf der Fußmatte steht »Welcome home«. Lächerlich.

Sogar durch die Tür hindurch dringt dieser unangenehme Geruch. Es riecht immer komisch hier. Es ist zu sauber. Es ist zu hell. Alles liegt an seinem Platz. Auf der Kommode nur eine Schale. Nichts darin, nicht mal ein Krümel. Die Schlüssel immer am Schlüsselbrett. Im Wohnzimmer weiße Designerstühle, wie riesige Muscheln. Sechs Stühle, auf denen nie Gäste sitzen. Auf der Fensterbank eine Vase. Leer. Über dem Teakholztisch eine riesige Lampe. Alles ausgeleuch-

tet. Zahnarztbeleuchtung. Heimelig ist an dieser Wohnung nichts. Es ist eine Wohnung, in der man sogar auf Socken Angst hat, zu laut zu sein.

Ich werde nie verstehen, wie ein Kind in dieser Wohnung groß werden konnte. Dass Kaja dieses Kind gewesen ist, will mir erst recht nicht in den Kopf.

Obwohl ich das Gesicht von Kajas Mutter schon oft mit geröteten, verheulten Augen gesehen habe, erschreckt mich ihr Anblick. Die Sorgen haben sie alt werden lassen. Unendlich erschöpft sieht sie mir entgegen, hört sich meine Bitte an und ich kann dabei zusehen, wie es mit jedem meiner Worte mehr und mehr in ihr zu brodeln beginnt.

»Von uns bekommst du die Erlaubnis nicht!«, zischt sie.

Sie steht im Eingang, den sie mir mit dem ausgestreckten Arm versperrt. »Dass du es überhaupt wagst, hierherzukommen … Nach allem, was passiert ist! Was für eine bodenlose Unverschämtheit, uns jetzt auch noch um Hilfe zu bitten.«

Obwohl nur Kajas Mutter dort steht, so höre ich in ihren Worten doch auch Kajas Vater, höre deutlich seine gesammelte Verachtung. »Lass dir gesagt sein, dass es von uns keine Absolutionen mehr geben wird. Im Gegenteil. Wir haben dir schon viel zu lange viel zu viel erlaubt. Dir und deiner Mutter. Haben dir vertraut. Du hattest einen Freifahrtschein, Ilvy – und jetzt ist unsere Tochter im Krankenhaus!«

Ich will protestieren, aber sie schlägt ihre Hände vors Gesicht und mir die Tür vor der Nase zu.

»Meine liebste kleine Kaja. Mein Baby!«, höre ich sie noch schluchzen.

Ich höre sie und würde ihr am liebsten auf die Fußmatte kotzen. So eine verlogene Scheiße. Es regt mich nicht mal auf, dass sie glaubt, es wäre meine Schuld, was mit Kaja passiert ist. Das kann ich verstehen, auch wenn es nicht stimmt. Aber dass sie Kaja jetzt »ihre Kleine« nennt, das dreht mir den Magen um.

Mit der Faust hämmere ich gegen die Tür. »Jetzt auf einmal, jetzt ist sie deine liebste Kleine? Wo warst du denn in den letzten Jahren, verdammter Dreck? Sie ist nicht *deine* Kleine!«

Drinnen höre ich sie weiterwimmern. Es ist mir egal, ob mich alle im Haus hören können oder nicht. Ich hämmere weiter, bis meine Handknöchel wund und rot sind. »Sie ist nicht dein Baby!!!«, höre ich mich immer wieder sagen.

»Ich bin ihre Mutter! Ob es dir passt oder nicht! Ich bin und bleibe ihre Mutter!«, schreit sie durch die Tür hindurch. Ihr Schluchzen hat sich verändert. Sie klingt, als lägen ihre Hände auf einer heißen Herdplatte. Die Stimme zu einem hässlichen Kreischen verzerrt.

»Sie ist nicht *dein Baby*!«, rufe ich. Aber je öfter ich es sage, umso mehr verliere ich die Gewissheit, ob es stimmt.

Zumindest in einem Punkt herrscht nun Klarheit: Sie werden mich nicht zu ihr lassen. Heute nicht und auch sonst nicht. Für Kajas Eltern bin ich jetzt der ausgemachte Feind. Evil-Ilvy, die ihre gute Tochter verdorben hat.

Dass sie mich nicht zu Kaja lassen werden, bedeutet für mich vor allem eins: Ich muss einen anderen Weg zu ihr finden.

Jetzt, da ich weiß, dass ihre Eltern zu Hause sind, fahre ich auf dem schnellsten Weg zurück ins Krankenhaus. An der Pforte nicke ich der alten Frau hinter der Scheibe höflich zu und nehme den Fahrstuhl zur Überwachungsstation.

Mit schwitzigen Fingern taste ich nach der Besuchererlaubnis, die ich mir unterwegs selber ausgestellt habe. So hat es doch noch sein Gutes, dass Kaja und ich so ausdauernd geübt haben, die Unterschriften unserer Mütter zu fälschen.

Die Stationsschwester zieht zwar die Augenbrauen hoch, lässt mich aber die Glastür passieren. Aus Kajas Zimmer kommen zwei grün gekleidete Assistenzärztinnen, gehen an mir vorüber, ohne mich zu beachten. Sie beraten sich und werfen sich Fachvokabeln hin und her: Ephedrin, Cordiamin, Midazolam, Prednisolon, Urapidil.

Auf der Schwelle zu Kajas Zimmer bleibe ich stehen und hole Luft, als wollte ich abtauchen. Jeder Meter Tiefe drückt mir auf Brust und Herz.

Ein Meter tief: zugezogene Vorhänge in Pastellblau, graue Kabel.

Zwei Meter tief: ein Krankenhausbett, Apparate, Monitore.

Drei Meter tief: ein Tropf, eine Sonde, ein Infusionsschlauch.

Vier Meter tief: an diesen Schläuchen angeschlossen liegt Kaja da.

Ich gehe leise näher heran, ohne zu wissen, wieso ich schleiche, flüstere, obwohl ich nicht weiß, ob sie mich überhaupt hören kann.

»Hey«, flüstere ich. »Hier bist du also.«

Ich versuche zu lächeln, obwohl sie mich nicht sehen kann.

»Ich habe dich gesucht, weißt du. Die ganze Zeit.«

Vor ihrem Bett bleibe ich stehen. Ich bin am Grund angekommen. Tiefer geht es hier nicht. Es tut weh, sie so zu sehen. Im ganzen Körper tut es weh. Sie zu berühren traue ich mich noch nicht. Schneewittchen ohne gläsernen Sarg. Und ich kein Prinz.

»Dann endet hier also die Suche. Jetzt bin ich dein Wachposten, Kaja. Du kannst dich ausruhen und ich passe hier auf, dass nichts Schlimmes passiert, dass du nichts verpasst und … Ich halte hier die Stellung für dich, okay?«

Ich will uns beiden Mut machen. So leise wie möglich rücke ich den Besucherstuhl dicht neben ihr Bett. Eine Weile sitze ich nur da und sehe sie an. Reglos und still. Irgendwann hole ich meinen Zeichenblock heraus. Aus Verlegenheit vielleicht. Weil Stift und Papier die einzigen Waffen sind, die ich zur Verteidigung gegen solche Scheißmomente habe.

Ich zeichne Kaja. So, wie wie sie das wollte. Und heute höre ich nicht auf, wenn ich denke, dass es noch nicht stimmt. Heute habe ich Zeit. Sie kann es ohnehin noch nicht sehen. Sie hält still, viel zu still, und ich zeichne sie. Wieder und wieder. Die Linien auf dem Papier können sie nicht fassen.

Die Nase zu groß oder zu klein oder zu schief. Also noch mal von vorn. Mein Nacken schmerzt schon, aber ich will wenigstens ein brauchbares Bild für sie zustande bringen. Die Augen im falschen Winkel, der Haaransatz zu tief. Wieder und wieder, bis eine Schwester kommt und sagt, die Besuchszeit sei für heute vorbei.

Ich klappe den Block zu und schiebe den Stuhl zur Seite. Dann decke ich sie noch mal richtig zu. So, wie sie es mag.

Ich stehe da, sehe auf sie herunter und denke daran, wie oft sie in den letzten Monaten nicht einschlafen konnte, wenn sie bei mir übernachtet hat. Wie sie nach dem Feiern neben mir lag, mit geschlossenen Augen, und so getan hat, als würde sie schlafen. Wie sie ihre Tarnung kontrolliert hat, damit ich mir keine Sorgen um sie mache. Jetzt schläft sie. Aber dieser Schlaf ist zu tief. Kein Erholungsschlaf.

»Passt auf sie auf«, sage ich zu den Monitoren und Schläuchen um sie herum.

»Bis morgen«, sage ich zu ihr, auch wenn ich nicht weiß, ob sie mich hören kann.

Und dann gehe ich nach Hause. Zum ersten Mal seit so langer Zeit wirklich nach Hause. Unterwegs schreibe ich Paula eine Nachricht, damit sie sich nicht erschreckt, wenn ich die Tür aufschließe.

Paula: »So ein Mist. Ich habe Nachtschicht!«

Ich: »Und wer soll mich dann willkommen heißen?«

Paula: »Dein Bett. Und darin liegst du hoffentlich noch immer, wenn ich komme und dich wecke.«

Ich: »Klingt großartig.«

Paula: »Soll ich Brötchen mitbringen?«

Noch eine ganze Weile starre ich mein Display an. Nicht weil ich glaube, dass sie noch etwas schreiben würde, sondern einfach nur, weil mich Paulas Worte so freuen. Bett. Brötchen. Zuhause. Alles scheint so einfach, so normal und gut zu sein. Zuhause. Mit Zuhause-Beleuchtung und Zuhause-Geräuschen und Zuhause-Gerüchen.

Als ich dann allein in meinem Bett liege und es zum ersten Mal seit Ewigkeiten ganz still um mich herum ist, sehe ich rüber zu Kajas Fenster, zu ihrer Wohnung. Ich schaue den Schatten zu, die sich da hinter den Vorhängen bewegen. Und auch wenn es fies klingt, ich bin erleichtert, dass heute niemand aus dieser Welt von gegenüber zu mir kommen wird, nicht mal Kaja.

Ich ziehe mir die Decke bis über den Kopf. Ich nehme mein Smartphone mit unter die Decke. Erst texte ich dem Direx, dass wir Kaja gefunden haben und wo sie liegt. Aber das ist nur der Aufschub. Eigentlich will ich Kaan eine Nachricht schicken. Etwas, was ihm Kraft gibt, was ihn beruhigt. Aber was?

»Ich hoffe …«

Nein. Alle Worte sind zu klein, solange ich nicht mal weiß, wie es seiner Mutter geht.

»Gute Nacht«, tippe ich, um die Buchstaben dann doch wieder zu löschen.

»Tut mir leid«, schreibe ich.

Aber ich drücke nicht auf Senden.

Am nächsten Tag stehe ich früh auf. Stundenlang warte ich im Krankenhaus. Am Fenster von dem Flur, der zur Inneren führt. Das ist die Station, von der aus ich den Besucherparkplatz am besten im Blick habe. Erst als ich sehe, wie Kajas Eltern in ihren grauen BMW steigen, laufe ich die Treppen nach oben. Auf die Überwachungsstation.

Ganz leise trete ich ein. Kaja sieht aus, als schliefe sie. Ganz leise gehe ich zum Bett. Ich rücke den Besucherstuhl an ihr Kopfende.

Erst einmal sitze ich einfach nur da, meine Hand auf ihrer. Heute traue ich mich. Die Hand ist noch warm. Lebendige, warme Kajahand. Irgendwann beginne ich zu zeichnen. Ich zeichne ihre Hände. Ich zeichne die technischen Geräte, die ihr helfen zu leben, ich zeichne eine Frau allein auf einem zugefrorenen See. Der Stift kratzt über das Papier.

Jede halbe Stunde zieht sich das Blutdruckmessgerät um Kajas Arm automatisch zusammen und summt dabei. Die Infusionslösung tropft kontinuierlich, riesige Geräte piepen und surren leise und immer wieder kommen Krankenschwestern herein.

Das Geräusch, das mein Bleistift macht, ist das einzige Geräusch, das mir vertraut ist. Das einzige, das nicht nach Krankheit und Ausnahmezustand klingt.

Ich rede leise, um Kaja zu beruhigen und um mich selbst zu beruhigen. »Diese Art Stille gefällt dir sicher nicht, oder?«

Ich sehe auf Kajas Gesicht herab, das da matt, aber friedlich auf dem weißen Kissen ruht. »Jetzt kannst du ja nichts erzählen, Kaja. Heute muss ich dir mal Geschichten erzählen.«

So viele Erinnerungen steigen aus Kajas Gesicht zu mir hoch. Kaja, wie sie mir nach jedem Bonbon die Zunge rausstreckt, um zu zeigen, welche Farbe sie hat. Kaja, die dem Schuldirektor erklärt, sie hätte die Wand im Klassenzimmer angemalt, nur damit ich keinen Ärger bekomme. Kaja, die sich bei langen Autofahrten mit mir zusammen auf dem Seitenstreifen der Autobahn übergibt. Kaja, die mit mir eine Höhle unter dem Tisch baut. Kaja, die auf meiner Bettkante sitzt und mir Geschichten erzählt, wenn ich

Fieber habe. Kaja, die neben mir im Kino sitzt, als ich meinen ersten Kuss bekomme. Kaja, die danach mit mir aus dem Kino hinaus- und vor dem Jungen wegrennt. Kaja, die mich bei der Beerdigung von meinem Opa im Arm hält. Kaja, die mir im Budni Tampons klaut, als ich meine Periode bekomme. Kaja, die mit mir zum ersten Mal mit gefälschtem Ausweis in einen Club geht. Und zum zweiten Mal und zum dritten Mal. Und viele, viele weitere Male.

Ich streichle ihre Hand. Aber keine ihrer Fingerspitzen sucht nach meiner.

»Du fehlst mir, Kaja. Du fehlst so sehr, dass es wehtut. Aber es sind Schmerzen, an die ich mich schon gewöhnt habe, weißt du. Weil du schon so lange fehlst. Du bist schon so lange nicht mehr die Kaja, die ich vermisse, und ich bin längst eine andere Ilvy. Was meinst du, wie lange sind wir schon so ein Erinnerungs-Wir? Oder ist das normal, dass wir uns immer weiter verändern, solange wir leben? Außer jetzt eben, wo du nur daliegst. Jetzt hast du den Pauseknopf gedrückt, Kaja.«

Ich lasse die Stille den Raum fluten.

Kaja sagt nichts. Sie nickt nicht, schüttelt nicht den Kopf.

Pause. Pause. Pause.

Eine Repeat-Taste gibt es hier nirgends.

Mit einem Mal will ich nur noch weg. Raus hier. Allein sein. Durchatmen. Entschlossen rücke ich den Stuhl weg.

»Morgen komme ich etwas später«, sage ich entschuldigend. »Morgen muss ich nämlich in die Schule«, erkläre ich Kaja, die nicht widersprechen kann. »Es geht weiter, weißt du. Ohne dich.

Die Sommerferien sind vorbei.«

Der erste Schultag von unserem letzten Schuljahr beginnt ohne Kaja. Aber ich halte ihr einen Platz neben mir frei. Sie wird wiederkommen. Sie muss einfach. Sie wird neben mir sitzen und ich werde auf ihre Hefte kritzeln. Wir werden zusammen aus dem Fenster sehen und auf die große Uhr neben dem Whiteboard.

Aber erst einmal bleibt ihr Stuhl leer. Nur die Lehrerin und ich wissen, wo Kaja heute ist. In den Pausen gehe ich allen aus dem Weg, allen Freunden, allen Fragen. Und nach der letzten Stunde gehe ich nicht durch den Hinterausgang vom Schulhof, damit ich nicht dort vorbeikomme, wo alle quatschend und rauchend zusammenstehen, sondern vorn durch den Haupteingang. Ich steige aufs Rad und fahre, so schnell ich kann, zum Krankenhaus.

Als ich aus dem Fahrstuhl steige, schüttelt die Stationsschwester schon müde ihren Kopf. Kaja liegt nicht mehr dort. Die Monitore zeigen jetzt den Herzschlag von jemand anderem. Als Kaja aufgewacht ist, wurde sie untersucht und anschließend auf eine »normale« Station verlegt. Nach drei Tagen Koma.

Das Gesicht der Krankenschwester ist blass und teigig, und wenn sie über Kaja spricht, ist es voller Unverständnis. »Dieses Mädchen hatte Glück. Irre viel davon. Und eigentlich ist es eine Schande, dass sie sofort wieder sprechen konnte. Ihre Eltern haben auf der Entlassung bestanden, sobald das Mädchen reden konnte«, sagt sie mir in empörtem Tonfall. »Gestern Abend ist sie aufgewacht und heute Mittag war sie schon raus hier. Gegen den ärztlichen Rat, das muss ich ganz klar so sagen.«

Ablehnend schüttelt die Schwester den Kopf. »Ihre Eltern haben sie direkt nach den Untersuchungen mitgenommen. Gegen den ärztlichen … na ja, habe ich ja schon gesagt. Sie ist jetzt jedenfalls zu Hause. Weißt du, wo das ist?«

»Ja«, sage ich und: »Danke.« Mehr bleibt nicht zu sagen. Aus einem der Zimmer piepst jemand nach der Schwester und sie schlurft in Richtung des Geräuschs davon.

Verwirrt und unschlüssig gehe ich zum Krankenhausausgang. Die große Automatiktür geht auf und zu. Auf und zu. Auf und zu. Ich stehe davor und weiß nicht wohin mit mir.

Da sehe ich Kaan vor dem Ausgang stehen. Das Gesicht mit geschlossenen Augen in die Sonne gedreht steht er da. Er lehnt an der Mauer neben dem Ausgang.

»Wartest du auf jemanden?«, frage ich und tippe ihn an.

Er zuckt zusammen. Und als er die Augen öffnet, trifft mich die volle Härte seiner Steinaugen. »Auf dich sicher nicht«, sagt er, löst sich von der Wand und will an mir vorbei ins Krankenhaus gehen.

»Warte!«, bitte ich. »Was ist denn? Was habe ich gemacht?«

»Was du gemacht hast?« Er zieht die Augenbrauen zusammen und kommt zu mir zurück. »Gar nichts, Ilvy. Du hast gar nichts gemacht. Ich habe die halbe Stadt mit dir durchkämmt, um deine Freundin zu suchen. Und du? Meine Mutter hatte einen Schlaganfall und du hast nicht mal angerufen, nicht mal eine einzige fucking Nachricht geschickt. Nada!«

Ich greife nach ihm, aber er schlägt meine Hand weg. Nicht fest, aber doch eindeutig genug, um es nicht noch mal zu versuchen.

»Kaan …«, sage ich. Weiter weiß ich nicht.

Er hat ja recht.

Teil 2

16

Abendlicht und Angsthasen

Den ganzen Weg nach Hause gehe ich zu Fuß. Ich brauche jeden Meter, um mich zu sortieren.

In meinem Zimmer angekommen, rücke ich meinen Stuhl ans Fenster und warte. Ich warte darauf, dass Kajas Silhouette hinter der Scheibe auftaucht. Ich kann gar nicht anders, als auf sie zu warten. Aber an diesem Abend taucht nicht Kaja am Fenster auf, sondern nur das krähenartige Gesicht ihres Vaters, als er das Rollo mit einem Ruck über das Fenster herunterrauschen lässt.

Mein Schlaf ist unruhig und dünn in dieser Nacht, und als es hell wird und ich im ersten Tageslicht zum Fenster schlurfe, da sitzt sie schon da. Auf dem Fensterbrett und strahlt mich an. Kaja. Ein Bein hochgezogen und eines baumelt herunter. Als sie mich sieht, legt sie einen Finger ans Kinn und einen an die Scheibe.

Du und ich.

Ich lehne die Stirn an das kühle Fensterglas. Ich lächle sie an, während warme Erleichterungstränen über mein verschlafenes Gesicht laufen. Meine leuchtende Kaja ist wieder zurück. Da sitzt sie mir genau gegenüber. So nah und zugleich so weit entfernt.

Wir machen ein paar der Zeichen in unserer Fenstersprache. Aber mir reichen die Zeichen nicht. Ich will mit ihr reden. Oder wenigstens mit ihr schreiben. Wie soll ich sonst erfahren, was ihr passiert ist?

Ich nehme mein Smartphone und halte es an die Scheibe. Aber Kaja schüttelt den Kopf. Mit ihren Fingern formt sie Buchstaben: »Meine Eltern haben es mir abgenommen.«

Da sitzt sie also. Rapunzel-Kaja in ihrem Turm.

Erst als ich losmuss zur Schule, rutsche ich von der Fensterbank. Ich lasse meine Fingerspitzen an der Scheibe herunterwandern, aber Kaja schüttelt wieder nur den Kopf. Sie bleibt noch zu Hause.

In der Schule sprechen die Lehrer von »guten Nachrichten« und hinter vorgehaltener Hand von »Reha«. Der Tag schleicht dem Moment entgegen, wenn ich wieder zu Kaja an den Fensterplatz zurückkehren kann. Aber als ich nach Hause komme, hängt ein neuer, dunkler Vorhang vor ihrem Fenster.

Eine Stunde warte ich, ob sie auftaucht, dann gebe ich auf, nehme mein Rad und fahre los. Ich habe etwas gutzumachen.

Als Kaan aus dem Krankenhaus kommt, lehne ich schon draußen an der Wand neben dem Ausgang.

»Wartest du auf jemanden?«, fragt er, als er mich sieht.

»Jetzt nicht mehr«, sage ich. »Jetzt bist du ja da.«

Er zeigt auf den Pizzakarton auf meinem Gepäckträger. »Lieferando für die Ärzte?«, fragt er.

»Für dich!«, erkläre ich mit feierlicher Stimme.

»Zur Entschuldigung, oder womit habe ich das verdient?«

»Verdient? Gar nicht natürlich. Ich bin einfach toll, mit dir hat das nichts zu tun.«

Er blinzelt in die Sonne.

»Na gut, und außerdem habe ich mich absolut danebenbenommen und dachte, als Zeichen meiner Anerkennung und weil ich weiß, dass du immer hungrig bist … Also nimmst du mir jetzt den Karton ab oder nicht?«

Noch einmal blickt er hoch zu den Krankenhausfenstern.

»Sie haben sie mit nach Hause genommen«, sage ich.

»Ich weiß«, sagt Kaan. »Ist das nicht etwas Gutes?«

»Doch. Klar. Also, dass sie wach ist und dass es ihr so gut geht, dass man sie mitnehmen kann. Klar. Das ist total gut. Ich hätte sie nur gerne gesehen, bevor ihre Eltern sie im Turm einmauern.«

»Dann hast du jetzt wohl erst mal Kaja-frei und es spricht nichts dagegen, den Tag mit mir zu verbringen«, sagt Kaan.

»Kannst du denn weg hier?«

Er legt den Kopf schief. »Frag ruhig«, ermutigt er mich. »Du darfst mich das fragen.«

»Geht es deiner Mutter besser?«

»Ja. Es war ein leichter Schlaganfall. Zum Glück. Sie wird noch eine Woche hierbleiben, vielleicht zwei, um die Ursache zu klären und wieder auf die Beine zu kommen. Und ich bin ehrlich gesagt ganz froh, mal ein paar Stunden hier rauszukommen. Also lass mich an den Lenker und steig auf.«

Und so klettere ich etwas ungeschickt auf den Gepäckträger. In der einen Hand den Karton, die andere um Kaans Taille geschlungen. Wir holpern über den Bordstein und ich verkneife mir die Frage, wohin wir fahren. Es riecht nach Sommer, nach Kaan und nach Pizza. Die Sonne kitzelt in meiner Nase.

An der Elbe angekommen, legt Kaan das Rad auf den grauen Kies und wir setzen uns auf einen Stein, der so groß ist, dass ich wirklich gern wüsste, wie der da hingekommen ist. Zufrieden sehe ich mich um. Vor uns der Fluss, hinter uns ein paar Spaziergänger, auf meinen Knien eine großartige kalte Pizza Margherita.

Kaan ist klug. Mit seiner Frage wartet er, bis ich satt bin.

»Sagst du mir jetzt, warum du wolltest, dass ausgerechnet ich dich auf der Suchmission begleite?«

»Weil du Kaja nicht verurteilst«, sage ich. Und weil du mich nicht verurteilst. Aber das denke ich nur.

»Okay«, sagt er. »Ach so«, und blickt zu Boden.

Es klingt vielleicht seltsam, aber mir wird tatsächlich erst jetzt klar, dass er vielleicht deshalb so oft nachfragt, weil er hofft, es gäbe noch einen anderen Grund.

Seine Hand liegt neben meiner auf dem Stein. So nah, dass ich meine einfach drauflegen könnte. Aber noch kenne ich die Antwort auf Kaans Frage selbst nicht. Noch bleibt meine Hand dicht neben seiner liegen. Eine Möglichkeit nur. Kein Versprechen.

Containerschiffe ziehen an uns vorüber. So groß und schwer, dass die Wellen, die sie aufwerfen, bis zu uns schwappen.

»Ich habe sie nicht gerettet«, sage ich leise zum Fluss und zu Kaan. »Ich habe gesehen, dass es bei ihr zu Hause brodelt wie in einem viel zu heißen Topf, weißt du? Aber ich hatte zu viel Angst zu fragen, was los ist. Ich dachte, wenn ich den Deckel anhebe, dann sprudelt vielleicht alles über oder so. Dabei geht es gar nicht darum, ob es überkocht. Es geht darum, dass es sicher, ganz sicher immer weiterkocht, wenn keiner den beschissenen metaphorischen Deckel abhebt. Aber das habe ich mich nicht getraut.«

»Du hattest eben Angst, sie zu verlieren, Ilvy. Zerreiß dich nicht. Du bist auch nur ein Mensch, sagt man doch immer, oder? Jedenfalls bist du kein Sozialpädagogik-Tutorial. Und im letzten Jahr haben wir sie alle abschmieren gesehen. Nicht nur du. Und wir haben alle gehofft, dass es schon noch passen wird. Passt doch immer irgendwie.«

»Meinst du, es gibt immer die, denen es egal ist, die, die zu weit weg sind, um zu helfen, und die zu nah dran sind, um zu helfen? Meinst du das?«

Kaan versucht, kleine Kiesel über das Wasser hüpfen zu lassen. Aber anstatt darüberzuhüpfen, versinken sie in der Elbe, sobald sie das Wasser berühren.

»So was in der Art. Diejenigen, die zu nah dran sind, sind eben diejenigen, die lieber mit dir zusammen in der Scheiße stecken, als ohne dich recht zu haben.«

»Aber es gibt doch auch noch andere. Solche, die wissen, was zu tun ist, und die es dann auch tun. Die wissen, dass sie versuchen müssen, es zu verhindern, weil so ein Versuch das einzig Richtige ist«, entgegne ich.

»Klar gibt es die. Die Ausnahmen. Aber das sind die Helden, Ilvy. Und du und ich, wir sind keine Helden. Wir sind nicht mal die Protagonisten einer Geschichte. Wie die meisten von uns sind wir zwei Nebenfiguren. Und das ist okay. Es muss Nebenfiguren geben.«

»Kaja ist aber eine Hauptfigur«, stelle ich fest.

»Könnte sein«, sagt Kaan und nimmt noch einen flachen kleinen Stein in die Hand. »War allerdings fiktiv, okay? War nur ein Vergleich«, wehrt er ab.

»Na und? Auch in einem Vergleich bleibt sie eine Hauptfigur.«

»Aber selbst dann ist es okay, dass wir nicht ihre Helden sind, sondern bloß ihre Freunde. Wir können nicht alle immer Helden sein.«

»Will ich auch gar nicht immer«, wende ich ein. »Nur für Kaja. Das hätte mir gereicht.«

Kaan holt aus und lässt den Stein flach über das Wasser fliegen. Dreimal berührt er die Wasseroberfläche, bevor er untergeht.

»Was würden Helden denn jetzt tun?«, frage ich.

Und dann steigen wir auf Kaans Rad. Zuerst machen wir einen Abstecher zum Jugendamt und decken uns mit Prospekten und Visitenkarten ein. Anschließend fahren wir zu Kajas Eltern.

Wir klingeln nicht, sondern nehmen den schwarzen Edding aus Kaans Rucksack und schreiben die Telefonnummer der Gewaltschutzhotline groß und gut sichtbar auf die Wohnungstür von Kajas Familie. Visitenkarten der Frauenberatungsstellen schieben wir unter der Tür durch.

Hefte der anonymen Dokumentation von Verletzungen legen wir in den Briefkasten und klemmen Prospekte von Frauenhäusern und der Online-Beratung unter die Scheibenwischer des Autos von Kajas Mutter.

Und dann stecken wir in die Briefkästen im Vorderhaus handgeschriebene Nachrichten. »Wenn Sie sich um Ihre Nachbar*innen Sorgen machen …«, steht da und die Nummer vom Hilfetelefon und der Polizei. Ich will, dass die Nachbarn hinhören. Und ich will, dass Kajas Vater darum weiß.

Nachdem wir den letzten Zettel eingeworfen haben, geht Kaan noch mit bis vor unsere Tür.

Er sieht mir zu, wie ich den Schlüssel ins Schloss stecke.

»Also dann«, sagt er.

»Ja. Also dann …« Ich sehe ihn mir an, wie er dasteht, mit geröteten Wangen, mit den Händen in den Hosentaschen und einem selbstsicheren Grinsen in seinem Gesicht.

Er sieht mich an, als wüsste er genau, wie schwer es mir fällt, mich von ihm loszureißen. Er macht einen behutsamen Schritt auf mich zu. Und meine Füße machen auch einen Schritt, wie von allein. Mein Gesicht ist so nah an seinem, dass ich seinen Atem spüren kann.

Ich neige den Kopf ein wenig und genieße es, so lange in diesem *Beinahe-Moment* zu verharren. Ich mag ihn eindeutig richtig gerne. Aber anstatt das zuzugeben, kommen andere Worte aus meinem Mund.

»Ich bin wirklich dankbar dafür, dass du mir mit Kaja geholfen hast«, sage ich ganz leise.

»Und ich bin wirklich noch sauer, dass du mir mit meiner Mutter kein bisschen geholfen hast«, antwortet er, aber es klingt überhaupt nicht wütend und seine Mundwinkel zucken äußerst zufrieden.

»Ja. Ich weiß. Genau deshalb bitte ich dich nicht herein. Nicht jetzt.«

Kaan nickt ganz langsam. »Es ist die falsche Zeit gerade, oder?«

»Ja. Das ist nicht unsere Zeit.«

Aber mit einem Mal glaube ich ganz fest daran, dass unsere Zeit kommen wird. Nur sagen kann ich das noch nicht laut.

»Also dann …«, sage ich nur.

Und dann geht er tatsächlich. Ich stehe noch eine Weile mit klopfendem Herzen in der Tür.

17

Licht und Libelle

Sechzehn lange Tage später taucht Kaja wieder bei mir auf. Es sind tausendjährige Tage ohne sie. Wochen, die sich länger hinziehen als manche Jahre. Durchwachte Nächte, die nur aus Warten bestehen, und an jedem neuen Morgen frühstücke ich Fragen. Was ist ihr passiert? Wie geht es ihr jetzt? Macht sie so etwas wie eine Therapie? Hat sie sich freiwillig so zurückgezogen oder wird sie gezwungen? Wird sie wieder zu mir in die Klasse zurückkommen? Wird sie mit mir Abi machen, so wie wir uns das immer vorgestellt haben? Wann werde ich sie überhaupt wiedersehen?

Ein paarmal bin ich kurz davor, Kaan anzurufen. Ich habe seinen Kontakt schon rausgesucht, mein Finger schwebt über dem kleinen Telefonsymbol, aber dann fühlt es sich so falsch an. So als würde ich mich nur zur Ablenkung melden, weil Kaja sich nicht meldet. So als müsste er dann eine Lücke füllen. Ich versuche aufzuräumen oder mich in Schulkram zu verkriechen, aber alles, was ich anfange, höre ich gleich wieder auf. Nichts kann darüber hinwegtäuschen, dass meine eigentliche Haupttätigkeit momentan das Warten ist. Und als Kaja dann plötzlich auftaucht, bin ich tatsächlich überrascht.

Nachdem sie bei ihren Eltern rausgeflogen ist, landet sie bei mir wie ein Spatz auf einem Tisch voller Kuchenkrümel. Sie klingelt nicht, sondern steht unten im Innenhof und schreit. Hell und hoch. Mitten in der Nacht. Mit einer Stimme wie von einem verletzten Tier. Sie ruft meinen Namen. Fünfmal rasch nacheinander. Sonst nichts. Ich muss nicht aus dem Fenster sehen, um zu wissen, dass sie es ist. Erkenne ihre Stimme auch im Halbschlaf. Ich öffne die Tür.

»Warum hast du nicht angerufen? Oder wenigstens geklingelt«, will ich wissen und bleibe in der Wohnungstür stehen.

»Hatte die Hände voll«, sagt Kaja. Sie hält die ineinandergeschlungenen Hände wie zum Beweis über ihren Kopf in die Luft, als sie sich an mir vorbei in die Wohnung schiebt. Sie geht geradewegs in die Küche und knipst das Licht mit ihrem Ellbogen an. Die Lampe baumelt über dem Esstisch und lässt Schatten durch den Raum fliegen wie Motten.

»Komm schon«, ruft Kaja lauter als nötig und hält die Hände unter die Glühbirne, die immer langsamere Kreise zieht.

Noch immer schließen die Ränder von Kajas Handflächen aufeinander wie Muschelschalen. Ich habe Gänsehaut an Armen und Beinen, trage nur ein T-Shirt. Meine nackten Füße kleben auf den kalten weißen Fliesen.

»Was ist los? Nach allem, was passiert ist, kommst du mitten in der Nacht hier an, und dann so?«, frage ich.

Aber Kaja macht nur *Psst*. Sie hebt langsam ihre obere Hand wie einen Deckel von der unteren. Eine rot glitzernde Libelle schießt aus ihren Muschelschalenhänden hervor und saust in der Küche herum. Orientierungslos.

»Ist das nicht selten? Eine Libelle mitten in der Stadt, das wollte ich dir zeigen«, faselt Kaja und dreht sich um die eigene Achse im Versuch, der Libelle hinterherzublicken. Kaja taumelt und hält sich am Kühlschrank fest. Ihr Blick folgt ihrem eigenen Arm bis zu ihrer Hand und schon öffnet sie die Kühlschranktür. Sie holt eine angebrochene Flasche Weißwein heraus.

»Der ist von Paula«, protestiere ich.

Sie dreht sich zu mir und sieht mich fragend an. »Ist Paula hier?«

»Nein, sie hat Nachtschicht. Aber …«

Kaja kommt näher und legt mir den Finger auf die Lippen. »Er hat mich rausgeschmissen«, sagt sie, wendet sich wieder ab und dreht den Schraubverschluss auf. »Mein Vater hat mich einfach rausgeschmissen.« Sie trinkt einen großen Schluck.

»Und deine Mutter?«

»Musik«, ruft Kaja in den Raum, als müsste irgendwo ein DJ stehen, der auf ihre Ansage wartet. »Musik wäre wirklich gut jetzt. Es ist so ekelhaft still bei dir.«

»Kaja, antworte bitte. Was hat deine Mutter denn dazu gesagt?«

Ich setze mich auf einen der safranfarbenen Holzstühle und ziehe die Knie unter mein T-Shirt, um sie zu wärmen.

»Ach, die. Heulend dagestanden hat sie und sich tausendfach entschuldigt. Aber widersprochen hat sie ihm nicht. Mit keiner Silbe.« Kaja schüttelt sich, als könnte sie so die Erinnerung loswerden.

Verändert sieht sie aus. Älter und ungesund irgendwie. Wie nach einer langen Grippe. Sie geht zum Fenster und erst denke ich, dass sie hinausblickt, aber sie sieht sich nur selbst in die Augen, als sie weiterspricht.

»Auf diese Art Stille bin ich allergisch, weißt du. Das ist die Stille, die es bei mir zu Hause gibt, kurz bevor er sie anschreit. Angespannte Stille, bevor es kracht. Und wenn er sie dann schlägt, dann läuft klassische Musik dabei. Stell dir das mal vor. Möglichst laut, damit die Nachbarn nicht hören, was abgeht. Tadadadaaaa und rumms.« Mit der Faust donnert Kaja gegen die Wand. So heftig, dass ich zusammenzucke. »Klassik ist das Einzige, was noch ekelhafter ist als die Stille, sag ich dir. Ernsthaft. Also, entweder machst du jetzt Musik an oder ich.« Ihre Augen sind glasig und sie beißt sich auf die Lippe.

»Ich kann doch jetzt nicht einfach Musik hören. Kaja, du musst mit mir reden. Und zwar jetzt, nicht irgendwann. Ich muss wissen, was los war.« Die Luft hängt voller Fragen. »Weißt du, wie lange ich auf eine Nachricht von dir gewartet habe? Weißt du, wo ich dich überall gesucht habe? Weißt du ungefähr, wie spät es ist?«

»Hast du dir Sorgen um mich gemacht?«, wirft Kaja mein Fragezeichen zurück.

»Soll das ein Witz sein? Natürlich habe ich mir Sorgen gemacht. Wahnsinnssorgen. Kaja, du warst einfach weg und ich wusste nicht mal, ob …«

Ich kann nicht weitersprechen. All die Tränen, die ich in den letzten Wochen zurückgehalten habe, brechen wie eine Sturmflut über mich herein. Kaja hält meine bebenden Schultern, lässt mich den Kopf an ihrem Hals vergraben und weinen. Und das tue ich. Ich weine und weine. Und ich weiß gar nicht, ob ich schon jemals so viel geweint habe. Ich weine über die beiden Freundinnen, die wir früher waren und die ich an keinem Ort der Welt wiederfinden werde. Über Kajas kaputte Familie weine ich, über ihre Verzweiflung. Ich weine über die Kaja, die im Krankenhaus lag, und über die Kaja, die jetzt zwar zurück bei mir ist, aber schon wieder betrunken. Ich weine, bis ich keine Tränen mehr habe. Und Kaja lässt mich weinen, hält und stützt mich.

»Ich kann nicht mehr dahin zurück, Ilvy. Du musst meine Sachen da rausholen«, sagt sie, als ich nach einer kleinen Ewigkeit mein rot verheultes Gesicht von ihren nassen Haaren hebe. Dann deutet sie mit einem Kopfnicken hinüber zur anderen Seite, zu ihrer Familie. »Oder du lässt sie da. Mir auch egal. Dann bleibt mein Kram eben da. Sollen sie doch alles einmotten oder wegwerfen oder verbrennen. Mir echt egal. Keinen Fuß setze ich mehr in diese Wohnung.« Sie hebt die Flasche. »Prost! Auf uns!«, sagt sie noch und leert den restlichen Weißwein in einem Zug.

Ich sehe Kaja an, sehe sie ganz genau an. Jetzt, wo ihre Eltern sie vor die Tür gesetzt haben, wohin soll sie jetzt? Mit moorgrünen Augen blinzelt sie zurück. Ich sehe die weite grüne Landschaft ihrer Augen und entdecke darin alles, was mir an ihr so vertraut ist. Selbst die Wut, dass sie hier einfach so aufkreuzt, ohne Erklärungen oder Entschuldigungen, selbst das ist mir vertraut. Vermutlich war ich die meiste Zeit in meinem Leben entweder wütend auf Kaja oder in Sorge um sie.

»Ich ziehe mir jetzt Socken an, dann mache ich uns einen Tee und du erzählst in Ruhe, was passiert ist.«

»Tee?«, fragt Kaja und zieht die Brauen hoch. »Mag sein, dass du das nicht kapierst, Ilvy, aber ich trinke. Und zwar keinen Tee. Ich trinke längst zu viel, um so ein mieses Gespräch ohne etwas zu trinken auszuhalten.«

Mir fallen ihre Hände auf. Die Daumen hat sie an beiden Händen eingeklappt und hält sie mit den Fingern umschlossen. Kleine Anspannungsfäuste, die ich in meine Hände nehme.

»Du bist hier bei mir. Du brauchst gar nicht so auf megahart zu machen«, sage ich. »Ich mache jetzt Tee und dann kriechen wir zusammen unter meine Decke.«

Und genau so machen wir es. Wir sitzen in meinem Bett und Kaja redet und redet. Endlich. Ich kann spüren, wie ihre Schultern heruntersacken. Ich kann hören, wie die Anspannung langsam aus ihr herausfließt. Ich höre einfach zu. Fragen stelle ich zunächst keine. Sie erzählt davon, wie sie im *Fuchs und Sterne* einfach alles gefressen hat, was dieser Typ ihr gegeben hat. Alles auf einmal. Wie es dann plötzlich heiß und hell wurde.

»So hell, dass ich wegmusste. Einfach raus aus dieser Supernova. Ich dachte, das Licht würde mich verbrennen. Ich wollte mich irgendwo im Schatten verstecken, Ilvy. Ich bin einfach immer weiter gerannt und gestolpert. Die Straße hat sich gewellt vor Hitze und ich konnte nicht mehr richtig gehen. Meine Beine haben nicht mehr gemacht, was ich wollte. Irgendwann lag ich beim Langen im Bett. Ich wusste gar nicht, wie ich da hingekommen war. Da bin ich richtig panisch geworden. Was danach kam? Keine Ahnung. Rauschen. Stille. An mehr erinnere ich mich überhaupt nicht.«

Sie sagt, dass sie keine Chemie mehr frisst. Nichts. Nur noch Alkohol. »Fastenzeit«, nennt sie das. Ich *würde* ihr gern glauben. Dieser verfickte Konjunktiv.

Und sie erzählt von ihren Eltern. Davon, wie die beiden Kaja aus der Klinik abgeholt haben. Wie der Vater zwei Tage lang nicht mit ihr geredet hat. Er ist nur vor ihrer Tür auf und ab getigert, aber reingekommen ist er nicht. Nach zwei Tagen war es dann so weit. Kajas Mutter hat sie an den Esstisch gebeten. Kaja saß auf der einen Seite und ihre Eltern gemeinsam auf der anderen. Kaja nennt es das Verhör, als sie davon spricht. Auf das Verhör folgte die Verkündung. Hand in Hand verkündeten die Eltern in feierlichem Tonfall, dass jetzt alles anders würde. Der Vater hätte sich von nun an besser »im Griff« und Kaja würde nie mehr mit solchen gefährlichen Menschen ausgehen und vor allem nie mehr in die Nähe von Drogen kommen.

»Neue Wohnung, neue Schule und eine Therapie für mich. Das war ihr genialer Plan.« Sie lacht bitter. »Nicht mal eine Woche später hat er sie wieder fertiggemacht. Wegen irgendwas, einer Kleinigkeit wie der neuen Schule oder so. Pillepalle, im Ernst. Darum ging's auch gar nicht. Das war nur der Auslöser. Irgendeinen Auslöser findet er immer. Sie hat ihm widersprochen, hat es gewagt, seine Hoheit in Frage zu stellen, und er ist getillt. Brahms hat er angemacht. So ein Arschloch.«

Kaja zuckt kurz, schüttelt sich und redet dann weiter. »Erst hab ich Kopfhörer aufgesetzt, aber als irgendetwas gescheppert hat, hab ich es nicht mehr ausgehalten. Ich bin zu ihnen rein. Meine Mutter saß da und hat ihr Gesicht mit den Armen geschützt. So …« Kaja macht es

vor. Ihren Kopf zieht sie ein und hält ihre zitternden Unterarme davor.

»Und dann?«, frage ich mit trockenem Hals.

»Dass er aufhören soll, hab ich geschrien. Und das hat er auch getan. Er ist von ihr weggetreten und hat mich angestarrt. Er sah so verändert aus, Ilvy. Da war nichts Vertrautes in seinem Gesicht. Weiß vor Wut war er. Eine hässliche wütende weiße Fratze. Er hat nicht zurückgeschrien. Hat nur die Zähne aufeinandergebissen. Meine Mutter hat geflüstert, dass ich still sein soll. Und dass sowieso alles ihre Schuld sei. Ihre und meine. Ich wollte zu ihr hingehen, ich wollte sie vom Sofa hochziehen, sie umarmen, schütteln und trösten. Alles gleichzeitig. Aber der Alte hat sich zwischen uns gestellt. Und dann hat er mich rausgeworfen.«

Ich sehe sie an, ihre geröteten Augen, ihre schmalen Lippen, die sie aufeinanderpresst, um nicht zu weinen. Sie sieht runter auf ihre Hände, die immer noch zu Fäusten geballt sind.

Meine Stimme klingt brüchig und fremd, als ich spreche. »Du kannst hierbleiben«, sage ich. »Paula hat bestimmt nichts dagegen.« Was soll ich auch sonst sagen. »Morgen reden wir mit Paula und dann wird alles gut. Ich verspreche es dir.«

»Versprich mir lieber nichts«, sagt Kaja. »Rück einfach ein Stückchen und kraul mir den Rücken, ja?«

Dann rollt sie sich auf der Seite ganz klein zusammen. Die Knie eng an sich gezogen und die Augen geschlossen. Ich streiche ihr über den Rücken. Auf und ab. Immer wieder.

Mit geschlossenen Augen erzählt Kaja von diesem bunten Märchenkarussell, nach dem wir so verrückt waren, als wir in die zweite Klasse gingen.

»Erinnerst du dich an unsere Lieblingspferde? Wir haben gespielt, dass wir Schwestern wären und dass die Pferde auch Geschwister wären. Dein Pferd ritt vorne. Meins dahinter. Immer im Kreis, ganz dicht hintereinander, zu dieser Klimpermusik. Ich habe dich nie eingeholt.«

»Ja. Runde um Runde. Bis Paula kein Kleingeld mehr in ihren Jackentaschen finden wollte«, murmle ich. In ihrer Erinnerung klingt alles schöner, als es war. Es klingt nach Zuckerwatte und bunten Jahrmarktlichtern. Als hätte es tatsächlich mal eine Zeit gegeben, in der alles friedlich, einfach und gut war.

Kaja lächelt mich an. Ich will ihr von Kaan erzählen. Alles auf einmal. Aber dann sehe ich die Unsicherheit hinter ihrem dünnen Lächeln und ich verpasse den Moment. Jetzt geht es nicht um Kaan. Jetzt geht es darum, dass Kaja sich wieder beruhigt. Dass sie ankommen und wieder mit mir zusammenwachsen kann. Sie krault mir den Kopf.

Gegen sechs Uhr früh schlafe ich endlich ein. Kaja schleicht davon, ohne dass ich es merke. Sie legt mir einen Zettel hin. Darauf steht: *Keine Panik. Bin gleich zurück, du Siebenschläfer.*

Als sie wiederkommt, hat sie eine Papiertüte voll mit frischen duftenden Brötchen von der Tankstelle bei sich.

Und sie hat eine frische Schnapsfahne.

Sie legt die Brötchentüte auf mein Bett. Die Tüte ist noch warm und Kaja lächelt mich tatsächlich an, als wäre nichts. Als ginge es hier nur um Brötchen, um Friede, Freunde, Eierkuchen. Vor lauter Enttäuschung wird mir ganz schlecht. Ob sie meint, ich würde das nicht checken?

Ob sie denkt, ich rieche nicht, wenn sie frühmorgens säuft?

Ich könnte sie anschreien, ich könnte, aber was würde das nutzen? Ich muss sie einfach besser im Blick behalten, muss besser auf sie aufpassen. Jetzt erst recht. Schließlich braucht sie mich.

Kaja holt ein Brötchen aus der Tüte und hält es mir unter die Nase. »Komm schon«, sagt sie. »Wir machen Frühstück für Paula!«

Also tun wir genau das. Trotz allem. Wir geben uns richtig Mühe. Kaja hat sogar Blumen mitgebracht, die wir in der Wohnung verteilen. Bunte Tulpen von der Tankstelle.

Paula reagiert nicht ganz so, wie ich es gedacht hätte. Sie hört sich Kajas Version der Geschichte ganz geduldig an. Tiefe Falten zwischen den Augen. Lange sagt sie nichts, sondern hört nur zu. Sie kocht einen Kaffee nach dem anderen und schweigt. Die ganze Küche riecht nach Kaffee und nach Sorgen.

Unter der Tischplatte hält Kaja meine Hand. »Kaja kann nicht zurück. Sie möchte bei uns bleiben«, sage ich. »Das geht doch sicher, oder?«

Aber Paula sagt nicht einfach »*Natürlich*« oder »*Immer doch*«, so wie ich es erwartet hatte. Lange sagt sie überhaupt nichts. Durchdringend sieht sie Kaja an, als würden ihr die Erklärungen nicht reichen, die sie bisher bekommen hat.

»Es kommt darauf an«, sagt sie schließlich.

»Worauf?«

»Ich muss mit Kajas Eltern reden. Und …« Paula macht eine Pause. »Und ich muss wissen, dass ich mich dieses Mal auf euch verlassen kann. Keine Zeltabenteuer. Keine Drogen.«

Ich nicke, aber Paula sieht nicht mich an, sondern blickt zu Kaja. »Kannst du mir das versprechen?«

»Klar«, sagt Kaja. Eine Spur zu leicht und zu schnell kommt ihre Antwort. Eine Spur zu breit ist ihr Lächeln. Nicht mal ich kann ihr glauben. Aber sie wickelt Paula dennoch ein.

»Danke, Paula. Ich danke dir für alles. Ihr zwei seid mehr Familie, als man sich wünschen kann, ehrlich. Das mit meinen Eltern, das kläre ich, und alles andere … Na ja, da habe ich meine Lektion gelernt«, sagt sie.

Ich kann sehen, wie Paula weich wird. Ich sehe es an der Art, wie sie Kaja ansieht. »Ach was, schon gut«, murmelt sie.

Auch die Geste, mit der sie tut, als würde sie das Gesagte wegwischen, ist halbherzig. Ich sehe das und Kaja sieht es auch.

Kaja steht auf und nimmt Paula in die Arme. »Ohne euch wäre ich verloren«, sagt sie.

Die Worte treffen. Paula wird rot. »Ach was …«, sagt sie wieder. »Alles halb so wild.«

»Wie willst du es machen?«, frage ich.

Paula sieht mich irritiert an. »Was meinst du?«

»Wie willst du Kajas Eltern dazu bringen, uns ihre Zustimmung zu geben?«

»Muss sie gar nicht«, unterbricht mich Kaja. »Ich kläre das. Das wird kein Thema sein. Mein Vater ist froh, mich los zu sein. Ihr werdet sehen.«

»Aber …« Mein Einwand bleibt an Kajas Lächeln hängen.

»Und was alles andere angeht, gelobe ich Besserung. Sowieso.« Sie blickt von mir zu Paula und wieder zurück. »Gibst du mir mal die Butter?«, fragt sie beschwingt.

Und dann frühstücken wir wie eine glückliche kleine Familie.

Die nächsten Tage sind so, wie Tage sein sollen. Endlich geht es wieder nur um uns zwei. Um Kaja und Ilvy. Um Ilvy und Kaja.

Unsere Zweisamkeit ist wieder das Einzige, was zählt. Das Einzige, das wirklich feststeht. Nicht weil es leicht miteinander ist, sondern weil sich alles andere falsch anfühlt. Kopfüber springen wir in unseren eigenen Rhythmus. Morgens werde ich davon geweckt, dass Kaja unter der Dusche so laut singt, dass ich es bis in meine Träume hinein hören kann. Auch mit Zahnbürste im Mund singt sie weiter und sie singt auch dann noch, wenn sie uns Cornflakes in die Schüsseln füllt, wenn sie sich Klamotten aus meinem Schrank sucht und wenn wir auf den Rädern zur Schule fahren.

In der Schule sitzen wir wieder nebeneinander und auch alle Pausen verbringen wir zu zweit. Wenn jemand zu uns stößt, merkt man sofort, dass wir eine Gleichung sind, die unweigerlich immer zwei ergibt. Keiner kommt zwischen uns. Jeder Versuch, sich unseren Gesprächen anzuschließen, misslingt. Egal, wie viele Leute um uns herum stehen, es geht doch nur ums uns beide. Kajas Witze sind nur für mich gedacht und ich will niemandem gefallen außer ihr.

Nachmittags bauen wir gemeinsam an einem großen Hochbett für mein Zimmer, damit es nun unser Zimmer werden kann. Ich halte die Bretter und Kaja bohrt und schraubt. Wenn wir nachts nicht schlafen können, gucken wir Filme, wenn wir Hunger haben, machen wir Spaghetti. Wenn ich male, sitzt Kaja neben mir und erzählt Geschichten. Wenn es uns langweilig wird, nehmen wir die Räder und fahren zur Elbe. Fahren nebeneinanderher und Kaja singt dabei.

Als Kaan anruft, drücke ich ihn weg und stelle mein Handy auf lautlos. Ich halte es in der Hand. Das Display nach unten gedreht. Kurz will ich zurückrufen. Aber bevor ich ihn anrufe, muss ich Kaja alles erzählen, was sie verpasst hat.

»Du …«, fange ich an. Weiter komme ich nicht.

Kaja macht Musik an und sagt: »Lass uns tanzen. Nur wir beide. Endlich wieder nur wir beide zusammen!« Sie dreht sich im Kreis und lächelt dabei. Also tanzen wir. Also rufe ich noch immer nicht an.

Ich schreibe Kaan, anstatt ihn zurückzurufen. Heimlich schreibe ich. Im Badezimmer. Dabei komme ich mir albern vor.

»Ich melde mich, sobald ich kann«, schreibe ich. Aber noch kann ich nicht. Diesen einen Tag will ich für Kaja und mich allein haben. Wenigstens noch einen Tag. Lieber sogar zwei.

Aber schon am nächsten Tag sehen wir ihn zufällig.

Wir schließen gerade die Räder an den Landungsbrücken ab, da steckt Kaja plötzlich zwei Finger in den Mund, um laut zu pfeifen.

»Guck mal, wer da ist!«, sagt sie und pikst mich in die Seite.

Er steht in der Sonne. Nur wenige Schritte entfernt. Kaja winkt und Kaan winkt zurück. Neben ihm steht ein Mädchen. Dicht neben ihm. Sie winkt nicht. Ihre dunkelrot geschminkten Lippen lächeln uns freundlich, aber zurückhaltend an. Braune Locken umwehen ihr Gesicht. Ein bildschönes Gesicht, das ich noch nie gesehen habe. Sie trägt ein rotes Kleid, in dem sie bestimmt ziemlich friert, aber dafür irre gut aussieht.

Ich sehe an mir herunter. Kaja und ich tragen Kapuzen-Hoodies. Meine Jeans ist an den Knien ausgebeult. An unmöglichen Stellen sind Farbflecken drauf. Auch mein verrutschter Pferdeschwanz ist mir in diesem Augenblick peinlich.

»Komm schon«, sagt Kaja fröhlich und zieht mich an der Hand zu den beiden hinüber. Sie schlägt mit Kaan ein. »Was geht?«

Sie lachen beide. So wie früher. Mit mir schlägt Kaan nicht ein. Wir nicken einander nur zu. Aber kein bisschen wie früher. Sondern steif und unsicher. Als hätten wir es verlernt.

»Kaja«, erklärt Kaja und lächelt das Mädchen an, das sich selbst mit heller Stimme als Zoe vorstellt. Sie blickt von Kaja zu mir.

»Hi«, sage ich, aber mehr Worte kommen mir irgendwie nicht über die Lippen. Ich ärgere mich zu sehr über mich selbst. Was hatte ich denn erwartet? Dass sich Kaan auf ewig mit Warteschlangenposition Nummer zwei zufriedengibt? Sicher nicht. Also warum stelle ich mich jetzt so an? War doch klar. War doch mehr als klar.

Erwartungsvoll guckt mich die süßliche Zoe an, als Kaan übernimmt. »Das ist Ilvy«, stellt er mich vor. »Eine gute Freundin.« Nicht mal nicken kann ich.

»Zoe ist 'ne Arbeitskollegin von mir. Aus der Bar«, erklärt Kaan und grinst sie an, während er spricht. Zoe grinst nicht einfach. Sie strahlt. Wie eine Neonröhre im roten Minikleidchen. Sie himmelt Kaan richtig an. Kaan, den sie nicht so nennt wie wir.

»Atanas zeigt mir die Landungsbrücken und so«, erklärt sie. »Ich bin erst letzten Monat aus München hergezogen. Und ich kenne nicht mal den Fischmarkt und ...«

»Na und?«, unterbreche ich sie plötzlich und erschrecke über den Klang meiner Stimme. »Ich meine ja nur, also, ich war auch noch nie so original um fünf Uhr früh da, wenn der aufmacht. Na und?«

Kaan zieht die Augenbrauen zusammen. »Du warst was?«

Ich zucke mit den Schultern. »Ist doch bloß Touri-Dreck.«

Kaan schüttelt den Kopf. »Nee. Gar nicht.«

»Also, ich freue mich drauf«, klinkt sich Zoe ein und nervt langsam richtig.

»Ist doch egal«, unterbricht uns Kaja. »Ihr macht euren Rentnerrundgang und wir gehen zum Strand. Oder wollt ihr mit uns kommen?«

Zoe zuckt fast zusammen bei diesem Vorschlag. Ich allerdings auch. Sie klimpert Kaan an. Und schüttelt ihren hübschen Lockenkopf. »Ich will das wirklich gerne alles sehen. Was du erzählt hast und so ...« Sie zupft am Saum ihres Kleides.

»Also dann«, sagt Kaja und setzt sich in Bewegung. »Bis demnächst!«

»Wartet!« Kaan blickt von Zoe zu mir und Kaja. »Ich wollte noch … Also, du hast noch gar nicht gesagt, wie es dir geht, nach allem.«

»Besser«, sagt Kaja knapp. »Kannst ja mitkommen. Dann haben wir Zeit zum Quatschen.«

Aber Zoe zupft an Kaans Ärmel. »Ein anderes Mal«, sagt er schließlich und sieht mich fest an. »Du kannst dich ja melden, wenn's passt.«

»Mache ich. Wenn's passt.«

Und dann gehen die beiden in die eine Richtung und wir in die andere.

»Krass, war die hübsch«, sagt Kaja, als wir ein Stück gegangen sind.

Ich nicke.

»No filter needed«, sagt Kaja.

»Is ja gut. Hab's verstanden.«

»Was denn? Warum bist du jetzt so?«

»Nix is. Ich hab sie auch gesehen. Muss du ja nicht zehnmal sagen.«

»Doch, muss ich. Weil die soooo hübsch war.« Und dann lacht sie und setzt hinterher: »Aber was war bitte mit ihm los?«

»Weiß nicht«, murmle ich nur. »Woher soll ich das wissen?« Dann laufen wir schweigend weiter. Beobachten Möwen, Wellen und Schiffe.

Als wir zwanzig Minuten später endlich auf Sand und Kies laufen, ziehen wir die Schuhe aus und halten die Zehenspitzen ins Wasser. Das Wasser ist kühl, aber immer noch wunderbar.

Wir legen uns auf eine kleine blaue Decke, hören Musik und ich schließe die Augen. Aber nur kurz, denn hinter meinen geschlossenen Augenlidern sehe ich Kaan vor mir. Kaan mit der viel zu hübschen Zoe. Nebeneinander. Nah. Zu nah. Bis das Bild schreit. In meinem Bauch schreit. Da, wo es keiner hören kann, nicht mal Kaja.

Obwohl, vielleicht hört sie es doch irgendwie. Jedenfalls fängt sie an, für mich zu singen. *Rennrad* singt sie. Laut und schief, sodass die Leute im Vorübergehen zu uns gucken. So, dass ich lachen muss.

18

Ekel und Einhornglanz

Ein paar Tage später gehen Kaja und ich ins Wäldchen. Wir haben ein Carepaket für unsere Zelt-Nachfolgerin dabei: Taschentücher, ein Feuerzeug, eine Taschenlampe und etwas Obst vom Küchentisch. Aber sie ist nicht da. Sogar unser Zelt ist verschwunden. Dort, wo es in den Sommerferien gestanden hat, schichten wir jetzt einen kleinen Laubhaufen aus den ersten Herbstblättern auf. Wir legen uns mitten hinein ins Laub und schauen uns die Bäume von unten an. Gelbe Kastanienblätter und rote Ahornblätter bewegen sich über uns in der warmen Herbstsonne.

»Schöner als im Herbst ist das Sterben selten«, stellt Kaja fest.

»Stimmt. Und bunter noch seltener«, sage ich.

»Hast du manchmal Angst, dass du alt und spießig wirst, bevor du richtig gelebt hast?«, fragt sie.

Ich lasse ihre Frage ins Laub sacken. »Vielleicht. Obwohl … Nein. Ehrlich gesagt nicht. Ich meine, ich lebe doch wirklich.«

»Ja«, sagt sie. Aber überzeugt klingt das nicht. Sie richtet sich auf und bewirft mich mit Armen voller Blätter. Wir greifen in den Blätterhaufen unter uns und werfen die Blätter in die Luft, so hoch wie wir nur können. Hier sind wir unter uns. Wir bleiben im Wäldchen, bis es dunkel wird.

»Daumen hat uns eingeladen«, sagt Kaja auf dem Rückweg. Ihr Blick ist auf ihr Display geheftet, als sie das sagt. »Willst du hingehen?«

Ja, denke ich. Ich denke: *ja, ABER*. Und dieses *Aber* ist groß.

»Weiß nicht. Und du?«, frage ich.

Sie zuckt die Achseln. »Vielleicht. Vielleicht auch nicht. Wir könnten hingehen, wenn du Lust hast.«

Wenn ich Lust habe? Tausend Gedanken stolpern in meinem Kopf im Kreis herum, stehen einander im Weg und stellen sich Beinchen. Klar habe ich Lust, alle Leute wiederzusehen. Vor allem Kaan. Und noch zehnmal dringender vor allem Kaan. Ich habe Lust zu tanzen. Ich habe Lust, etwas zu erleben. Ich habe Lust, zu reden und zu lachen, bis sich der Himmel in der Morgendämmerung rosa färbt und sich alles anfühlt wie in Watte gepackt.

ABER.

Aber ich habe Angst, was mit Kaja passiert, wenn sie wieder trinkt, wenn sie all die Leute wiedersieht, vor allem den Langen. Wenn sie mehr will als trinken. Ich spüre deutlich, dass ich hingehen will. Nur, wenn ich ehrlich bin, würde ich lieber ohne Kaja hingehen als mit ihr. Ich schäme mich, das zu denken. Abschütteln kann ich den Gedanken nicht. Wenn man etwas weiß, kann man sich nicht einfach vornehmen, es nicht zu wissen. Leider.

Kaja dreht unruhige Runden in meinem Zimmer. Setzt sich aufs Bett, steht wieder auf, setzt sich wieder, läuft hin und her wie in einem Käfig.

»Lass uns hingehen«, sagt sie schließlich. »Warum auch nicht.«

Ich seufze lauter als gewollt. »Klar. Warum nicht.«

Sich mal wieder gemeinsam ausgehfertig zu machen, tut wirklich gut. Wir legen Klamotten für die jeweils andere raus. Aus Paulas Vorrat teilen wir uns ein Bier und tanzen in meinem Zimmer zu *AnnenMayKantereit*. Wir singen laut und schief, als wir nebeneinander vor dem runden Badezimmerspiegel unsere Wimpern tuschen und unsere Lippen anmalen.

Es ist ein milder Abend und wir nehmen die Räder. Schneller und schneller fahren wir. Ich löse erst eine Hand vom Lenker, dann ganz vorsichtig die zweite. Beide Arme strecke ich von mir und straffe meinen Rücken. »Guck mal!«, rufe ich. »Guck doch mal!«

Und dieses Mal ist es ganz einfach. Da ist keine Angst mehr. Ich weiß jetzt, dass ich es kann. Was mich erstaunt, ist nur noch, dass mir alles, sobald ich es kann, so leicht erscheint, dass ich mir nicht mehr vorstellen kann, dass es mir noch vor Kurzem absolut unmöglich erschien.

Was dann bei Daumen passiert, passiert vielleicht nur, weil Kajas Frage nach dem richtigen Leben mich doch mehr beschäftigt, als ich zugeben will.

Daumen heißt Daumen, weil er an der rechten Hand keinen mehr hat: Kreissäge. Daumen und der cränke Kai sind Cousins. Kaja nennt sie die Waldorf-Punks. Schüchtern und höflich, mit Nietenjacken und guten Manieren. Sie wohnen in einer WG im Dachgeschoss von Daumens Elternhaus. Wenn man dort aufs Klo muss, gibt es keine andere Möglichkeit, als sich die Treppe zu Daumens Eltern runterzuschleichen. Aber ansonsten ist alles denkbar einfach dort. Immer sind Leute da, die man kennt.

Als wir an diesem Abend klingeln, ist die Küche schon voller Menschen. Auf dem Tisch stapeln sich leere Bierflaschen. In einer Ecke steht ein Terrarium mit Gespenst-Heuschrecken. Die Raucher drängen sich auf einem winzigen Balkon. Die Luft ist voller Gelächter und Musik. Wir tanzen, bis wir durstig sind, in Daumens Zimmer und schieben uns anschließend zwischen den Leuten hindurch bis zur Küche. Im Kühlschrank ist nichts anderes als Bier und Ketchup. Neben dem Kühlschrank steht der Direx. Er nickt uns zu. »Hey«, sagt er.

Ich nicke zurück. Es ist, als würden wir mit einem Mal ein Geheimnis teilen. Niemand sonst im Raum nimmt Notiz davon.

»Lange nicht gesehen«, stellt er fest und hält die Kühlschranktür auf, als wäre das sein Kühlschrank, aus dem er uns etwas anbieten will.

Kaja nimmt sich ein Bier heraus. Er reicht ihr sein Feuerzeug, um die Flasche zu öffnen, und sieht sie dabei die ganze Zeit an. Er wartet darauf, dass sie etwas zu ihm sagt. Ein Hallo oder ein Danke oder ein Was geht? Aber Kaja sagt nichts. Wirft ihm das Feuerzeug zu, dreht sich um und geht mit ihrem Bier aus der Küche.

»Ich hätte nicht gedacht, dass ihr herkommt«, sagt er.

»Hätte ich selbst nicht gedacht.«

»Pass gut auf sie auf«, sagt der Direx und schaut dabei zu der Tür, durch die Kaja gerade verschwunden ist.

»Mal sehen«, sage ich und spüre, wie sich etwas in meinem Bauch verknotet bei dem Gedanken, mich wieder nonstop um Kaja zu kümmern und zu sorgen.

»Sie trinkt zu viel«, raunt er mir zu.

»Ich weiß«, sage ich. »Dagegen kann ich aber nichts tun, oder?«

»Nee. Aber mitmachen musst du nicht. Du könntest gehen«, sagt er.

»Könnte ich. Aber ich will nicht gehen. Wir sind gerade erst gekommen.«

»Klar. Weißt du was? Ist eure Sache. Mir ist das egal, scheißegal sogar.«

»Ist es nicht«, sage ich.

Bevor er etwas erwidern kann, drehe ich mich weg und laufe ins Nebenzimmer. Dorthin, wo ich Kaja fluchen höre.

»Lass meinen Freund in Ruhe!«, schreit ein Mädchen mit pinken Haaren. Schützend stellt sie sich vor ihren betrunkenen Freund, der sie bis eben noch übelst beschimpft hat.

»Aber du hast doch gerade gesagt, dass er dich in Ruhe lassen soll«, sagt Kaja.

Das Mädchen klingt entsetzt. »Na und? Das ist unsere Sache!«

Ich ziehe Kaja am Arm. Ich will sie von den beiden wegholen. Wenigstens ein Stück.

»Ich habe dich nicht um Hilfe gebeten«, schreit das Mädchen ihr hinterher.

Ich schiebe Kaja vor mir her zum Balkon. »Komm schon.«

Wütend tritt sie gegen die Balkontür. »So eine dumme Kuh.«

Erst ext Kaja ihr Bier, dann trinkt sie viel zu viel von dem Jägermeister, der auf dem Balkon steht. »Wieso schreit die mich an und nicht ihren dämlichen Freund?

Findet die das toll oder was? Ich hätte ihr geholfen!«, sagt Kaja. »Aber nein, sie will sich nicht helfen lassen, will sich lieber weiter wie Dreck behandeln lassen.« Sie trinkt und trinkt, bis sie mir plötzlich mit ihrer Fingerspitze vor die Stirn tippt. »Lass dich nie mit so einem Aggro-Arsch ein.«

»Mache ich nicht«, sage ich.

»Am besten, du lässt dich überhaupt nicht mit irgendeinem Kerl ein. Ganz ehrlich.«

»Mal sehen«, sage ich möglichst ruhig. Vor mir taucht Kaans Gesicht auf. Ich sehe ihn deutlich vor mir, so wie ich ihn in letzter Zeit ständig vor mir sehe, wenn ich die Augen schließe. Und beim Aufwachen auch. Und unter der Dusche, und wenn ich lernen müsste, und wenn ich Rad fahre und … Ich ärgere mich darüber, dass ich noch öfter an ihn denke, seitdem ich ihn mit dieser Zoe gesehen habe. Aber das muss ich Kaja ja nicht unbedingt jetzt erzählen.

Kaja ext noch eine Flasche, bevor sie die Treppe zu Daumens Eltern runterstolpert. »Nichts passiert«, ruft sie und lacht dabei. Ich renne hinterher, um ihre Haare zu halten, als sie sich über die Kloschüssel beugt.

In dem kleinen Bad steht Daumen und stylt seine Haare nach. Eine Wolke aus Haarspray hängt im Raum. Die Mischung der Gerüche macht mich fertig. Ob wir Brote wollen, ruft Daumens Mutter genau in diesem Moment. »Nein«, rufe ich zurück. »Bitte nicht«, und fliehe nach oben. Kaja stolpert hinter mir her. Das ist zu viel für mich. Ich reiße ein Fenster auf, um frische Luft hereinzulassen. Nachtluft.

»Wir wollen heute was Neues probieren«, lallt Kai. Dann wendet er sich an Kaja. »Du auch?«, fragt er mit hochgezogenen Augenbrauen. »Willste auch was Neues probieren?«

»Ich darf nicht«, sagt Kaja und deutet dabei grinsend auf mich. »Hab's meiner Anstandsdame hier versprochen.«

Kai lacht. Ich kann nicht verhindern, dass ich rot werde. Wenn es stimmt, was sie sagt, warum klingt es dann so peinlich? Ich winde mich und plötzlich höre ich mich sagen: »Aber ich darf und ich will.«

Am liebsten würde ich zurücknehmen, was ich gesagt habe, aber da sehe ich die Verwunderung in ihren Gesichtern. Es fühlt sich gut an, alle so zu erstaunen.

Kai nickt anerkennend. Er überlegt eine Weile. »Heute auf dem Menü: Butangas. Immer verfügbar. Sträflich unterschätzt.«

Ich verstehe nicht, worauf er hinauswill.

Kai tippt nervös mit der Fußspitze auf den Boden. Das nervt. »Butan ist für alle da. Und es ist praktisch überall drin. Deo, Klebstifte, Haarspray. Überall.« Ich zögere.

»Ich hätte Bock drauf«, sagt Kaja. Sie setzt sich neben Daumen. Rückt auf. Weg von mir. Da ist der leere Stuhl. Mein rechter, rechter Platz ist frei. Ich sehe den Stuhl an, sehe Kaja an.

»Heute bin ich aber dran«, sage ich. Ich will sie nicht allein vorpreschen lassen. Ich rücke auf. Kai grinst blöde.

»Jetzt seid ihr vollkommen durchgeknallt«, sagt der Direx. Wütend klingt er, als er das sagt, seinen Rucksack nimmt und geht. Er haut einfach ab.

Und dann geht alles irrsinnig schnell. Ich atme ein und aus, ein und aus und ein … Und traue meinen Augen nicht. Ein Einhorn. Ganz dicht vor mir steht ein Einhorn. So richtig in Weiß. Das sind jetzt also die Nebenwirkungen oder Wirkungen, Bewusstseins-sonstwas, denke ich. Kaja bewegt den Mund und das Einhorn dreht den Kopf. Auf und zu der Mund. Hin und her der Kopf. Dann dreht sich das Einhorn langsam um und geht weg.

Ich soll mitkommen, denke ich, und das mache ich auch. Schließlich steht nicht alle Tage so ein Einhorn vor mir und ich will schon gern wissen, wohin mich das führt. Das Einhorn sieht genau so aus, wie ich mir ein Einhorn immer vorgestellt hätte, wenn ich es mir mal vorgestellt hätte. Ganz genaus o. Viel zu hell und mit Bewegungen wie Wind in hohem Gras. Toll sieht das aus, wie sich das Einhorn bewegt, und die Türen gehen dann auch einfach von allein auf. Klar, denke ich, wenn da ein Einhorn durchwill. Wie ich so hinter dem Einhorn hergehe, frage ich mich, ob Kaja auch so ein Einhorn sieht und wo sie ist, denn hier sehe ich sie nicht mehr.

Kurz denke ich, das war vielleicht ein Fehler. Gruppenzwang oder was weiß ich. Aber Kai hat den Vorschlag gemacht und ich hatte keinen besseren.

Das Einhorn hat Beine wie Perlmutt und mit denen bleibt es plötzlich stehen. Es senkt den Kopf, und während ich mich noch frage, was es da macht, bildet sich ein See. Genau da, wo das Einhorn den Mund öffnet, liegt plötzlich die Wasserkante. Grünbläuliches Wasser breitet sich aus und schenkt meinem Blick ein Ende und einen Horizont. Das Einhorn trinkt. Aus dem Wasser heraus wachsen nach und nach Bäume, immer

mehr, immer dichter, bis der See an einen Wald grenzt. Wo kommt der Wald mit einem Mal her?, frage ich mich.

Kaja sagt etwas, aber ich höre nicht, was. Ich denke daran, wie Kaja und ich als Kinder unter der Regenrinne im Innenhof gespielt haben. Genau dort, wo der gesammelte Regen durch das Loch im Abflussrohr tropft. Pitsch. Wir standen ewig da, mit ausgebreiteten Armen und auf den Zehenspitzen. Patsch. Genau in der Pfütze. Wir ließen es auf unsere Köpfe regnen und schüttelten dabei die Haare aus wie Hunde. Pitsch. Dann die Arme und Beine, als würde der Regen den ganzen Körper glücklich machen. Patsch. So ein Gefühl will ich wieder haben, und wenn das nicht mehr mit dem Regen klappt, dann halt mit Butan. Hauptsache, mit Kaja.

Wie ein Rahmen wächst jetzt eine Front aus Schilf aus dem Wasser. Komisch, denke ich, wie sich das Schilf wiegt, wo ich doch gar keinen Wind spüre. Und wie ich das so denke, da kommt auch schon ein Sturm auf und fegt über die Oberfläche des Sees.

Das Einhorn dreht sich zu mir um und nickt. Und jetzt sehe ich es – wir stehen mitten im See. Und als der Sturm über die Wasseroberfläche jagt, da ruft Kaja meinen Namen. Dreimal ruft sie. Ihre Hand greift nach mir. Der Sturm greift nach mir. In dem Moment, in dem der Sturm die Wasseroberfläche um uns herum berührt, kippt der See, kippt die Oberfläche, kippt der Himmel, kippen das Einhorn und ich. Oben ist jetzt unten und umgekehrt.

Kaja redet auf mich ein, aber ich verstehe sie nicht. Der Wald, der vor mir liegt, wird dichter und dunkler mit jedem Schritt, den ich näher komme. Wenn ich den Wald erreiche …, denke ich noch, wenn ich den Wald erreiche, endet vielleicht alles. Da erreiche ich schon den Wald.

Als ich aufwache, liege ich auf dem Teppich. Alle sitzen um mich herum. Daumen, Kai und Kaja. Sie hält mir ein Glas O-Saft vors Gesicht.

»Na, wieder bei uns?«, fragt sie. An ihrer Stimme kann ich hören, dass sie es dieses Mal ist, die sich Sorgen gemacht hat. Tief unter dem Chaos in meinem Kopf gibt es einen Teil, dem das gefällt. Ich gebe die Kontrolle ab und lasse Kaja steuern. In diesem Moment soll sie sich kümmern und sorgen. Nicht ich.

Ich habe keine Ahnung, wie wir in dieser Nacht nach Hause kommen.

Am nächsten Morgen fühlt sich alles falsch an. Übel und verdreht. Ich verschlafe den halben Sonntag. Kurz bevor Paula zur Nachtschicht muss, bringt sie mir Suppe ans Bett. Suppe. Als wäre ich erkältet oder so. Als hätte ich es verdient, gepflegt zu werden. Da halte ich es nicht mehr aus. Ich entschließe mich, Paula davon zu erzählen. Zumindest eine Art *Ultralight-Version* der Ereignisse. Ich sage Dinge wie »herumprobiert« und »nur ein bisschen«. Paula wartet, bis ich fertig bin, und hält uns dann einen Vortrag. Mit knallroten Ohren. Ob wir nicht gewusst hätten, dass das gefährlich ist, fragt sie ernsthaft. Als wären Kaja und ich bescheuert.

»Natürlich haben wir das gewusst«, sagt Kaja.

Deshalb hat sie es schließlich gewollt, denke ich. Sage es aber nicht. Schweigen ist gerade die beste Idee.

Paula redet auf uns ein. Fragt, wessen Idee das war, und ich kann sehen, wie sehr sie sich wünscht, dass ich nicht sage: »Na, meine!«, dass ich stattdessen einen Namen sage von jemandem, der dann schuld sein kann. Dann könnte sie sich damit beschäftigen, jemandes Eltern anzurufen und denen zu sagen, was der, zu dem der Name gehört, für einer ist. Aber ich nenne keine Namen. Ich halte den Mund.

Paula wird laut. Wird sie sonst nie. »Ich habe die Verantwortung für euch beide«, donnert sie so eindringlich, wie sie kann. »Und ihr macht euch kaputt.«

Gleich vergreift sie sich im Ton, denke ich, aber da fängt Paula an zu weinen. Das Weinen schüttelt ihre Schultern, die sie mit ihren eigenen Armen und schmalen Händen festzuhalten versucht. Sie umarmt sich selbst. Ihre langen Finger greifen nach den Schultern. Nägel, angemalt wie reife Pfirsiche, drücken in ihre Haut und können sie doch nicht beruhigen. Immer wieder geht ein Zucken durch sie und lässt die Schultern zu den Ohren hochschnellen. Sie weint, weil sie sich wirklich Sorgen macht, das kann ich sehen. Das tut mir leid.

»Das war Mist«, sage ich und das ist nicht bloß Gelaber. »Wir gehen da sicher nicht wieder hin«, setze ich hinterher und sehe auffordernd zu Kaja. Ich warte darauf, dass sie mir zustimmt, aber sie weicht meinem Blick aus.

»Ein Fehler. Das war ein riesiger Fehler. Absolut klar. Und wir sind durch damit«, verspreche ich Paula. »Das war's. Ich habe mich selber total erschrocken. Ich …«

»So was habe ich schon mal gehört«, unterbricht mich Paula.

»Ja. Ich weiß. Aber jetzt ist es anders. Sonst hätte ich es doch gar nicht erzählt.«

Kaja sagt nichts. Sieht uns nicht an.

»So eine Scheiße«, brüllt Paula. »Ich muss los jetzt.

Längst. Ich kann das jetzt nicht. Ich habe mehr als genug Stress auf der Arbeit und außerdem …« Aber den Rest des Satzes schluckt sie runter. Sie schließt die Augen und ballt die Hände zu kleinen Anspannungsfäusten. Kurz nur, dann reißt sie die Augen auf, um uns festzunageln mit ihrem Blick. »Wir reden noch mal in Ruhe. Ich kann noch nicht sagen, wann. Aber ich sage euch eins: Sobald ich einen Kopf dafür habe, seid ihr besser vorbereitet und spuckt ein paar Erklärungen aus. Bis dahin will ich, dass ihr die Füße still haltet, dass ihr euch in der Schule reinkniet wie noch nie, dass ihr mich in Ruhe arbeiten lasst, als wäre hier alles in Ordnung. In bester Ordnung. Für den Fall, dass dies nicht das letzte Mal bleibt, wäre unser Wohnexperiment hier sofort beendet, das ist euch hoffentlich so klar wie mir.«

Wir nicken betreten. Paula geht zur Arbeit und lässt uns allein. Mir graut vor dem Gespräch mit Paula. Aber noch mehr graut mir vor den nächsten Abenden, die Kaja langweilen könnten. Plötzlich graut mir auch vor mir selbst. Das ist neu. Und es ist scheußlich.

Ich will darüber reden, über das Einhorn und den Wald, den ich noch immer vor mir sehen kann, wenn ich die Augen schließe. Aber nicht mit Kaja will ich darüber reden. Sondern mit Kaan. Doch seit Kaja zurückgekommen ist, traue ich mich nicht, ihn anzurufen. Ich habe noch keine Antworten auf seine Fragen. Und seitdem wir ihn mit diesem Mädchen gesehen haben, weiß ich nicht, ob er überhaupt noch von mir angerufen werden will.

Kaja liegt auf meinem Bett und hört Musik. Ich stehe eine Zeit lang da, mitten im Raum, und weiß nicht, wohin. Sie hat die Augen geschlossen und sieht nicht, wie ich das

Zimmer verlasse, meine Staffelei und eine leere Leinwand hinter meinem Schrank herausziehe und beides in Paulas Schlafzimmer aufbaue.

Ich schließe die Tür hinter mir ab, lasse mich auf die Bettkante fallen und atme tief ein und vollständig aus. Ich fühle, wie meine Schultern herabsinken, wie sich mein Nacken entspannt. Wenn ich den Kopf drehe, knackt es ekelhaft laut. Ich drehe die Musik auf. René Aubry. Kaan hat mir das mal vorgespielt. Ganz ruhig breitet sich die Musik allmählich im Zimmer aus. Ich mag das. Die Musik erzählt ihre eigenen Geschichten.

Ich nehme den Pinsel in die Hand. Die Ölfarben verdünne ich vorsichtig mit Lösemittel, damit sie leichter zu verteilen sind. Es klopft an der Tür. Aber ich öffne nicht. Zuerst lege ich den Hintergrund an. Es klopft wieder. Mit dem Hintergrund fange ich an, weil der nicht so detailliert, nicht so genau gemalt werden muss. Kaja klopft unser Klopfzeichen. Dann folgt ein Tritt gegen die Tür und das Klopfen hört auf. Ich male eine Ebene nach der anderen, trage immer mehr Farbe auf, lasse Farben ineinander verlaufen. Baue dann Ebene um Ebene immer mehr Details ein. Ich liebe Öl. Nichts muss sofort sauber sitzen. Die Farben trocknen nur langsam, sodass ich neue Farben hineinmischen kann, sodass ich korrigieren kann und mich immer wieder neu entscheiden.

»Ilvy?«, fragt es durch die Tür. »Bist du sauer auf mich?«

Ich sehe die Türklinke an und spüre deutlich, dass ich sie nicht öffnen will.

»Ich brauche eine Pause«, sage ich, »einfach eine Pause«, und drehe die Musik lauter.

Es riecht nach Terpentin und nach Farbe. Jedes Mal

bekomme ich Kopfschmerzen von diesem Geruch. Trotzdem liebe ich ihn. Ich sende Kaan meine Playlist. Er antwortet sofort.

»Höre ich mir an, sobald ich zu Hause bin«, textet er.

Und ein paar Minuten später: »Ich denke an dich.«

Ich male die halbe Nacht hindurch. Mit einem Grinsen im Gesicht. An Kaan zu denken fühlt sich schön an. Hell und leicht. Ich flüchte in die Gedanken an ihn und kopfüber in mein Bild.

Als ich zu müde werde zum Malen, rolle ich mich auf Paulas Bett zusammen und schlafe dort ein. Als es wieder an der Zimmertür klopft, zeigt Paulas Wecker 4.40 Uhr an. Verschlafen öffne ich die Tür.

»Bist du noch immer sauer auf mich?«, fragt Kaja.

Ich streiche über mein Gesicht, um es zu wecken. »Wieso hast du eine Jacke an?«, frage ich, anstatt zu antworten.

»Weil ich dich einladen will.«

»Wozu?«

»Überraschung!« Kurz hält sie inne. »Oder brauchst du noch immer eine Pause?«

»Ich weiß nicht. Ist es eine schöne Überraschung?«

Kaja strahlt und hält mir meine Jacke hin. »Wenn ich es dir verraten würde, wäre es ja nur der halbe Spaß.«

Ich ziehe die Augenbrauen hoch. Sie stöhnt. Aber nicht wirklich genervt, sondern nur um mich aufzuziehen. »Ich bin absolut nüchtern. Es ist nicht weit und außerdem wird es dir gefallen.«

Müde und aufgeregt zugleich gehen wir los. Kaja hat meinen Rucksack auf. Er ist prall gefüllt, das kann ich von außen erkennen. Aber was drin ist, sehe ich natürlich nicht.

»Wir gehen ja zur Schule«, stelle ich nach wenigen Hundert Metern erstaunt fest.

»Warm«, sagt Kaja. »Lauwarm. Aber nicht heiß.«

Als wir dort ankommen, wo unsere Schule ist, nimmt sie meine Hand und zieht mich mit sich zur anderen Straßenseite. Bis zur Baustelle. Erst in diesem Moment fühle ich, wie sehr ich das vermisst habe. Diese Selbstverständlichkeit.

Sie gibt mir eine Taschenlampe aus ihrer Jackentasche.

»Hier hinauf«, sagt Kaja plötzlich.

»Stören wir denn da niemanden?«, wundere ich mich.

Aber Kaja schüttelt den Kopf. »Die Mieter wurden alle raussaniert. Da lebt keiner. Und die Bauarbeiter kommen erst in einer Stunde.«

Und so steigt sie voran. Immer weiter hoch, an diesem riesigen Baugerüst, das den neuen Wohnkomplex gegenüber unserer Schule umschließt. Auf jeder Etage sind Holzbalken angebracht, breit genug, damit man bequem darauf sitzen kann. Ich hätte immer gedacht, es sei schwierig, auf so ein Gerüst zu klettern, aber es geht erstaunlich leicht. Vorbei an unbewohnten Fenstern steigen wir höher und höher. Ganz oben, auf dem Teil des Gerüstes, der später mal eine dekadente Dachterrasse wird, setzt sich Kaja auf einen der Holzbalken.

»Mein rechter, rechter Platz und so«, sagt sie und klopft neben sich.

»Wow.« Ich stehe da und bestaune den Sonnenaufgang. Ich kann kaum fassen, wie schön das ist. Der Himmel färbt sich rosa in der Morgendämmerung. Ein Zuckerwatte-Himmel, der sogar unsere Schule aussehen lässt wie einen der Top-Ten »Places to see, before you die«. Verschwenderisch schenkt der Tag seine Farben aus. Rosa, Rot, Orange, Gelb, Blau und Grün. Und die Luft riecht klar und unverbraucht.

Ich setze mich zu Kaja. Wir essen die Käsebrote, die sie aus dem Rucksack holt. Brote, die in Küchen oder Klassenzimmern niemals so gut schmecken würden wie hier oben im Wind. Kaja kramt im Rucksack, holt die Thermoskanne heraus, schenkt mir Kaffee ein und ich bin richtig gerührt.

»Ich sehe was, was du noch siehst, was wir aber schon in ein paar Monaten nicht mehr sehen müssen. Nie mehr.«

Lächelnd beobachten wir unsere Schule. Von hier oben wirkt sie wie ein grauer Würfel.

»Ja. Jetzt, wo wir sie beinahe los sind, mag ich sie irgendwie viel lieber.«

»Guck sie dir an. Da liegt sie und schläft friedlich. Und vielleicht ahnt die arme Schule gar nicht, dass sie schon in drei Stunden wieder von Schüler*innen nur so wimmeln wird.«

»Ja, oder sie hat Schüler*innen, wie ein Hund Flöhe hat.«

»Ja, oder wie Lena Pickel.«

Ich muss lachen und verschütte etwas von dem Kaffee.

»Meinst du, irgendwann sind wir auch so alte sentimentale Omas, die ihren Enkelkindern wehmütig erzählen, was für eine besondere Zeit das war?«

Den Blick weiter auf den grauen Granitkasten geheftet, legt Kaja ihre Hand auf meine Hand, die vom Kaffee ganz klebrig ist. »War es doch aber auch, oder? Nicht immer nur schön, klar. Aber besonders.« Sie sieht mich an. »Du hast es für mich besonders gemacht.«

Mir wird warm und ich weiß bei so was gar nicht, was ich erwidern soll. »Ach, Kaja, ich …«

»Nee, Ilvy. Lass das mal so stehen jetzt. Red dich nicht raus. Genieß lieber unsere Hammeraussicht hier. #nofilter und überhaupt.«

Und so sitzen wir da, Seite an Seite. Sehen zu, wie der Hausmeister unsere Schule aufschließt und wie der Putztrupp anrückt, um die Kaugummireste von den Tischen zu kratzen und die Linoleumböden zu schrubben. Sehen die Sonne, die langsam über immer mehr Gebäude in der Straße kriecht, als würde sie eines nach dem anderen aufwecken. Wir machen keine Bilder für Insta und wir reden nicht. Wir hängen unseren Gedanken nach, über all das, was hier schon passiert ist, und über das, was noch kommt, wenn dies nicht mehr *unsere* Schule ist. Wir klettern erst runter, als das erste Baustellenfahrzeug in die Straße einbiegt. Es war eine gute Überraschung. Wirklich.

Später an diesem Tag führen Paula und Kaja das ernste Gespräch in unserer Küche. Und ich weiß nicht, was mich mehr stört. Dass das Verhör wirklich stattfindet oder dass es ohne mich stattfindet.

»Ich habe ein paar Vertrauensfragen an Kaja«, erklärt Paula. »Ich will mit ihr allein reden und ihr zwei müsst euch jetzt einfach damit abfinden, dass ihr hier nicht die Regeln macht.« Und damit schließt sie die Küchentür und mich aus.

Ich sitze auf meinem Bett und starre die Uhr an. Zu angespannt, um irgendwas zu tun. Als Kaja zwei Stunden später in mein Zimmer kommt, strahlt sie über das ganze Gesicht.

»Und?«

»Das Gespräch war hart. Aber es hat sich auf jeden Fall gelohnt.« Feierlich reckt Kaja unseren Ersatzschlüssel in die Höhe. »Deine Mutter hat gemeint, es sei an der Zeit, dass ich meinen eigenen Schlüssel bekomme.«

Ich sehe den silbrigen Schlüssel in ihrer Hand glänzen. Ein kleines Ding und eine große Sache. Ich habe einen Kloß im Hals. Kaja sieht irrsinnig glücklich aus. Ich will mich darüber freuen, aber es gelingt mir nicht richtig. Früher wollte ich immer, dass sie einen Schlüssel bekommt. Einen eigenen. Aber etwas ist kaputtgegangen zwischen uns. Etwas hat sich verändert in diesem Sommer. Und das kann nicht mal ein Morgen mit Penthouse-Romantik ändern.

Kaja hängt sich den Schlüssel an einem roten Band um den Hals. Sie trägt ihn wie ein Kronjuwel. In den nächsten Tagen überschlägt sie sich mit Höflichkeiten. Als würde sie sich den Schlüssel nachträglich verdienen wollen. Sie putzt das Badezimmer, bringt den Müll runter, kocht Paulaghetti und macht den gesamten Abwasch. Sie lernt mit mir für die Prüfungen und stellt frische Ranunkeln auf alle Fensterbänke.

Und wer weiß, vielleicht wäre es alles gut geworden, wenn wir Kajas Mutter nicht an den Briefkästen getroffen hätten.

19

Briefkasten und Baseballschläger

In dem Moment, in dem sich Kajas Mutter zu uns umdreht und zusammenzuckt, sobald sie uns sieht, da weiß ich, dass längst noch nicht alles gut ist. Kaja bleibt stehen, als wäre sie gegen eine unsichtbare Wand geprallt.

»Kaja«, haucht ihre Mutter leise. Unsicher sieht sie sich um, als hätte sie etwas Verbotenes ausgesprochen. Dann fällt ihr ein, wie sie aussieht. Ihr Lächeln fällt in sich zusammen, als ihr klar wird, dass wir es jetzt auch sehen. Ruckartig dreht sie sich weg von uns, um ihr misshandeltes Gesicht zu verbergen, aber es ist zu spät. Wir haben es gesehen und das lässt sich nicht mehr ändern. Wir haben die Schwellung rund um ihr linkes Auge gesehen. Haben gesehen, wie sich die Verfärbung von der Augenbraue bis unter den Wangenknochen zieht. Haben den schmalen Riss zwischen Augenwinkel und Schläfe gesehen, bevor sie die Hand davorhalten konnte, um ihn zu verbergen. So schnell sie kann, schließt Kajas Mutter den Briefkasten zu und geht eilig die Treppe hoch, ohne ein Wort zu sagen.

Kaja bleibt stehen und sieht ihr hinterher. Sie steht da, als könne sie weder vor noch zurück. Nach einer gefühlten

Ewigkeit tippe ich ihr auf die Schulter. »Kaja?«, frage ich vorsichtig. »Bist du okay?«

»Sicher«, sagt sie. »Klar. Wir müssen los. Es ist schon kurz vor acht. Wir werden zu spät kommen.«

»Okay«, sage ich. »Wenn du meinst …«

Also radeln wir zur Schule. Kaja und ich nebeneinander. Aber auf dem ganzen Weg sagt sie kein einziges Wort. Den halben Tag spricht sie nicht. Erst im Englisch-Leistungskurs schiebt sie mir einen Zettel zu:

Ich gehe schon mal nach Hause und lege mich hin. Mir ist nicht so nach Leuten.

Es dauert unruhige acht Minuten, bis ich ihr meinen Antwortzettel zuschieben kann: *Soll ich mitkommen?*

Aber da sieht sie vom Zettel hoch und schüttelt ganz entschlossen den Kopf. Ohne weiter zu zögern, steht Kaja auf und geht zu unserem Lehrer, um ihm zu erklären, dass ihr schlecht ist. Sie darf gehen. Ohne Protest. Mir geht das alles viel zu schnell. Ich bleibe an unserem Tisch zurück, als wäre ich allein dort gestrandet.

Die nächsten Stunden kommen mir endlos lang vor. Mich erfasst eine seltsame Unruhe. Ich weiß, dass es nichts nutzt, mich verrückt zu machen, aber ich spüre die Anspannung in allen Gliedern. Es ist dieselbe Art Anspannung, als würde ich jemandem beim Seiltanz zusehen, der mir eben noch von seinem Schwindel erzählt hat. Aber ich will Kaja nicht nerven. Es ist ihr Schmerz, und wenn sie damit allein sein will, muss ich das schlucken. Also sage ich mir, dass alles gut gehen wird. Dass es gut gehen muss.

Nach Schulschluss fahre ich so schnell nach Hause, dass ich ins Schwitzen komme.

Als ich mein Rad vor unserem Haus anschließe, beginnen meine Finger zu zittern. Da steht ein Rad, das ich kenne. Und erst verstehe ich nicht, was das bedeutet, aber das dunkle Gefühl in mir ist jetzt so greifbar wie ein Gegenstand. Im Flur vom Vorderhaus höre ich etwas krachen und eine Männerstimme, die unverständliche Dinge brüllt. Ich weiß, woher dieser Lärm kommt. Niemand muss es mir sagen, ich weiß es einfach. Und die Angst greift in meinen Nacken und hält mich fest, als wäre ich ein kleines schwaches Tier.

Da kommt er schon die Treppe herunter in meine Richtung: der Bär. Er sieht aus wie in einem dänischen Gangsterfilm. Er trägt ein weißes Unterhemd, das sich über seinen runden Bauch spannt, und über der Schulter hat er einen Baseballschläger, der auf- und abwippt, während er die Stufen heruntereilt.

»Ah …«, sagt er, als er mich sieht. »Kajas Freundin, nicht wahr?«, und ohne eine Antwort abzuwarten, macht er eine Geste, als würde er seinen Hut vor mir ziehen. Er geht an mir vorüber zur Haustür und hinaus zu seinem Rad. »Ich kann gerade leider nicht zum Plaudern bleiben, aber bestell Kaja schöne Grüße«, sagt er, ohne sich noch mal umzudrehen.

»Mein Name ist Ilvy«, sage ich leise, als die Tür bereits ins Schloss fällt.

Ich überlege, ob ich zu Kajas Eltern hochgehen soll oder die Polizei rufen oder den Krankenwagen oder … Aber zuerst will ich nach Kaja sehen. Eilig gehe ich in den Innenhof. Und da sehe ich sie schon, wie sie oben an meinem Fenster steht und hinübersieht zu dem Fenster, das bis vor Kurzem ihres war.

Wie benommen gehe ich zu ihr ins Zimmer. Sie steht noch immer dort, den Kopf an die Scheibe gelehnt, als ich hereinkomme. Sie trägt eine Jeans und ein T-Shirt von mir. Beides ist ihr zu groß und lässt sie umso dünner aussehen. Ihre Augen sind gerötet. Sie hat zweifellos geweint. Neben dem Fensterrahmen entdecke ich eine Stecknadel in der Wand. Daran aufgespießt hängt die Libelle. Mir wird übel.

Meine Stimme klingt verzerrt, als ich spreche: »Ich habe ihn gesehen. Ich habe gesehen, wie der Bär aus eurer Wohnung kam, Kaja. An der Haustür habe ich ihn getroffen.«

»Manchmal zahlt es sich eben aus, wenn man Leute kennt, die verrückt genug sind, alles zu tun, worum man sie bittet«, sagt Kaja und versucht, dabei möglichst ruhig zu klingen. Aber ich sehe, wie sie mit ihren Daumennägeln an den Fingerkuppen ihrer Zeigefinger knibbelt. Die Haut an den Nägeln bereits blutig gekratzt. Fest sieht sie mich an. Ihr Ausdruck schwimmt zwischen Lachen und Weinen.

»Was hast du gemacht, Kaja? Was hat er gemacht? Du hast den Bär doch hierherbestellt, oder?«

»Er hat das geklärt.«

»Worum hast du ihn gebeten, Kaja? Hat er ihm gedroht? Hat er ihm wehgetan? Ihn verprügelt?«

»Angst hat er ihm gemacht. Ich weiß nicht, wie genau, Ilvy. Es ist mir ehrlich gesagt auch egal. Ich hoffe einfach, es ist so eine riesige Menge Angst, dass mein Vater nie mehr wagt, meine Mutter anzurühren.« Kaja kann das Zittern nicht verbergen, das sie überrollt. Sie zittert, als hätte sie spontanes Fieber. Als ich sie in den Arm nehme, lässt sie sich auf den Boden sacken.

»Ich bin da. Ich bin bei dir«, flüstere ich und wiege sie.

»Ich hatte so gehofft, dass er aufhört, wenn ich nicht mehr da bin. Wenn sie nicht mehr meinetwegen streiten.« Kaja hält sich selbst fest, als würde sie sonst auseinanderfallen, die Arme über Kreuz um ihren Bauch geschlungen, stöhnt und kreischt sie wie unter Schmerzen. Meine Arme sind um ihre gelegt. Summend wiege ich sie vor und zurück, bis sie sich losreißt, hochstemmt und anfängt, in Kreisen im Zimmer herumzugehen.

»Hunderttausendmal hab ich schon geglaubt, dass das alles aufhören würde. Irgendwas musste endlich passieren Ilvy. Ich bin nicht mehr da, um sie zu schützen. Und du hast sie gesehen. Die geht niemals.« Sie schüttelt den Kopf wie wild. Lacht ein bitteres Lachen. »So eine verdammte Scheiße. Ich hatte wirklich gehofft, wenn ich nicht da bin, dann könnte sie abhauen.«

Ich hocke am Boden und blicke fragend zu ihr hoch: »Warst du immer nur wütend auf ihn? Nicht auch auf sie, dafür, dass sie das mitmacht?«

Nickend und schluchzend lässt Kaja sich wieder zu mir runtersinken. »Als ich sie so gesehen habe, da wollte ich erst selbst zu ihm gehen.«

»Zu deinem Vater?«

»Ja. Aber ich hatte Schiss. Verstehst du? Und ich wollte die Polizei rufen. Wirklich. Aber ich hab's nicht hingekriegt. Und da ist mir der Bär eingefallen.«

So gerne würde ich ihr sagen, dass alles gut werden wird. Aber die Worte bleiben hinter meinen Zähnen hängen. Stattdessen bricht sich eine Bitte Bahn: »Kein Wort über den Bär zu Paula.«

Kaja verspricht, dass wir Paula da heraushalten. Sie

schließt die Augen und ich halte sie im Arm wie ein Kind, bis sie einschläft. Den ganzen nächsten Tag verbringt Kaja unter meiner Decke. Erst am Abend kommt sie aus dem Bett. Und nur, weil Paula uns zum Essen ruft.

In der Küche hängt ein ungewohnter Geruch in der Luft. Paula hat Huhn in Schokoladensoße für uns gekocht. Mir ist so schlecht, dass ich kaum einen Bissen herunterbekomme. Ich starre auf die weißen abgenagten Knochen, die sich in der Tischmitte sammeln, und frage mich, ob Kajas Vater jetzt wohl Knochenbrüche hat, ob er zum Arzt musste und was er einem Arzt erzählen würde, wenn er hinginge. Mit dem Besteck schiebe ich das Essen auf dem Teller hin und her. Hin und wieder lecke ich die Schokosoße von der Gabel.

Auch Paula ist ganz in Gedanken versunken und schweigsam. Nur Kaja redet unentwegt. Keinen Moment Stille lässt sie zu. Sie erzählt lauter Geschichten über die Lehrer in der Schule, über das Eichhörnchen im Schulbaum und über den Wasserschaden in der Aula. Unruhig zappeln ihre Beine unter dem Tisch. Sie redet ohne Unterbrechung, bis Paula plötzlich ihren Teller mit einem Ruck von sich schiebt. Sie verschränkt die Arme und schnaubt. Herausfordernd sieht Paula uns an.

»Kann mich jetzt mal jemand fragen, was los ist? Oder wenigstens wie es mir geht? Ich meine, wundert ihr euch denn gar nicht?«

»Worüber?«

»Über mich. Darüber, wie wenig ich in den letzten Tagen hier war zum Beispiel, oder wie wenig ich euch mit Eltern-Vorträgen auf den Keks gegangen bin. Darüber, wie kopflos ich hier herumgelaufen bin. Oder wenigstens über das seltsame Essen?«

Ich sehe Paula an und dann all die Dinge auf dem Tisch. Als würde ich jetzt erst auftauchen aus einem dunklen See. Als würde ich erst jetzt die Augen aufschlagen. Da steht der Bräter mit dem Huhn, daneben die Soße und ein Topf Reis. Zwischen den Töpfen ein Glas mit sauren Gurken und eine Schale mit Erdnüssen und eine mit Popcorn.

»Seltsame Mischung. Warum ist mir das vorher nicht aufgefallen?«, überlege ich laut.

»Weil ihr zwei so sehr mit euch beschäftigt seid, dass ihr total überseht, dass es auch noch andere Menschen gibt!«, sagt Paula. Ich kann hören, wie wütend sie ist. »Aber es gibt auch andere Leute neben euch. Und deren Leben steht nicht still, nur weil ihr nicht hinseht!«

Sie knallt ihr Wasserglas auf den Tisch, dass es überschwappt.

»Kann mich jetzt also bitte endlich mal jemand fragen, was los ist?«

»Ja, klar«, stammle ich und mein Herzschlag dröhnt in meinen Ohren.

»Was ist denn los?«, fragt Kaja.

Paula reibt mit verschwitzten Händen über ihre Knie. Sie schlägt die Augen nieder, als sie sagt: »Ich bin schwanger!«

Sagt es und sieht uns an, als würde sie selbst nicht fassen können, was sie da gesagt hat. Die Worte stehen im Raum, aber ich kann sie nicht abholen. Kann mit diesen Worten nichts anfangen.

Wenn man einen Stein ins Wasser fallen lässt, bilden

sich Kreise, die immer größer werden. Genauso dehnen sich die Schockwellen um Paulas Worte herum aus.

Schwanger. Ich sehe Paula an und versuche, dieses Wort mit dem Bild von ihr übereinanderzukriegen. Ich sehe sie an, wie ich sie lange nicht angesehen habe. Ich sehe ihre tiefbraunen Augen, die trotz der dunklen Ränder darunter immer noch warm leuchten. Ihre Hände, die so klein sind wie die Hände von einem Kind. Ihren Bauch, der jetzt schon mehr ist als ein Bauch, der jetzt schon ein Zuhause ist für einen winzigen Menschen. Auch wenn man das von außen noch nicht erkennen kann. Für einen Menschen, oder zumindest einen Zellklumpen, der mal ein Mensch werden könnte. Ein Bauch wie ein heimliches Versteck für ein mögliches Wunder.

Paula ist viel jünger als die anderen Mütter, die ich kenne. Und trotzdem habe ich sie immer für alt gehalten, weil sie eben nicht einfach Paula ist, sondern meine Mutter. Aber jetzt sehe ich es mit einem Mal. Da sitzt eine Frau mit Ende dreißig, eine Frau die nicht mehr jung, aber auch noch nicht alt ist. Eine Frau, die gerade gesagt hat, dass sie schwanger ist. Eine Frau, von der ich mir nicht hätte vorstellen können, dass sie so etwas jemals zu mir sagen könnte.

Nervös ringt sie ihre kleinen Hände. »Es ist noch ziemlich unsicher, sechste Woche, aber ich wollte es euch schon mal sagen.«

Ich denke daran, wie Paula sich in all den Jahren für mich aufgerieben hat. Erst nur für mich, dann für Kaja und mich. Wie sehr sie versucht hat, alles allein hinzukriegen. Wie gut sie es gemacht hat und wie viel Angst sie in letzter Zeit um uns hatte.

Dann endlich finde ich meine Sprache wieder und stelle die einzigen Fragen, die mich gerade wirklich beschäftigen: »Freust du dich denn? Ich meine, willst du es behalten?« Denn nach all dem Ärger, den Paula mit uns schon hatte, kann ich mir das kaum vorstellen.

Aber Paula streichelt zärtlich über ihren Bauch und lächelt seltsam selig. Dann beugt sie sich langsam zu mir und streicht mir über den Kopf, als ich wäre ich mit einem Mal wieder ganz klein. »Weißt du, wie es ist, deine Mutter zu sein?«, fragt sie.

Ich schüttle den Kopf. »Stressig, nehme ich an.«

Da lacht Paula. »Ja. Oh ja. Das ist es. Aber es ist auch das allerschönste Abenteuer, das ich je erlebt habe.«

»Nach allem?«, frage ich.

»Ja. Nach allem.« Sie grinst. »Jetzt guck doch nicht so ungläubig. Natürlich war es hart in letzter Zeit. Und ja, okay, es war auch heftig, als du klein warst. Zu wenig Geld, zu viel Arbeit, Dreimonatskoliken, durchwachte Nächte, Masern, Läuse, gebrochene Beine und Wutanfälle. Es war krass, als du nicht mehr zur Schule wolltest. Und noch krasser, als du und Kaja euch gefunden habt und ihr mit einem Mal so viele Geheimnisse hattet, so viele Dinge, die mir Sorgen gemacht haben. Von der Pubertät rede ich lieber gar nicht erst. Das war heftig. Und die letzten Jahre, als ihr zwei immer mehr Scheiße gebaut habt. Und glaubt bloß nicht, dass ich nichts mitgekriegt hätte. Also: Ja, ja und ja! Das ist ein ziemlicher Ritt gewesen. Aber das war nur ein Teil. Es gab ja immer auch den anderen, den viel größeren Teil. Den Teil, in dem ich dich begleiten durfte und sehen, wie du wächst. Mit dir reden, tanzen, kuscheln, lachen, fluchen, Quatsch machen. Und dieser Teil war einfach wahnsinnig schön. Keine Sekunde davon will ich missen.« Aufmerksam sieht Paula mich an. »Das weiß du doch hoffentlich, oder?«

Und weil ich nicht antworten kann, solange mein Herz so auf meine Kehle drückt, nimmt Paula mich in den Arm. Ich höre sie flüstern: »Selbst wenn es verrückt ist, noch mal von vorne anzufangen mit diesem Wahnsinn, dann wäre es doch noch viel verrückter, darauf zu verzichten, oder?«

»Ich weiß nicht«, sage ich. Und ich weiß es wirklich nicht. In mir ist so viel Freude und so viel Sorge zugleich, dass alle Gedanken in meinem Kopf ziellos herumrollen.

»Ich weiß es auch noch nicht«, gesteht Paula. »Aber ich werde da hineinhören und dann werde ich es wissen.« Sie tippt auf ihren Kopf, auf ihren Bauch und auf ihr Herz.

»Und wenn du es weißt, dann sagst du uns Bescheid?«, fragt Kaja mit belegter Stimme.

»Natürlich«, sagt Paula. »Euch sage ich alles immer zuerst. Und ihr mir hoffentlich auch.«

Kaja und ich blicken einander an. Wir wollen die Wahrheit sagen, aber in diesem Fall ist es deutlich angenehmer, sie ein wenig zu biegen und den Wahnsinn der letzten Stunden auszulassen.

»Auf einen Neuanfang«, sagt Kaja und prostet uns mit ihrem Wasserglas zu. Sie senkt die Stimme, als sie weiterredet. »Wer ist eigentlich der Vater?«

Paula schaut ihren Bauch an, als würde sie darauf warten, dass der die Antwort verrät. »*Falls* ich es behalte, stelle ich ihn euch vor«, sagt sie schließlich. Doch so, wie sie ihren Bauch anhimmelt, sieht es nicht nach einem *falls* aus, sondern eher nach einem *hoffentlich*.

In mir drin wächst die Aufregung. Am liebsten würde ich sofort aufspringen und rennen. Einfach losrennen und dann …

»Ich drehe noch mal eine Runde«, sage ich, als Paula und Kaja an diesem Abend früh ins Bett gehen wollen.

»Ist gut«, sagt Paula.

»Wohin?«, fragt Kaja.

Aber ich sage: »Nur so.«

Ich nehme meine Jacke und gehe los, ohne Kaja zu fragen, ob sie mitkommen will.

Ich renne die Treppe hinunter, so schnell, dass ich fast stolpere. Renne die Straße entlang und merke erst, wohin ich gerannt bin, als ich schon angekommen bin. Ich traue mich nicht zu klingeln. Also texte ich ihm.

»Ich stehe vor deiner Tür. Hast du zufällig gerade Zeit?«

Kaan antwortet sofort: »Zufällig arbeite ich gerade.«

Die Enttäuschung schwappt mit einer großen Welle über mich hinweg. Ich will mit ihm reden, so gerne endlich mit ihm reden. Weil ich nicht weiß, wohin ich gehen soll, gehe ich einfach los, als seine Worte auf meinem Display auftauchen: »Ich arbeite im *Hinterzimmer*. Komm doch vorbei.«

20

Träume und Trinkgeld

Kaan steht hinter dem Tresen und zapft Bier, als ich hereinkomme. Ich war noch nie hier. Das *Hinterzimmer* ist eine erstaunlich enge Bar. In einem schmalen Raum reihen sich viele kleine Holztische aneinander, auf denen rote Kerzen brennen.

An den Wänden hängen alte blinde Spiegel. In einer Ecke steht ein Billardtisch. An der Decke hängen Discokugeln in vier verschiedenen Größen, die etliche Lichtpunkte über die Wände tanzen lassen. Hinter der Theke steht ein Regal mit Flaschen darin, das bis unter die Zimmerdecke reicht. Ich setze mich auf einen der schwarzen Barhocker an der Theke.

»Du hast dir echt Zeit gelassen«, sagt Kaan, ohne mich anzusehen. Zapft zwei weitere Biere und stellt sie zu den anderen auf ein Tablett.

»Eigentlich bin ich sofort losgegangen, nachdem du geschrieben hast«, sage ich.

Da blickt er endlich zu mir. Eine Augenbraue hochgezogen. Ich fühle die Hitze in meinen Wangen. »Ach so, du meinst nicht heute.«

»Nee«, sagt er. »Meine ich nicht.«

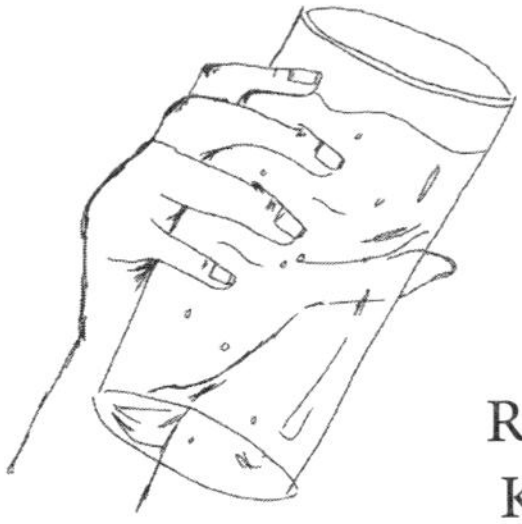

In diesem Moment schiebt sich eine junge schöne Frau zu ihm hinter den Tresen, nimmt das Tablett hoch und trägt es in den Raum. Es ist Zoe.

Kaan redet so leise mit mir, dass ich Mühe habe, ihn über die Musik hinweg zu verstehen. »Ich hätte gedacht, dass du dich zumindest zwischendurch mal melden würdest, nach allem, was passiert ist.«

»Wollte ich ja«, sage ich und ärgere mich über mich selbst. Hatte ich gedacht, ich könnte einfach herkommen, von den verrückten letzten Tagen erzählen und da anknüpfen, wo wir aufgehört hatten? Ich ärgere mich über meine Ignoranz und über dieses Ungleichgewicht zwischen uns. Diejenige zu sein, die den anderen andauernd enttäuscht, fühlt sich ätzend an. Aber jetzt will ich es anders machen. Besser.

Zoe kommt zurück und beugt sich zu Kaan über den Tresen. Kurz halte ich die Luft an. Jetzt. Jetzt küsst sie ihn, denke ich. Aber sie stupst ihn nur an. Obwohl das gar nicht nötig gewesen wäre, weil sie seine Aufmerksamkeit ohnehin schon hatte.

»Zwei Gin Tonic für den Fenstertisch«, sagt sie und pustet sich ihre glänzenden Locken aus der Stirn. Mich ignoriert sie. Und ich kann nicht leugnen, dass ich ganz genau weiß, welches Gefühl sich da in mir breitmacht: Eifersucht. Lächerliche, dumme Eifersucht, die mir nicht zusteht, gegen die ich aber nichts tun kann. Ich atme flach und warte darauf, dass die Hitze aus meinen Wangen weicht. Scham und Eifersucht ergeben keine besonders angenehme Mischung.

Kaan macht die beiden Longdrinks fertig und schiebt

sie ihr über die Theke. Dann stellt er sich direkt vor mich. »Was willst du trinken?«

»Eine Mate«, sage ich. Da erst lächelt Zoe auch mich an. Es ist das professionelle Lächeln einer guten Kellnerin. Höflich und unpersönlich. Es meint mich nicht.

»Hi«, sage ich.

»Du hast schon bestellt?«, fragt sie.

Ich bin mir nicht sicher, ob sie so tut, als würde sie mich nicht erkennen, oder ob sie mich wirklich nicht erkennt. Ich beschließe, es so stehen zu lassen, nicke einfach und warte, bis sie mich in Ruhe lässt.

Kaan lächelt erst ihr zu, dann mir, als er die Flasche zu mir über den Tresen schiebt. Kondenswasser rinnt am kalten Glas herab. Die Kohlensäure schießt mir so plötzlich in den Mund, dass ich mich verschlucke.

Kaan lacht. »Willst du mir jetzt sagen, warum du hier bist?«

»Nee.« Ich wische mir den Schaum vom Kinn. »Also, schon, aber ich will erst mal hören, wie es dir geht. Dir und deiner Mutter, deiner Familie und überhaupt.«

»Hey«, rauscht die süßliche Stimme von Zoe durch die Bar. »Zwei Caipis und ein Helles für Tisch drei. Und noch einen Rotwein für die Acht.«

Kaan nickt und macht sich an die Arbeit. Mit dem Rücken zu mir steht er da, achtelt Limetten, verteilt dann die Limettenspalten und den Rohrzucker auf zwei Gläser und beginnt, alles mit einem hölzernen Stößel zu zerdrücken.

»Gerade ist es schlecht«, sagt Kaan zu mir, ohne sich umzudrehen. »Aber du kannst hier warten. Die Schlussschicht übernimmt später mein Chef. Dann kann ich Feierabend machen.«

»Ist gut. Ich habe Zeit.«

Ich texte Paula, damit sie und ihr Bauch sich nicht sorgen. Dann mache ich es mir am Tresen gemütlich. Mir gefällt die Musik und noch besser gefällt es mir, Kaan zuzusehen, wie er zapft, mixt, rührt und summend Eiswürfel in schmalen Gläsern klimpern lässt.

21

Altes und Anderes

Gemeinsam laufen wir nach Hause durch die schlafenden Straßen. Kaan erzählt von seiner Mutter und davon, wie ungeduldig sie mit sich selbst ist, wenn sie etwas noch nicht wieder so kann wie vor dem Schlaganfall. Er erzählt von seinem Job im *Hinterzimmer* und davon, dass er ein FSJ machen will. Er erzählt von seiner großen Schwester Amira, die nach Berlin gezogen ist, und davon, dass er sie besuchen will. Über Zoe sagt er nichts, und als ich nach ihr frage, sagt er nur: »Ach, die … Sie ist okay. Aber sonst … Keine Ahnung«, und dann grinst er mich an.

Ich erzähle von den Klausuren, davon, dass Kaja jetzt mit in meinem Zimmer wohnt, und dann, als Höhepunkt, davon, dass Paula schwanger ist. Vom Butangas und vom Bär erzähle ich lieber nichts.

Die Zeit fließt eindeutig zu schnell durch unsere Worte. Obwohl wir immer langsamer laufen, stehen wir doch viel zu schnell vor meiner Tür. Ich sehe unser Haus an. Hinter den meisten Fenstern ist es bereits dunkel. Irgendwie wundert es mich immer wieder, dass man den Fenstern die Geschichten ihrer Bewohner überhaupt nicht ansehen kann.

Kaan stellt sich dicht vor mich. »In zwei Stunden macht der Fischmarkt auf«, sagt er.

Ich muss lachen. »Willst du noch zwei Stunden mit mir durch die Stadt laufen, nur damit ich sehe, wie der Fischmarkt öffnet?«

»Klar«, sagt Kaan. Es klingt, als wäre es die größte Selbstverständlichkeit der Welt. »Wenn du noch zwei Stunden durchhältst.«

»Im Durchhalten bin ich Profi«, sage ich, als wir meine Tür und unsere Straße zurücklassen. »Nur ein bisschen kalt ist mir.«

Da gibt Kaan mir seine schwarze Wollmütze und so ist es einfach wunderbar. Von Kopf bis Fuß.

Ich sende Kaja eine Nachricht: »Keine Panik«, texte ich. »Bin gleich wieder da, du Siebenschläferin.«

Der Fischmarkt ist um diese Zeit lauter und bunter, als ich ihn mir vorgestellt hatte. Eine rundliche Frau mit grauem Haar, weißem Hemd und blauer Schürze hält geräucherte Aale in die Höhe und ruft so laut ihre Preise in den Wind, dass kein Zweifel bleibt, warum man von *Marktschreiern* redet. Ihre Stimme ist kratzig und tief und irgendwie großartig. Ein Instrument, das viele Jahre benutzt und zu selten bewundert wurde.

Die Stände stehen dicht an dicht. Von einem zum anderen schieben sich Menschen und bewundern Blumen, Obst und Fisch. Nicht, dass sie irgendetwas davon bräuchten, sie gucken nur. Gucken sich um wie in einem Museum. Hier werden Farben und Formen ausgestellt, Stimmen und Gerüche. Manche Leute kommen direkt aus Clubs oder Bars und tänzeln und schunkeln zwischen Obstkörben und Matjes vorwärts. Andere, die älteren, sind früh aufgestanden, wischen sich den Schlaf aus den Augen und die Fischbrötchen-Krümel aus den Mundwinkeln.

Ich kann mir nicht vorstellen, dass Kaja und ich jemals so alt werden.

Einer, der besonders alt ist, ein Mann, der aussieht wie ein Matrose aus einem Pappbilderbuch, macht andauernd dieselben Witze über Bananen und Fisch. Witze, die kein bisschen witzig sind. Aber vor seinem Stand stehen die Leute eng beieinander und hängen an seinen Lippen. Seine Fischtheke ist eine Bühne.

»Erst mal Espresso«, sagt Kaan und steuert auf einen kleinen schwarzen Wagen zu. Laut rattert die Kaffeemühle und ich kann riechen, wie ich wacher werde.

Fragend sehe ich Kaan an. »Und jetzt?«

»Jetzt werfen wir uns mitten rein!« Dann bestellt Kaan zwei Backfisch-Brötchen mit Remoulade. Und obwohl, nein, gerade *weil* es die falscheste aller Zeiten für so ein heißes fettiges Fischdings ist, schmeckt es wunderbarer als jedes Brötchen, das ich jemals gegessen habe.

»Reden darfst du nur mit vollem Mund«, sagt Kaan. »Alte Hafenregel.« Und er schiebt so schnell Brötchen nach, dass er aussieht wie ein Fisch-Hamster.

Wir erfinden Geschichten über die Leute vor und hinter uns, nennen sie Gabi und Klaus, überlegen, wer wen betrügt, wer Kinder hat, wer sich nach einem anderen Leben sehnt. Wir reden, kauen und lachen dabei. Alles gleichzeitig. Frittierfettgespräche.

Ich verschlucke mich und Kaan klopft mir auf den Rücken und lässt seine Hand dann einfach da. Auch ohne Verschluckung. Und das ist schön.

Langsam fängt es an zu regnen und der Regen passt so gut hierher, dass die Leute gar nicht erst versuchen, ihm zu entkommen. Hamburg-Regen. Hafen-Regen. Und zwischen den Tropfen wird ein grauer Hamburg-Tag langsam immer heller und ich langsam immer satter.

Ich halte meinen Bauch, so voll bin ich, aber Kaan meint: »Brathering oder Matjes, eins von beidem muss noch.«

Also essen wir weiter und schlendern ganz langsam mitten durch die Leute, sodass ihre Schirme uns trocken halten und ihre Regenjacken an unseren Armen kleben. Fast alles ist beinahe Postkartenperfektion. Aber dann gibt es doch einen, der Kaan so komisch ansieht. Von oben bis unten. So abschätzig.

»Was denn?«, fragt Kaan, als er mein Unbehagen bemerkt.

»Der da«, sage ich. Und zeige auf den Mann, der Kaan so gemustert hat. »Der hat dich so angeguckt, so …«

Ich weiß nicht, wie ich es beschreiben soll. Aber Kaan versteht auch so schon.

»So, als wäre ihm gerade aufgefallen, dass ich nicht so ein nordischer Fischkopp bin? So, als müsste er mal genau hingucken, ob ich vielleicht gefährlich bin?« Er zuckt mit den Schultern. »Wenn man hier rumläuft und nicht so weiß ist wie die anderen, dann gibt es immer einen, der komisch guckt. Wenn's gut läuft, nur einen.«

»Das tut mir leid«, sage ich und meine es auch. Ich würde gern noch etwas sagen, etwas, das irgendwie hilft, aber ich weiß nicht, was. Kaan bemerkt meinen Blick und schüttelt den Kopf. »Du sollst mich nicht bemitleiden. Es ist gut, wenn dir diese Dinge auffallen. Wenn du laut wirst, wenn du ein Vorurteil ein Vorurteil und Rassismus offen

Rassismus nennst. Misch dich ein, aber erspare mir diesen Mitleidsblick. Den will ich nicht. Das hier ist immer noch unser Morgen.«

Wieder suche ich nach Worten und wieder ist er es, der den Moment umkrempelt und rettet. »Guck mal!«, sagt er plötzlich und zeigt auf ein Pärchen, dass voll verstrahlt versucht, Selfies mit Backfisch vorm Gesicht zu machen.

»Wie viele Leute alle paar Schritte Fotos machen«, stelle ich fest.

»Fotos, die sich nie wieder jemand angucken will«, ergänzt Kaan. Ablenkung ist billig. Tut aber gut.

»Lass uns Fotos machen, von jedem, der hier ein Selfie macht«, schlage ich vor. Und so machen wir unzählige Bilder von Leuten, die sich hier zwischen Scholle und Kabeljau knipsen. Niemand wundert sich darüber, und wenn Kaan sich hinter meiner Schulter versteckt, dann nicht wirklich, um unbemerkt zu bleiben, sondern einfach, weil es sich gut anfühlt.

Erst auf dem Heimweg merke ich, wie müde ich eigentlich bin. »Ausflüge mit dir sind gar nicht so verkehrt«, sage ich, als ich meinen Schlüssel rauskrame. »Auch wenn's Touri-Zeug war.«

»Gut, dass du langsam einsichtig bist«, sagt Kaan. Er hält mir die Hand hin. »Schere, Stein, Papier.«

Verständnislos gucke ich ihn an.

»Wenn ich gewinne, fahren wir zusammen zu meiner Schwester nach Berlin. Ich kann den Wagen von meinem Vater ausleihen. Ist kein Ding. Und der Tank ist so gut wie voll«, sagt er.

Ich muss gar nicht überlegen. »Abgemacht. Und wenn ich gewinne, nehmen wir Kaja mit.«

»Wenn's sein muss«, stöhnt er.

»Es muss.«

Stein gegen Stein ist unentschieden.

Schere zerschneidet Papier.

Papier wickelt Stein ein.

Stein zerbricht Schere.

»Dann treffen wir uns Freitag nach Schulschluss. Ich mache das mit dem Wagen klar und du das mit Kaja. Ich hole euch ab.«

»Abgemacht.«

»Ach, und Ilvy …«, sagt er, als ich schon losgegangen bin.

»Ja?«

»Schlaf gut.«

Da ist sie wieder. Diese kribbelige Hitze, wegen der ich sicher nicht schlafen werde.

Als ich früh um sieben nach Hause komme, ist Kaja schon im Badezimmer. Ich setze mich auf den kalten Rand der Badewanne und sehe ihr zu, wie sie ihr Haar zu einem Messy Bun hochbindet und sich große goldene Kreolen in die Ohrlöcher hängt. Das Shirt knotet sie so zusammen, dass man ihren Bauchnabel sehen kann. Unzufrieden zupft sie daran herum.

Ich will ihr erzählen, wo ich war, wen ich getroffen habe, und vor allem, was wir jetzt vorhaben, aber Kaja ist mal wieder schneller als ich. Sie kommt mir mit ihren Neuigkeiten zuvor.

»Seit Wochen hänge ich euch jetzt auf der Tasche. Ich trage deine Sachen und lasse mich von Paula durchfüttern.«

»Macht doch nichts«, sage ich.

»Mir schon«, entgegnet Kaja. »Mir macht es was. Deshalb habe ich gestern den Langen angerufen.«

»Als ich nicht da war? Aber wozu denn?«

»Er wird mir helfen, mein Zeug von drüben zu holen. Jetzt gleich, solange der Alte noch unterwegs ist.«

»Warum hast du den Langen gefragt?«

»Einfach weil ich wusste, dass er Ja sagen würde.« Sie legt den Kopf schräg und lächelt mir zu. »Willst du mitkommen?«

»Was für eine Frage. Natürlich will ich. Unbedingt sogar.«

So schnell ich kann, dusche ich, putze meine Zähne und ziehe mich an. Ich knöpfe noch meine Jeans zu, als Kaja schon anfängt zu drängeln.

»Warte«, sage ich. Und erzähle ihr von meiner Idee. »Kaan könnte doch auch mitkommen. Dann wären wir zu viert.«

Kaja scheint mein Vorschlag gar nicht zu wundern. »Warum nicht?«, sagt sie. »Vier ist gut.«

Ich rufe Kaan an, und obwohl er gerade erst eingeschlafen war und mehr gähnt als redet, versteht er sofort, dass es wichtig ist. Er beeilt sich so sehr, dass er noch vor dem Langen ankommt. Also gehen wir tatsächlich zu viert ins Vorderhaus. Mit acht Fäusten klopfen wir an die Tür zu Kajas Familienhölle. Es kommt mir vor wie das seltsamste Doppeldate diesseits der Milchstraße: Kaja, der Lange, Kaan und ich.

Kajas Mutter öffnet die Tür. Ihre Augen blicken ängstlich, während wir uns an ihr vorbei in die Wohnung drängen. Es gibt einen angespannten Westernmoment, als Kaja und ihre Mutter sich gegenüberstehen. Sie fixieren einander, ohne auch nur zu blinzeln. Aber Kaja zieht zuerst.

»Mutter«, sagt sie. Ein Wort wie ein Schuss.

Und bevor Kajas Mutter etwas erwidern kann, geht Kaja an ihr vorbei und zielstrebig in ihr Zimmer. »Halt einfach kurz die Luft an, in fünf Minuten bist du uns wieder los«, sagt sie im Vorübergehen, ohne sich noch mal umzudrehen.

Ich höre, wie sie sich Mühe gibt, cool zu klingen, aber ich sehe auch, wie sie an ihrer Türschwelle innehält und tief Luft holt. Als müsste sie untertauchen. Viele Meter tief. Als könnte sie in ihrem alten Zimmer unmöglich atmen.

Kaan und der Lange gehen ihr hinterher und bleiben an ihrer Zimmertür stehen. Links und rechts vom Rahmen, wie zwei Türsteher in einem privaten Club. Unsicher steht Kajas Mutter da, als wäre dies nicht ihr Korridor, als hätte sie keine Erlaubnis, sich dort aufzuhalten. Sie hält ihre eigenen Hände fest. Die eine mit der anderen.

Ich halte Abstand zu ihr, um sie nicht noch weiter zu beunruhigen. »Keine Angst«, sage ich leise. »Wir wollen keinen Ärger.«

Wie in Zeitlupe geht sie zu ihrem Portemonnaie, das auf der Kommode im Flur liegt, und holt Geld heraus. »Hier, nimm«, sagt sie und streckt mir die Scheine entgegen. »Ich werde Paula jeden Monat Kajas Kindergeld überweisen. Und auch sonst noch … Ich wollte längst, aber …« Sie schluckt.

»Wir sind nur hier, damit Kaja ein paar Dinge zusammenpacken kann. Gleich sind wir wieder weg«, sage ich.

Kajas Mutter nickt zögerlich. »Natürlich. Sie braucht ja Sachen. Ich habe ihren Reiserucksack für sie gepackt. So ist es ja nicht. Der steht auf ihrem Bett. Ich wollte den zu euch rüberbringen. Längst. Wollte ich wirklich.«

Mit einem Mal tut sie mir leid, wie sie dasteht und nach Worten ringt, als würde sie nach Luft ringen.

»Jetzt sind wir ja da«, sage ich beschwichtigend.

Kajas Mutter geht auf mich zu. Sie flüstert. »Ich werde ausziehen. Sobald ich eine Wohnung gefunden habe. Dieses Mal ziehe ich wirklich aus. Kannst du ihr das bitte sagen?«

Da ist so viel Schmerz in ihrem Blick, dass es beim Hineinsehen wehtut. Mein Mund ist trocken, als ich Ja sage. »Das mache ich.«

Und so schnell, wie wir gekommen sind, gehen wir auch wieder. Kaan zieht die Tür hinter uns zu, und als sie mit einem lauten Knall ins Schloss fällt, atmet Kaja stoßartig aus, als hätte sie wirklich die ganze Zeit über die Luft angehalten. Sie versucht ein Lächeln, aber es gelingt ihr nicht.

»Done!«, sagt der Lange und legt einen Arm um Kajas Schulter, aber sie schüttelt ihn ab.

Ich kann sehen, wie Traurigkeit ihr den Hals zuschnürt. Sie nimmt meine Hand und zieht mich mit sich zum Hinterhaus.

»Du hast es geschafft«, versuche ich sie aufzumuntern. »Das liegt jetzt hinter dir.«

»Wenn du willst, liegt eine übertrieben große Entspannungs-Tüte vor dir«, mischt sich der Lange ein. Dafür erntet er das Lächeln, auf das er vorher vergeblich warten musste.

»Nein«, sage ich lauter als gewollt. »Meine Mutter ist da. Ich kann euch jetzt nicht mitnehmen.«

Kaan macht einen Schritt zurück. »Ich muss sowieso erst mal pennen.«

Ich strecke eine Hand nach ihm aus. »Danke«, sage ich. »Für alles!«

»Jetzt wird gepennt. Bedanken kannst du dich Freitag.« Er grinst. Müde sieht er aus. So großartig und so müde.

»Komm schon«, sage ich zu Kaja. Aber »Komm schon« bettelt auch der Lange.

»Ich werde diese Tasche nicht für dich da hochschleppen. Ich werde Paula nicht schon wieder anlügen«, sage ich bestimmt.

Kaja funkelt mich wütend an. »Hab ich dich auch nicht drum gebeten.«

Da tritt Kaan an den Langen heran. »Lass gut sein«, mischt er sich ein. »Nicht jetzt, Diggi. Am Wochenende machen wir einen Berlin-Trip. Wenn du willst, kannst du dann mitkommen.«

Verwirrt sieht Kaja mich an. »Ein Ausflug?«

»Überraschung«, sage ich.

»Ist das okay für dich?«, fragt Kaan vorsichtig.

»Ob das okay ist? Alles, was nicht hier ist, ist mehr als okay.«

Ich könnte Kaan knutschen. Könnte.

Die ganze Woche sprechen wir kein Wort über Kajas Eltern. Wir mutieren zu Musterkindern und machen Paula das Leben so leicht wie möglich. Mit der Abreise warten wir vorsichtshalber, bis sie zu ihrem Kerl abgehauen ist.

»Mach dich nicht verrückt«, meint Kaja. »Bis Paula wieder da ist, sind wir längst zurück.« Verrückt fühlt es sich trotzdem an, als wir zu viert in den kleinen schwarzen Peugeot von Kaans Vater steigen. Verrückt und schön. Und hundemüde, weil ich am Abend vorher kaum schlafen konnte, vor Aufregung.

»Ich mach den DJ«, sagt der Lange und setzt sich auf den Beifahrersitz. Kaja und ich klettern gemeinsam auf die Rückbank.

»Nächster Halt: Kreuzberg«, sagt Kaan und startet den Motor.

22

Abwärts-Aufbruch

Die Landschaft rast an uns vorbei. Kaja lehnt die Stirn gegen die Scheibe und starrt nach draußen. Ich beuge mich ein Stück zu ihr in Richtung Mitte. »Bist du okay?«

»Klar«, sagt Kaja. Aber jeder einzelne Buchstabe hört sich falsch an. »Und wie hast du gesagt? Jetzt liegt es hinter mir. Vor mir liegen Berlin-Nächte, in denen ich einfach nicht mehr daran denken werde.«

»Klingt gut«, versuche ich uns beide zu überzeugen.

»Berlin!«, ruft Kaja und: »Mach lauter!«

»Zu Befehl.« Der Lange dreht auf.

Ich bin dankbar dafür, dass die Musik so laut ist, dass man nicht reden kann. Zufrieden lächelt Kaja mich an. Der Beat, die Geschwindigkeit, das blendende Licht, das gleichmäßige Ruckeln und ihr Lächeln, das alles lullt mich ein. Die Müdigkeit, die mich überrollt, ist keine gewöhnliche Müdigkeit. Es ist die tiefe Erschöpfung nach einer großen Anspannung. Mit einem Mal habe ich das Gefühl, ich könnte alles loslassen. Mit jedem Meter, den wir uns von Hamburg entfernen, geht es mir besser. Diese harte graue Rückbank ist genau der Platz, an dem ich gerade sein will. Mit genau diesen drei Menschen, genau hier, zwischen allen Orten. Ich sehe, wie Kaan im Rückspiegel meinen Blick sucht, lächle ihm zu und mache es mir bequem. Gähnend ziehe ich die Knie an und schmiege mich an Sitz und Fensterscheibe. Sofort schlafe ich ein.

Irgendwann, ich weiß nicht, wann, halten wir an einem Rastplatz. Ich höre die anderen, wie sie draußen reden und lachen. Die Musik läuft noch immer.

Ich kann meine Augen vor Müdigkeit kaum öffnen. Kaja steckt den Kopf ins Auto. Sie redet ganz leise: »Hey. Wir drehen 'ne Runde. Kaffee, Koks und Kippen. Kommst du mit?«

Sogar um den Kopf zu schütteln, bin ich zu erschöpft. Außerdem halte ich es für einen blöden Witz.

»Lass mich noch ein bisschen«, will ich murmeln. Aber ich bin unsicher, ob die Worte überhaupt aus mir herausfinden. Ich höre, wie die Autotür zuschlägt, und fühle, wie es im Wageninneren wieder windstill wird. Schlafe schon wieder.

Eine Weile später, ich weiß nicht, wie lange, weckt mich Kajas Lachen. Ein lautes aufgedrehtes Lachen. Wir fahren wieder und die Musik dröhnt noch lauter als zuvor. Der Bass vibriert in meiner Kehle. Meine Augen brennen, aber als ich durch die halb geschlossenen Lider blinzle, bin ich mit einem Mal hellwach. Kaan sitzt neben mir. Er nickt mit dem Beat und lächelt mir zu. Neben mir?, versuche ich den Gedanken zu greifen und sehe nach vorn zum Fahrersitz. Am Steuer sitzt nicht mehr Kaan, sondern Kaja.

Mit einem Ruck richte ich mich auf. »Was soll das?«

Aber niemand reagiert auf meine Frage. Angst fällt mich an und setzt sich tonnenschwer auf meine Brust. Am liebsten würde ich rausspringen aus dem fahrenden Auto, aber wir sind viel zu schnell. 142 km/h.

Kaja stiert geradeaus durch die Windschutzscheibe. »Wo macht man das verdammte Licht an?«, fragt sie und der Lange beugt sich zu ihr, um es ihr zu zeigen.

Hinter uns wird wie wild gehupt. Ich fühle mein Herz, das schneller rast als dieses verfluchte Auto. Ich sehe raus zu den anderen Autos und habe die verrückte Hoffnung, dass die Polizei uns anhalten könnte.

Der Lange wechselt den Track. Es ist ein treibender Beat, zu dem er sitzend zu tanzen versucht. Seine großen Hände trommeln gegen die Scheibe. Und auch Kaan tanzt, so gut es geht. »Berlin!«, ruft er. Dreimal. »Berlin! Berlin! Berlin!«

Ich denke plötzlich an Paulas Baby und daran, dass ich eine große Schwester sein will. Ich will Abi machen und nicht mit einem Haufen Blech von der Autobahn gekratzt werden.

»Seid ihr verrückt geworden? Wieso fährt Kaja?« Ich will gar nicht erst wissen, was die drei intus haben, auch nicht, was sie auf diese wahnsinnige Idee gebracht hat oder was Kaja ihnen erzählt hat. Scheiß drauf. Ich will nur aussteigen.

»Sie macht das echt gut«, lobt der Lange glücklich verstrahlt.

»Gut? Sie darf überhaupt nicht fahren! Sie hat keinen Führerschein!«

»Hat sie nicht?«, fragt Kaan. »Oh, Scheiße«, sagt er. Aber er lacht dabei. Wieso lacht er?

»Dafür, dass sie keinen Lappen hat, fährt sie aber super«, meint der Lange. »Is ja auch nur geradeaus. Autobahn ist easy.«

Durch meinen Kopf peitscht nur noch eine Frage: Wie komme ich hier raus?

»Alter, Kaja«, sagt Kaan. »Das hättest du ja mal sagen können, dass du gar nicht fahren darfst.«

»Ich darf nicht, aber ich kann«, höre ich Kajas Stimme. Sie krallt sich am Lenkrad fest.

Ein verzweifeltes Lachen überrollt mich. Das kann alles gar nicht sein, versucht dieses Lachen zu sagen. Es ist einfach zu absurd. Dem Lachen folgt Zittern. Kaan legt beruhigend eine Hand auf mein Knie. Aber ich schlage seine Hand weg.

»Lass mich aussteigen«, flehe ich und höre meine eigene Stimme brüchig werden. »Bitte halt an und lass mich raus.«

»Sofort?«, fragt Kaja.

Und wie aus weiter Ferne höre ich mich schreien: »Sofort!«

Mir ist übel vor lauter Panik. Ich schließe die Augen, bis Kaja am nächsten Rasthof endlich anhält. Ich reiße die Tür auf und stolpere mit weichen Beinen vom Wagen weg, so schnell ich kann. Als könnte das Auto jeden Augenblick explodieren.

Am Grünstreifen lasse ich mich auf die Knie fallen und übergebe mich.

Kaja stellt sich zu mir. Dicht hinter mich. »Sorry«, sagt sie. »Ich wollte nur …«

Aber bevor sie weiterreden kann, springe ich auf. Ich ignoriere meine wackeligen Beine und schubse Kaja mit aller Kraft von mir weg. »Nee, Kaja. Nicht *Sorry*. Im Ernst, Sorry reicht hier nicht. Ganz sicher nicht.«

Achselzuckend steht sie vor mir. Sie schnieft. »Soll

ich …«, setzt sie an und jedes Geräusch, das sie von sich gibt, macht mich wahnsinnig vor Wut. Wieder dieses Schniefen.

»Geh einfach, okay? Ich will dich nicht mal anschreien. Ich will nur, dass du gehst.«

Kaja steht vor mir, ohne sich zu bewegen. Ich spiegele mich in ihren großen schwarzen Pupillen. Warme Tränen fließen mir über die Wangen, ohne dass ich es verhindern kann.

Vom Peugeot ruft Kaan zu mir rüber. »Komm zurück«, ruft er. »Das war ’ne blöde Nummer, aber es ist doch alles gut gegangen. Und jetzt fahr ich wieder.«

Kurz weiß ich nicht, was ich schlimmer finde, dass Kaja unser aller Leben aufs Spiel gesetzt hat oder dass sie Kaan auf ihre Seite gezogen hat.

Kaja macht einen Schritt auf mich zu, aber ich weiche ihr aus. Meine Stimme klingt verzerrt. »Du hättest mich umbringen können. Uns alle. Ist dir das klar?«

»Ich kann fahren«, beharrt sie. »Hast du doch gesehen.«

»Gut«, sage ich. »Wenn du nicht gehst, dann gehe ich.« Und damit lasse ich sie stehen.

Noch immer zittern meine Hände, aber mit jedem Schritt wird mein Gang sicherer. Ich gehe zur Tankstelle, ohne mich noch einmal umzudrehen. Dort suche ich die Toiletten und schließe mich in der ersten freien Kabine ein. Nachdem ich mich gründlich ausgeweint habe, rufe ich Paula an.

»Ich bin auf der Arbeit«, sagt sie. »Aber Karl macht sich auf den Weg, um dich abzuholen. Er steht hier neben mir. Und er fährt sofort los. Bleib einfach da, wo du jetzt bist.«

»Ja«, sage ich und fühle mich so entsetzlich klein. So als wäre ich auf einen Baum geklettert, von dem ich allein nicht mehr runterkomme. So, als hätte man mich genau davor gewarnt, dass das passieren würde, aber ich wollte nicht hören.

»Ja, ich warte.«

Und so lerne ich Karl kennen. Den Karl, der vielleicht der Vater von Paulas Vielleicht-Baby ist. Vielleicht.

Wir nicken einander zu. »Bist du Ilvy?«

»Ja. Und du bist …«

»Genau der.« Er lacht. »Komische Situation, oder?«

»Allerdings.«

Als wir ins Auto steigen, sage ich: »Mir ist nicht nach Reden, okay?«

Ich versuche, freundlich, aber bestimmt zu klingen. »Trotzdem danke. Also danke fürs Retten, meine ich.«

»Schon gut«, sagt dieser Karl, der noch dünner und noch größer ist als Paula und bestimmt einige Jahre älter. Also schweigen wir, aber ich kann in seinem Gesicht lauter Fragen kreisen sehen. Kurz vor unserer Ausfahrt bricht es doch aus ihm heraus. »Darf ich wenigstens eine einzige Frage stellen? Sozusagen als Wegzoll?«

»Also gut«, sage ich. »Eine Frage.«

»Wie geht es jetzt weiter?«, fragt er.

»Wie bitte?«

»Na, willst du diese Freundschaft etwa beenden?«

»Nein.« Ich überlege. »Aber ich will sie auch nicht um jeden Preis erhalten.«

»Das ist vernünftig«, sagt er. »Auch für eine Freundschaft gibt es Bedingungen, oder?«

»Ja«, sage ich. »Irgendwie schon.«

»Und …«

»Das war eine Frage.«

Er lacht. »Ja, hast ja recht. Geht mich ja auch nichts an.«

»Nein«, sage ich. »Bisher nicht.«

Karl grinst. Er hat eigentlich eine ganz angenehme Art zu grinsen.

23

Abschied und Alleingang

Als drei Tage später mein Handy klingelt, ist es 2.32 Uhr.

Der Schein des Displays blendet meine verschlafenen Augen.

»*K* ruft an«, steht da auf leuchtendem Grund. Kurz wünsche ich mich zurück in den Traum, aus dem mich diese Melodie gerissen hat, aber dann wische ich doch über das Symbol mit dem grünen Telefonhörer.

»Ich stehe am Hauptbahnhof und weiß nicht weiter«, höre ich die Stimme, die mir vertrauter ist als alle anderen. Vielleicht sollte ich auflegen, bringe es aber einfach nicht über mich.

»Es ist mitten in der Nacht, Kaja. Wieso stehst du am Bahnhof?«

Eine Weile ist es still am anderen Ende. Gedämpft klingen Bahnhofsgeräusche durch die Leitung.

»Kann ich zu dir kommen?«, fragt Kaja schließlich.

Ich setze mich auf und reibe mir die Augen. Auf gewisse Weise wünschte ich, sie hätte einen Unfall gebaut, mit mir im Wagen. Ich wünschte, es gäbe etwas Konkretes, etwas wie ein gebrochenes Bein, etwas, das sichtbar macht, warum wir nicht weitermachen können wie bisher. Aber sie hat keinen Unfall gebaut. Sie hat das Risiko in Kauf genommen und ist damit durchgekommen. Und nachdem sie nicht einmal angerufen hat, um sich nach mir zu erkundigen, meldet sie sich jetzt. Lallend und mitten in der Nacht, weil sie es ist, die wieder Hilfe braucht. Und das alles dreht und windet sich in meinem Herzen zu einem verworrenen Knäuel.

»Kann ich zu dir kommen?«, fragt sie noch einmal.

»Kommt darauf an. Bist du betrunken oder drauf?«

»Ein bisschen angetrunken vielleicht«, sagt Kaja vorsichtig.

Ich will nicht. Ich kann ganz deutlich spüren, wie sehr ich nicht will, wie sich alles in mir sträubt. Für einen Moment überlege ich sogar, einfach aufzulegen, aber da höre ich, wie Kaja sagt: »Ich weiß nicht, wo ich sonst hinsoll.«

Und damit hat sie mich. Es ist fast zu einfach, fast beschämend, aber so ist es eben. Der Zustand, mit dem ich am wenigsten zu tun haben will, ist genau der, in dem Kaja am meisten Hilfe braucht.

»Klar«, sage ich. Denn genau das ist es. Es ist uns beiden viel zu klar, dass sie zu mir kommen kann, wenn sie sonst nirgendwo hinkann.

Eine halbe Stunde später steht sie in meinem Zimmer. Müde sieht sie aus. Abgekämpft. Sie trägt eine Cordjacke, die ich an ihr nicht kenne. Eine viel zu große Jacke und eine extrem weite Jeans. Boyfriend-Style. Vielleicht vom Langen. Keine Ahnung und es ist mir in diesem Moment auch egal. Ich bin noch immer viel zu wütend und enttäuscht.

Aber in dieser Nacht mache ich ihr keine Vorwürfe,

stelle keine Fragen, nichts. Ich lasse sie einfach schlafen. Und sie schläft bis zum nächsten Mittag. Erst als sie von allein aufwacht, erst als sie geduscht und wieder ganz klar ist, sage ich ihr, was seit der Fahrt nach Berlin in mir gärt und was allmählich reif ist.

»Du brauchst Hilfe.«

Kaja sieht mich an. »Ilvy …«, setzt sie an, aber dieses Mal komme ich ihr zuvor.

»Aber ich kann dir nicht helfen.«

Kaja wischt sich mit dem Handrücken die Tränen vom Gesicht. »Du bist meine beste Freundin«, sagt sie leise.

»Ich wäre gern irgendwann wieder deine Freundin und nicht deine Helferin.«

Sie nickt. »Aua«, sagt sie. Und dann: »Aber ich verstehe …«

Die Worte, die ich sagen will, einfach sagen muss, wiegen so schwer, dass ich sie kaum aus meinem Mund wuchten kann.

»Der Schlüssel«, sage ich. Mir wird kalt, als ich es ausspreche. Überall in mir drin, einfach eisig kalt. Aber sagen muss ich es, das weiß ich. »Gib mir den Schlüssel zurück.«

Kaja sagt gar nichts. Sie nickt nur und sieht schuldbewusst auf den Boden, als sie in ihrer Hosentasche kramt, den Schlüsselbund hervorholt und mir entgegenstreckt.

Paula klopft an meine Zimmertür und steckt den Kopf herein. Ihr habe ich alles erzählt. An sie gebe ich den Ball weiter.

»Lass uns spazieren gehen«, sagt sie zu Kaja. Es ist keine Frage.

Und Kaja geht mit ihr, ohne sich noch einmal zu mir umzudrehen. Ich bleibe eine Weile auf meinem Bett sitzen und warte, dass mein Magen sich entkrampft. Jugendhilfe, Betreutes Wohnen, Jugendamt. All das haben Paula, Karl und ich in den letzten Tagen seit der Berlinfahrt recherchiert. All das wird Paula ihr jetzt erzählen. Vielleicht hätte ich das auch gekonnt, aber ich bin so verdammt erleichtert, dass ich es nicht muss.

In meinem Zimmer ist es still. Die Sonne scheint durchs Fenster herein. Warmes Herbstlicht.

Ein Teil von mir ist froh, dass Kaja weg ist. Erleichtert. Aber da ist auch ein anderer Teil und der fühlt sich, als wäre mit einem Schlag ein großes Feuerwerk zu Ende gegangen.

Dass Kaja am Montag darauf nicht zur Schule kommt, ist eine Enttäuschung und eine Erleichterung zugleich. Ich frage mich, ob sich das jetzt immer so anfühlen wird. Im Lehrerzimmer erfahre ich, dass Kaja das Schuljahr wiederholen wird. In einer anderen Stadt.

Als ich aus der Schule komme, steht Kaan neben der Haustür. Sofort spüre ich Wut in mir hochsteigen, wie Magensäure.

»Jetzt nicht!«, sage ich und schließe auf.

»Das sagst du immer.«

»Das ist überhaupt nicht wahr.«

Er greift mein Handgelenk und zwingt mich so, stehen zu bleiben.

»Immer geht etwas anderes vor. Kaja oder Paula oder sonst was. Aber ich will nicht mehr warten. Ich warte seit Monaten. Seitdem du bei mir geklingelt hast und mich in diesen ganzen Wahnsinn verstrickt hast. Und weißt du was, es ist okay. Ich kann darauf warten, mit dir zu reden, ich kann darauf warten, dich zu küssen. Ich bin ein verdammt geduldiger Typ. Aber jetzt kann ich nicht warten. Jetzt muss ich mich entschuldigen. Und das muss sofort sein.«

Ich sehe runter auf seine Finger, die mein Handgelenk umklammern. Meinen Blick bemerkend löst Kaan seine Finger.

»Das hat sich alles einfach so ergeben und ich habe nicht richtig nachgedacht und … Es tut mir leid, Ilvy. Verdammt leid.«

»Ich weiß«, sage ich. »Mir auch.« In meinem Hals wird es so eng, dass ich kaum noch schlucken kann. »Ich bin wütend auf dich. So wütend, dass ich überhaupt keine Lust hab, mit dir darüber zu reden. Aber ich bin auch wütend auf mich. Ich habe dich alleingelassen, als du mich gebraucht hättest. Und das weiß ich. Ich habe dich zappeln lassen, als du wissen wolltest, was los ist. Das weiß ich auch. Und es tut mir leid, Kaan. Wirklich. Aber ich war irgendwie besetzt, weißt du?«

»Besetzt«, wiederholt Kaan, wie um es sich zu merken.

»Ja. Wobei *war* eigentlich nicht stimmt. Ich bin es immer noch. Du weißt, dass ich dich mag. Sehr. Aber es geht gerade einfach nicht um dich.«

Kaans Blick steht unter Wasser.

»Du weinst jetzt aber nicht, okay?«

»Okay.« Aber die Tränen sammeln sich unbeeindruckt von seinen Worten weiter.

Da nehme ich Kaan in den Arm und halte ihn, so fest ich

kann. Und er hält mich. Lange stehen wir so, ohne ein weiteres Wort. Ich weiß nicht, ob es das erste oder das letzte Mal ist, dass wir einander so halten. Aber es fühlt sich richtig an, wie es ist.

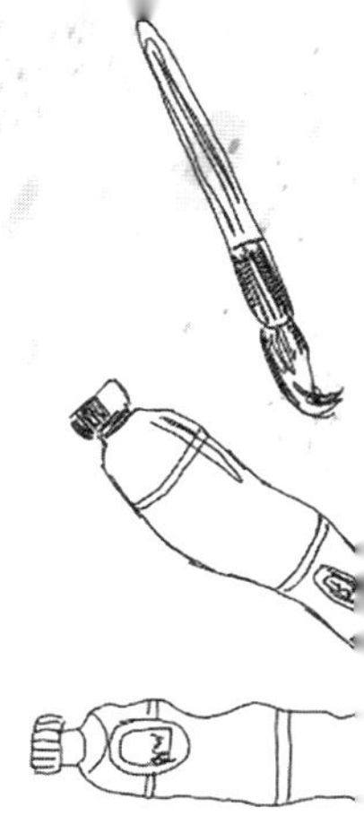

24

Farbe und Freifläche

Am Tag nach meiner letzten Abiprüfung streckt Paula ihren runden Babybauch in mein Zimmer. »In einer Stunde, okay?«, fragt sie und ich nicke. Wir wollen zum Möbelhaus. Sachen für das Baby aussuchen. Karl kommt nicht mit. Der kommt ohnehin kaum noch vorbei. Das ist schade. Aber eine Katastrophe ist es nicht.

Paula hat den Kopf schief gelegt und sieht mich forschend an. »Geht es dir gut?«, fragt sie und klingt ein wenig besorgt.

Ich lächle sie an, um ihr zu zeigen, dass alles in Ordnung ist. Und das ist es wirklich. Eine neue Art von Ruhe hat sich in mir breitgemacht. Eine angenehme Art. Also nicke ich Paula zu.

»Ja«, sage ich. »Wieso?«

Einen Moment zögert sie, dann reicht sie mir einen gelben Umschlag ins Zimmer. »Der lag für dich im Briefkasten.«

Als ich ihr den Brief abnehme, bin ich erstaunt, wie leicht er ist. Mit schwitzigen Händen halte ich den Umschlag fest. Die Schrift erkenne ich sofort. Große weiche, geschwungene Buchstaben.

Ein einzelner Buchstabe hätte gereicht, um zu wissen, von wem dieser Brief kommt. Obwohl ich mich freue, wird mir übel. Mein Herz hämmert gegen meine Rippen.

In dem Umschlag liegt ein weißes Blatt, unliniert und nur mit Bleistift beschriftet. Unter den Buchstaben kann ich andere erkennen. Wörter, die Kaja wegradiert hat. Buchstaben, von denen bloß farblose Linien geblieben sind. Kratzer und dünne Abdrücke im Papier. Nur wenige Worte hat sie stehen gelassen.

Drahtseilakt
hinter der nächsten Ecke
hinter einem Wort
habe ich mich versteckt
meine Vergangenheit abgeschafft
meinen Namen vergraben
da wo ich kein High mehr suche
sucht das Down nicht mehr nach mir
seitdem ich verlernt habe mich zu fürchten
sieht alles ganz friedlich aus
zwischen hier und anderswo
bleibt nur das Heimweh
nach meinem Wolfsrudel

Der Brief hat einen Absender. Kajas neue Adresse. Eine Anschrift in Bremen. Für einen Moment scheint der Boden nachzugeben.

Ich stehe am geöffneten Fenster, vor der alten Staffelei.

Frühlingsluft strömt herein. Mit den Fingerspitzen streiche ich über die weiße Leinwand. Paula hat sie mir geschenkt. Für neue Ideen, hat sie gesagt. Noch ist die Fläche leer. Mir gefällt dieser Moment, dieses Davor. Noch ist alles möglich. Nichts ist entschieden.

Noch ist da kein einziger Strich, keine Farbe, die eine Richtung vorgibt. Es kann ein richtig gutes Bild werden. Oder auch nicht. Es kann auch ein Scheißbild werden. Noch ist es überhaupt gar kein Bild. Nur eine Leerstelle. Eine Möglichkeit.

Ich trete einen Schritt zurück und sehe die weiße Leinwand an. Manches endet. Vieles geht weiter. Anderes fängt gerade erst an. Vor mir sehe ich Kajas Gesicht. Sehe es ganz deutlich. Ich schließe die Finger um den Pinsel. Das Holz ist glatt. Durch das Fenster hinter mir fällt Sonnenlicht herein. Es wärmt meinen Rücken.

Fenster, denke ich. *Kaja,* denke ich.

Ich setze den ersten Strich auf die freie Fläche.

ENDE

Mir
gegenüber
so erinnere
ich mich
an dich

Dank

Ich danke Frederic Phung, meinem ersten Leser und liebsten Kritiker. Und dem Mann, dessen Hingabe für unsere Familie den Raum zum Schreiben überhaupt erst öffnet.

Ich danke meiner Freundin Hannah Schuh, die genau die Fragen gestellt hat, die diese Geschichte und ich so dringend brauchten.

Und ganz besonders danke ich meiner wunderbaren Lektorin Britt Arnold, die diesem Roman mit so viel Offenheit und Vertrauen begegnet ist, dass er mit Freude wachsen konnte.

Hilfe und Anlaufstellen

Allgemeine Informationen:

Polizei: Notruf 110 oder die zuständige Polizeidienststelle (damit ist automatisch die Erstattung einer Anzeige und eine polizeiliche Untersuchung verbunden).
Österreich: 133. Schweiz: 117
Deutschlandweite Beratung durch die zuständigen Sozialbürgerhäuser und Jugendämter (auch kurzfristige Unterbringung in Jugendschutzstellen).

Beratungsstellen bei häuslicher Gewalt:

Hilfetelefon – Gewalt gegen Frauen
Tel.: 08000 116 016 (kostenfrei, anonym, rund um die Uhr, deutschlandweit)
Auch Chat und Mail.
www.hilfetelefon.de/das-hilfetelefon/beratung.html

Familienportal des Bundesministeriums für Familie, Senioren, Frauen und Jugend
www.familienportal.de/familienportal/lebenslagen/krise-und-konflikt/krisetelefone-anlaufstellen

KidKit – Hilfe bei Problemeltern
Online-Beratung, Beratungsstellen vor Ort, Telefonseelsorge
www.kidkit.de

Gewalt ist nie ok!
Häusliche Gewalt: Informationen und Hilfe für Kinder und Jugendliche
www.gewalt-ist-nie-ok.de

pro familia
deutschlandweit, Angebote bei häuslicher Gewalt, 180 Beratungsstellen und Onlineberatung
www.profamilia.de

Weißer Ring
allgemeiner Hilfeverein für Kriminalitätsopfer mit 400 Außenstellen, Telefon- und Mailberatung
Tel.: 116 006 (anonym, deutschlandweit, 7–22 Uhr)
www.weisser-ring.de/hilfe-fuer-opfer/onlineberatung

Beratung bei Drogen- und Suchtfragen:

Deutsche Hauptstelle für Suchtfragen
Beratung in Sucht- und Drogenfragen, für Betroffene und ihre Angehörigen
Tel.: 01806 313031
(anonym, bundesweit, rund um die Uhr)
www.dhs.de

Allgemeine Notfall- und Hilfetelefone:

TelefonSeelsorge
allgemeine Beratung, anonym und kostenfrei, rund um die Uhr, 365 Tage im Jahr, auch per Chat und Mail
Tel.: 0800 111 0 111 oder 0800 111 0 222
www.telefonseelsorge.de
in Österreich: 142; www.telefonseelsorge.at
in der Schweiz: 143; www.143.ch; Die Dargebotene Hand

Nummer gegen Kummer / Kinder- und Jugendtelefon des Deutschen Kinderschutzbundes
Tel.: 116 111 (deutschlandweit, anonym, kostenfrei, Mo–Sa, 14–20 Uhr)
Anmeldung zur Online-Beratung (Chat und Mail) unter: www.nummergegenkummer.de

Muslimisches SeelsorgeTelefon
Tel.: 030 44 35 09 821 (24 Stunden täglich, dienstags auch auf Türkisch)

Nightlines in Europe
Ein Zuhör- und Informationstelefon von Studierenden für Studierende, Erreichbarkeit abends
www.nightlines.eu (Liste der Nightlines in deutschsprachigen Universitätsstädten)

Beratungsstellen in Österreich:

Allgemeine Informationen des Bundeskanzleramts (mit Suchfunktion für Beratungsstellen) unter www.gewaltinfo.at

TAMAR – Beratungsstelle für misshandelte und sexuell missbrauchte Frauen, Mädchen und Kinder, Wien
Tel.: 01 334 04 37
www.tamar.at

Beratungsstellen in der Schweiz:

Opferhilfe Schweiz der kantonalen Sozialdirektorinnen und Sozialdirektoren, mit Suchfunktion für Beratungsstellen
www.opferhilfe-schweiz.ch

CASTAGNA – Beratungs- und Informationsstelle für sexuell ausgebeutete Kinder, Jugendliche und in der Kindheit und Jugend ausgebeutete Frauen und Männer, Zürich
Tel.: 044 360 90 40
mail@castagna-zh.ch, www.castagna-zh.ch